l'Ouvrage complet. Collection "In Extenso"

BINET-VALMER

LE GAMIN TENDRE

Illustrations
de TOURAINE

LA RENAISSANCE DU LIVRE
78, Boulevard Saint-Michel. — PARIS

LE GAMIN TENDRE

BINET-VALMER

LE GAMIN TENDRE

ROMAN

ILLUSTRATIONS DE TOURAINE

PARIS
LA RENAISSANCE DU LIVRE
78, BOULEVARD ST-MICHEL, 78

BINET-VALMER

M. Binet-Valmer (Jean-Gustave) est né le 3 juin 1875 à Genève. Il descend d'une vieille famille française, les Binet de Valmer dont une branche émigra à l'époque de la Révocation de l'Édit de Nantes. M. Binet-Valmer n'a pu l'oublier dans les conjonctures tragiques que nous traversons. Il a, dès le début de la guerre, réclamé l'honneur de servir dans l'armée française : sa brillante conduite au front lui a valu la Croix de guerre et les galons de sous-lieutenant au 27e dragons.

M. Binet-Valmer, avant de se vouer aux belles-lettres, se destinait à la médecine? Il était encore, en 1896, externe des hôpitaux de Paris. S'il abandonna sa carrière pour les lettres, il ne devait pourtant pas négliger dans ses romans les souvenirs que lui laissaient ses premières études. Que ce soit Max de Bère dans *le Sphinx de Plâtre* ou *Lucien*, sans oublier *les Métèques*, c'est souvent à l'homme de clinique que l'écrivain a recours.

En 1900, M. Binet-Valmer nous offre son premier roman, *le Sphinx de Plâtre* que Rachilde et Jean Lorrain signalent au grand public. En 1901, la « Revue de Paris » publie *le Gamin Tendre* qui obtient un vif succès. Ces deux romans figurent aux éditions du Mercure de France.

Mais M. Binet-Valmer entreprend de se rendre maître de son art et garde le silence pendant cinq années. Il est vrai que dans cet intervalle il fonde la revue « La Renaissance Latine » (1902), où débutèrent Claude Farrère, Edmond Jaloux, et où parut le premier roman de la comtesse de Noailles.

En 1906, M. Binet-Valmer nous donne *les Métèques* qui manquèrent obtenir le prix Goncourt. Ce roman, qui répand le mot de Charles Maurras et ses amis, fait quelque tapage, mais ne réussit pas à dessiller tous les yeux sur les sympathies que nous réservaient les représentants des peuples balkaniques, nos hôtes à Paris.

Encore trois années de repos, — ou de travail, — et M. Binet-Valmer nous donne *Lucien* qui n'est pas seulement la courageuse exposition d'une tare physiologique, mais encore un roman délicat. Les qualités d'analyse et de composition du romancier se sont développées : il y a loin du *Sphinx de Plâtre* à *Lucien*.

Dès 1910, M. Binet-Valmer se révèle le conteur auquel le public des grands quotidiens fait fête. Il collabore toute une année au « Matin », puis donne pendant quatre ans, chaque mercredi, au « Journal » une série de contes que la guerre vient interrompre. Le 11 août 1914 M. Binet-Valmer s'engage et gagne bientôt le front où il sera cité à l'ordre du 4e corps d'armée.

De 1910 à 1914 M. Binet-Valmer a publié trois romans : *le Plaisir, la Passion, la Créature*, et trois recueils de contes : *Notre pauvre Amour, le Cœur en désordre, l'Homme dépouillé.*

M. Binet-Valmer est aujourd'hui un des romanciers les plus goûtés de ce que l'on est convenu d'appeler le grand public. Son œuvre se distingue par une sorte d'élégance que d'aucuns ont crue malsaine et qui n'est pas sans charme ni sans force, dans *le Plaisir* par exemple et dans telles autres situations vigoureusement traitées.

L'écrivain se double d'un escrimeur, bien connu dans les tournois d'épée, et d'un duelliste notoire. Il a fondé le cercle d'épée Hoche en 1903.

LE GAMIN TENDRE

A la mémoire
de Madame la comtesse GILBERT DE VOISINS.

I

Dans la cour de l'hôtel, le ballon de cuir vola, jeté vers un mur. Il y rebondit, et trois petites filles, vêtues de rose, le poursuivirent de mots anglais.

Pour l'attraper, elles luttèrent corps à corps, mêlant des jambes mignonnes et des bras nus, tandis qu'auprès d'elles, un jeune homme souriait, heureux comme un adolescent peut l'être lorsqu'il joue avec des enfants jolies, un soir d'été, dans les montagnes où le vent apporte la fraîcheur des neiges.

A l'angle d'un bosquet, sur le chemin qui tourne, un omnibus parut, jaune, large, bruyant, hissé par deux chevaux. Il s'arrêta au perron : une femme sortit de la voiture, puis un homme âgé, puis un autre, le mari, sans doute, car il surveilla le transport des malles.

« Eh ! Jean, viens jouer... »

Les fillettes roses entouraient leur ami : de nouveau, contre le mur, il jeta le ballon, et ce fut comme une fuite d'oiseaux qui piaillent et se battent, à la chasse d'une mouche habile en ses voltes et ses bonds imprévus.

Cependant, sur la route que l'omnibus avait parcourue, un vieux monsieur et une vieille dame cheminaient, gras, essoufflés, portant une valise. A l'angle du bosquet, le vieux monsieur s'arrêta, regarda le jeune homme, les fillettes, s'épongea le front, et dit à la vieille dame :

« Tu vois, Joséphа, comme Jean s'amuse !

— Il s'amuse, oui ! répliqua Joséphа, mais je parie qu'il est en sueur... Vraiment, Riquet, il ne devrait pas courir ainsi. »

Joséphа était une femme imposante. Elle avait une face charnue et des cheveux blancs. Un petit chapeau noir s'agitait sur sa tête. A son cou, la graisse débordait, sanglée par ailleurs dans une robe grise. Habillé d'un « complet » à rayures marron, Riquet, semblable à une pelote de laine, montrait un ventre en forme de poire sous un gilet fleuri, et, vers la nuque,

Trois petites filles, vêtues de rose...

des boucles grises, boucles frontières d'une calvitie.

Riquet souffla dans ses mains unies :

« Hou ! hou !... Hou ! hou !... »

A ce bruit familier, le jeune homme prêta l'oreille, se retourna, lâcha le ballon qu'il tenait, leva les bras au ciel; Riquet fit de même, et aussi Josépha :

« C'est nous !

— C'est vous !

— Tu ne t'y attendais pas, hein?

— Bonjour, grand-père ! bonjour, grand'-mère ! »

Les fillettes s'étonnèrent des baisers qu'elles entendirent.

« Il a maigri, Riquet !

— Mais non, poulette, il est plus gras... Ah ! rien de mieux que le climat de nos Alpes pour vous refaire une bonne santé ! »

Riquet embrassait à pleine bouche son petit-fils. Jean Lagier était imberbe, étroit des épaules, un peu vacillant et maladif. Il avait enlevé son chapeau : on voyait ses cheveux cendrés qui, en désordre, couvraient à demi son front.

« Grand-père, tu ruisselles ! » dit-il, échappant à l'étreinte du vieillard.

Riquet, vexé, se frotta les joues avec un mouchoir :

« C'est la faute de ta grand'mère... elle n'a pas voulu prendre l'omnibus...

— Prendre l'omnibus ! Eh ! certes non ! les places coûtent un franc... Il n'y a pas de petites économies, monsieur Piot, je vous l'ai souvent répété... mais autant en emporte le vent ! »

Parce que Joséphа lui avait dit « vous », M. Piot eut peur, passa sa canne dans les courroies de la valise et la souleva pour se donner une contenance ; mais le concierge accourait déjà ; ils le suivirent vers l'hôtel.

Comme ils allaient y pénétrer, une des fillettes se campa devant eux.

« Tu ne veux plus jouer, toi?... »

Riquet prit la fillette dans ses bras :

« Non, Mademoiselle, dit-il, non ; Jean ne joue plus, il va rester avec nous. On vous le rendra demain... si vous êtes bien sage !...

— Comment, « demain »?... vous ne restez qu'un jour, ici, grand-père?

— Oui, mon petit : tu comprends, il faut que je rentre à mon étude... N'est-ce pas, poulette? »

Il chercha des yeux son épouse, mais on l'avait conduite vers les chambres, et, comme Riquet avait coutume de laisser à Joséphа les soucis de la vie matérielle, il se réjouit d'éviter une corvée.

« Si nous allions nous promener? »

Ils traversèrent un vestibule, une galerie, et se trouvèrent dans le parc.

Il s'étage par terrasses successives ; des sentiers le parcourent, bordés de rosiers en fleurs. L'hôtel domine la vallée du Léman, Clarens et Montreux. Il est posé aux flancs de ces collines qui semblent soutenir les Alpes Vaudoises. A leurs pieds, le Rhône coule et prolonge ses alluvions sous l'eau bleue du lac. C'est un paysage topographique et maniéré. De ses pointes brillantes, la Dent du Midi fixe toujours un nuage sur le ciel. Les premières ondulations du Jura roulent, à l'horizon, comme des vagues.

Admirant toutes choses, M. Piot sautillait, joyeux de vivre :

« Ah ! nos Alpes !... Est-ce beau, hein?... Dis-moi, Jean, es-tu assez couvert, la nuit?

— Oui, grand-père.

— Bien, bien... Regarde un peu cette barque, là-bas : on dirait une mouette... Tu n'as pas eu de migraines?

— Pas une seule !

— Bravo !... Quel ciel admirable !... As-tu des amis à l'hôtel?

— Pas encore...

— Ah !... La saison est à peine commencée, d'ailleurs... On a tort de venir si tard dans nos montagnes... Nous avons voyagé avec une famille charmante : une jeune femme, son père, et son mari...

— Je les ai vus ; ils ont pris l'omnibus, eux !

— Sans doute, sans doute. Ta grand'mère est absurde avec ses économies !... Nous avons rencontré cette famille sur le bateau, la jeune femme est fort jolie, et son père est un homme distingué, un archéologue !... Ah ! comme on voit bien Montreux... »

Tout à coup, derrière eux, la voix de Joséphа éclata. La vieille dame était de fort méchante humeur : elle avait trouvé le lit mauvais, la fenêtre mal close, le parquet humide... M. Piot calma son épouse; puis, montrant les villes de la côte, qu'il nomma les unes après les autres : Vevey, Clarens, Territet, il s'écria, pris d'enthousiasme patriotique :

« C'est un beau pays, mon pays ! »

Mme Piot avait d'autres idées en tête : bonne ménagère, elle voulait compter le linge de son petit-fils ; elle entraîna Riquet vers l'hôtel.

Sur le perron, ils rencontrèrent l'homme âgé qui, tout à l'heure, était sorti de l'omnibus, et M. Piot dit à voix basse :

« C'est le savant dont je t'ai parlé, le docteur Jansen... »

Puis, faisant un large salut :

« Eh, bien, Monsieur, êtes-vous dans vos meubles?... Oui?... Tant mieux !... Je vous présente mon petit-fils. »

Le docteur Jansen plia sa longue taille, sourit gracieusement, agita sa longue barbe grise, et s'extasia sur la beauté de la vue.

« Vue magnifique ! » dit Riquet.

Et il commençait à décrire le paysage, quand Joséphа, impatientée, l'interrompit :

« Allons, viens-tu? »

Elle détestait les étrangers, l'affirma en termes violents, puis, comme Jean était retenu dans le vestibule par les fillettes, ses amies, elle murmura :

« Henri, vas-tu lui parler maintenant de la lettre de son père?

— Si ça ne te fait rien, poulette, je ne lui en parlerai pas aujourd'hui », répondit Riquet.

Et il soupira, subitement attristé, baissant la tête comme un écolier pris en faute.

Mme Piot avait soupiré, elle aussi, mais elle pinça les lèvres et reprit :

« Je te conseille de lui en parler à présent ; mieux vaut en finir !

— A présent?... Oh ! Joséphâ, je t'en prie, permets-moi de ne lui en parler que ce soir, avant de nous coucher !

— Comme tu voudras ! Tu es le maître... Chut ! Le voici... »

Et Joséphâ se mit à compter le linge de son petit-fils, tandis qu'effondré sur une chaise, M. Piot observait la vallée et clignait des yeux.

Il était notaire à Genève. Sa famille avait donné, jadis, de nobles syndics à la cité huguenote ; orgueilleux de telles gloires, les Piot, depuis un siècle, s'étaient mariés entre eux, et ces unions aristocratiques, mais dangereuses pour la santé d'une race, furent la cause des drames qui troublèrent l'existence du couple obèse et débonnaire.

Jean-Louis-Henri Piot épousa sa cousine Joséphâ Piot. Ils eurent deux enfants, deux filles. Irène, l'aînée, naquit avec une jambe trop courte ; la cadette, Maud, fut toujours mélancolique... A l'âge de la puberté, son état nerveux donna de graves inquiétudes. On consulta le médecin. Celui-ci, le docteur Lagier, était un ami de Riquet depuis le collège ; mais Mme Piot le traitait comme un être inférieur, car aucun de ses ancêtres n'avait été syndic. Il conseilla de marier Maud. Il avait un fils : il l'amena chez les Piot : six mois plus tard, malgré l'opposition de Joséphâ, qui refusa de doter sa fille, Mlle Piot devint la femme du peintre Frédéric Lagier, — mésalliance dont s'inquiéta l'aristocratie genevoise.

Riquet se réjouit de ce mariage, mais il ne devait pas s'en féliciter longtemps : un jour, en effet, on apprit que Maud était devenue folle. Cette catastrophe n'étonna personne : la famille Piot était habituée à la démence. Joséphâ fit une scène terrible à son époux qui, seule, défendit Irène, la fille aînée, laide, boiteuse et romanesque. Frédéric Lagier pensa mourir de chagrin : il adorait sa femme ; et sa douleur s'accrut encore quand il s'aperçut que Maud était enceinte. Au troisième mois de la grossesse, brusquement, la malade guérit. Elle accoucha d'un fils, fut sa nourrice, puis, dans la semaine où l'on sevra l'enfant, redevint folle.

Ce cas pathologique fut interprété dans les salons de la ville par le véhément pasteur Maubel, cousin germain de Joséphâ, qui déclara « impie » le mariage avec une démente, cita l'Ancien Testament (quelle douceur !), les congrès d'hygiène (quelle érudition !), — et l'on applaudit à ces discours.

Les années passèrent ; le docteur Lagier mourut, laissant à peine dix billets de mille francs en héritage à Frédéric ; M. Piot recueillit son gendre, Irène s'improvisa garde-malade. C'est alors qu'une nouvelle grossesse, qui amena la répétition des mêmes phénomènes, — guérison et rechute, — fit bondir d'horreur les dévots et le consistoire. Le clan des Piot tint conseil : il délégua auprès de Joséphâ le pasteur Maubel, qui persuada à sa cousine, au nom de la morale et de la religion, qu'il fallait enfermer Maud, pour la séparer de son mari.

« Cet homme est un satyre ! »

Mme Piot promit de parler à Frédéric. Elle lui parla, en effet, mais il s'opposa nettement à ce que l'on internât sa femme ; Irène prit le parti de son beau-frère avec trop de véhémence ; Joséphâ se fâcha, prononça des paroles hautaines ; l'âme des nobles syndics qui ont régné sur Genève ressuscita dans son âme autoritaire, revécut dans sa voix. Enfin, après trois semaines de lutte, Frédéric quitta la maison de Mme Piot et jura de n'y plus revenir. Comme il n'avait pas d'argent et qu'un peintre ne peut réussir en province, il emmena sa femme à Paris ; mais, cédant aux supplications de son beau-père, il laissa ses deux fils à Genève.

Pour se venger de l'insulte que ce départ avait jetée à son orgueil, Mme Piot rendit la vie insupportable à sa fille aînée. Le pasteur Maubel aida volontiers sa cousine dans cette œuvre. Parce qu'Irène n'allait jamais au temple, il la détestait. Avec vertu, il insinua que l'affection de la jeune femme pour Frédéric était trop violente pour n'être pas un péché. Des calomnies coururent la ville, et, tout en les réfutant, Joséphâ s'en fit l'écho. Riquet essaya en vain de protester.

« Tais-toi ! tu es seul responsable », lui répondait son épouse.

Et il se taisait.

Persécutée, haïssant Genève et sa geôle, Irène, un matin, après une discussion plus tragique qu'à l'ordinaire, s'enfuit sans savoir ce qu'elle faisait, et rejoignit son beau-frère à Paris.

Devant cette nouvelle catastrophe, M. Piot versa de chaudes larmes.

« Pourquoi pleures-tu? fit Joséphâ. Nous n'avons jamais eu de filles, nous avons deux fils ! »

Et, peu à peu, parce qu'il aimait la bonne chère et son bureau confortable, Riquet admit que sa femme avait raison. Il reporta toute son affection sur les deux enfants laissés à sa garde.

Le premier-né, Etienne, garçon robuste, devint le favori de Joséphâ. Quand il eut seize ans, on l'envoya au *Polytechnicum* de Zurich, afin qu'il se préparât au métier d'ingénieur. Son frère cadet, Jean, avait une santé délicate ; de continuelles migraines l'empêchaient de fixer longtemps son esprit sur le même sujet ; il était chétif, aimable et tendre ; M. Piot l'adorait : c'était vraiment son petit-fils, l'enfant de sa faiblesse.

A Paris, Frédéric Lagier luttait contre la misère : ses toiles ne se vendaient pas, la maladie de sa femme le troublait dans son travail. Il eut encore deux filles jumelles qui naquirent idiotes à demi. Après leur naissance, Maud fut lucide pendant treize mois ; mais, guérie, elle semblait plus triste que lors des

Un vieux monsieur et une vieille dame cheminaient (p. 5).

crises où parfois la gaieté illuminait ses yeux vagues. En secret, M. Piot écrivait à son gendre et lui envoyait un peu d'argent, — ce qu'il pouvait économiser sur les bénéfices de son étude, car Josépha tenait les clefs du coffre-fort. — En secret aussi, M. Piot parlait de Maud et de Frédéric ; mais il le faisait de telle sorte qu'on aurait dit un conte de fée. Heureux, choyé, aimé, Jean pensait rarement à son père, comme à un étranger qu'il rencontrerait un jour, peut-être...

Le pasteur Maubel, devenu la boussole spirituelle de Mme Piot, obtint pour Étienne un emploi d'ingénieur à la *Société des Explosifs français*. Étienne quitta la Suisse ; Josépha s'occupa davantage de Jean, et les deux époux s'efforcèrent si bien d'éviter à leur petit-fils toute tristesse que jamais il n'avait souffert avant d'échouer à son baccalauréat.

Il voulut se représenter à la session d'octobre ; sa santé s'altéra ; bientôt les médecins l'envoyèrent à la montagne, lui défendant d'ouvrir un livre, et c'est là, dans cet hôtel qui domine le lac de Genève, que venaient le rejoindre M. et Mme Piot. La veille, ils avaient reçu une lettre de leur gendre ; elle les attristait tellement que Josépha elle-même avait envie de pleurer.

« Qu'est-ce que vous avez ? fit Jean, qui entrait dans la chambre.

— Rien ! répondit M. Piot.

— Mais si, vous avez quelque chose... Tu n'es pas malade, grand-père ?

— Non, mon petit, je ne suis pas malade... Je suis heureux d'être ici, avec toi, bien heureux...

— Et moi, donc !... Voilà huit jours que nous sommes séparés... Huit jours, c'est long...

— La blanchisseuse vole ! annonça Josépha. Il manque une chemise de nuit ; c'est honteux ! »

Et Jean dut s'occuper de son linge.

Riquet demeurait assis, les jambes allongées vers la fenêtre ; un rayon de soleil les chauffait, et, malgré son chagrin, le notaire aima la vie ; ses pouces tournèrent d'un mouvement machinal. M. Piot subissait les volontés de son corps, et son corps était ordinairement joyeux ; on peut expliquer ainsi la faiblesse des hommes obèses, arthritiques et beaux mangeurs.

Les vibrations pesantes d'un gong ébranlèrent les murs.

« Qu'est-ce ? » dit Riquet en sursautant.

C'était le signal du dîner : M. et Mme Piot rentrèrent chez eux afin de procéder à leur toilette ; Jean s'habilla non sans une certaine coquetterie, et, quelques minutes plus tard, il retrouva ses grands-parents au vestibule de l'hôtel.

Ce vestibule était vaste, divisé en deux parties : l'une donnait accès aux bureaux, l'autre formait salon et ses portes s'ouvraient sur une galerie vitrée, jardin d'hiver ou promenoir pour les jours de pluie. Des rideaux rouges voilaient les fenêtres, filtrant une lumière gaie qui animait le teint des femmes : on dînait à sept heures et le soleil n'était pas encore couché.

Le vieillard à la belle barbe grise, le docteur Jansen, salua M. Piot. Des paroles courtoises furent échangées. Un homme malingre arriva.

« Mon gendre, monsieur Robert Berlier... »

D'une voix maussade, laide comme ses moustaches jaunes et ses yeux d'albinos, M. Berlier dit :

« Elle n'est pas encore descendue... naturellement ? »

Et, sur un signe négatif de son beau-père, il haussa les épaules et se hâta vers la salle à manger.

Josépha brûlait de le suivre, elle battait du pied les mosaïques du sol ; mais M. Piot ne la voyait point : il entretenait le docteur Jansen des archives qui se trouvent au pays de Gex. M. Piot s'efforçait toujours de parler aux gens comme s'il eût partagé leurs sentiments, leurs goûts intimes.

Cependant une jeune femme s'avançait. De loin, Jean vit qu'elle avait les hanches assez fortes, la taille étroite dans une robe blanche ; quand elle s'approcha, son visage parut d'une extrême finesse : les traits d'une vierge sur un vitrail d'église.

« Tu es en retard, Madeleine ! » murmura le docteur Jansen.

Oubliant les Piot, il prit le bras de sa fille et s'éloigna.

« Jolie, hein ? » dit Riquet.

— Allons-nous dîner, maintenant ? » fit Josépha.

Dans la salle à manger, des sommeliers se hâtaient vers des buffets ; autour des tables brillantes, les vêtements des convives traçaient des lignes, et le cliquetis des fourchettes s'unissait en notes hautes au ronflement des voix. Jean était assis entre M. Piot et le docteur Jansen ; la barbe grise du savant, une barbe soignée, admirable, passait à chaque instant devant le profil de Mme Berlier.

Madeleine tenait ses yeux baissés : les cils augmentaient de leur ombre le cerne des paupières ; Jean se plut à la regarder. Depuis une semaine, il vivait une vie nouvelle. Un peu timide parmi la foule des touristes, mais heureux d'être libre, il écoutait les propos des uns et des autres, ne contredisant personne, admirant la désinvolture des hommes et la beauté des femmes. Les femmes... Elles éveillaient en lui des pensées très pures, mêlées de romances et de sonnets ; il aimait le bruit de leurs robes, les parfums qui les enveloppaient et, de leur seule présence, il était joyeux, bien qu'il ne trouvât que peu de mots à leur dire.

Après le dîner, les habitants de l'hôtel se dispersèrent. M. Piot, fatigué par le voyage, s'étendit dans un fauteuil, au vestibule. Mme Piot monta dans sa chambre, afin de surveiller la servante qui faisait les lits, afin surtout d'exercer un peu son activité infatigable.

Riquet dit quelques phrases à son petit-fils, puis s'assoupit comme il avait coutume aux heures qui suivaient les repas. Il soufflait doucement, baissait la tête ; quand son menton heurtait sa poitrine, il promenait autour de lui un regard étonné, se rendormait aussitôt. Alors Jean sortit, gagna les jardins : les senteurs du soir étaient venues jusqu'à lui, provocantes, par la porte de la galerie.

Sur le ciel, trois étoiles faisaient un triangle ; les gorges boisées se comblaient de brumes ; un son de cloche monta d'une église, lent et plaintif, et, pour mieux l'entendre, Jean se dirigea vers les terrasses. Il s'assit sur une chaise qu'il avait portée là, l'autre jour, et se mit à rêver à ses désirs.

Cet adolescent désirait beaucoup de choses. Quand la nuit tombe, on est héroïque, on adore les femmes sans aucune timidité, on est courageux, hardi, et l'on possède ce que l'on souhaite. Jean posséda ce qu'il souhaitait, il écouta les cloches. Elles se turent, leurs voix persistèrent dans sa mémoire : la sensation mourait en lui par étapes ; elle était dans son âme la pierre dans l'étang.

Il se souvint qu'il avait échoué à son baccalauréat : il détesta les professeurs qui lui avaient posé des questions ineptes, regretta les heures perdues à flâner, envia son frère Étienne pour la belle énergie dont il faisait preuve, et se plaignit lui-même. Il eut une angoisse, sans cause précise, sans point douloureux qui se fixe ; il se vit condamné à passer toute sa vie entre M. et Mme Piot, qu'il aimait infiniment et qui pourtant ne suffisaient plus à son cœur, dans cette ville de Genève, propre et jolie, mais qui ne savait pas fournir à ses yeux les décors rêvés Il fut triste. La tristesse s'évanouit comme le son des cloches ; le ciel planait, des brumes glissèrent, et Jean, à voix basse, récita les vers de Musset :

Un soir, nous étions seuls, j'étais assis près d'elle...

Tandis que le saule, le clavecin, les marronniers nécessaires se groupaient devant ses yeux, il aperçut une robe blanche sur le chemin, et, malgré qu'il reconnût la fille de M. Jansen, ce fut comme un fantôme : l'héroïne de Musset, peut-être.

Accoudée au mur, devant la plaine et les rives du lac qui se déroulaient, pailletées de flammes, Madeleine songeait à cette île de Stalimène, que son père avait visitée, l'an dernier, pour y chercher les ruines d'un temple. Elle se rappelait encore les heures passées auprès de la grève et des petites vagues de l'Archipel, avec Paul Brémond, son amant-fiancé, qui mourut plus tard, si tristement, en Italie. Durant deux mois, à Stalimène, Madeleine avait vécu le roman attendu depuis longtemps, depuis la première nuit de son mariage : car il y avait eu alors, entre elle et M. Berlier, une de ces ruptures que la hâte impérieuse provoque trop souvent. De cette rupture, M. Berlier ne s'était point ému : il était orientaliste, et la gloire de son beau-père, archéologue fameux, lui fut une compensation suffisante. C'est pourquoi Madeleine avait espéré comme une revanche l'aventure dont Paul Brémond fut le héros. Madeleine, pourtant, ne devint pas sa maîtresse : elle craignit une déception nouvelle ; et il se plut à l'aimer sans silence devant l'horizon de cet archipel lyrique. Mais leurs bouches se connurent et leurs jeux puérils furent de telles voluptés qu'on ne pouvait en imaginer de plus belles... Accoudée au mur et regardant la plaine, Mme Berlier pensait à Paul Brémond, mort, si tristement en Italie, avant qu'elle lui eût appartenu, — et, aux lèvres de la jeune femme montèrent les strophes :

Un soir, t'en souvient-il, nous voguions en silence...

Tandis qu'elle murmurait les beaux vers liquides, Jean achevait *le Saule*, et contemplait le fantôme penché vers la vallée où les rives du lac se déroulaient, pailletées de flammes...

« Madeleine, où es-tu? »

C'était la voix du docteur Jansen : Madeleine se tourna pour répondre. Au même instant, sur le perron de l'hôtel, Joséphha criait :

« Jean !... Jean !... »

Il se leva : Madeleine le vit, eut un geste affrayé et s'enfuit, irritée contre le témoin de sa tristesse.

« Hou ! hou !... Hou ! hou !... faisait M. Piot, soufflant dans ses mains unies.

— Voilà, grand-père !... »

Et Jean rejoignit les deux vieillards.

Il ne pensait plus à son baccalauréat, ni à son frère Étienne, et gaiement, se moqua de Riquet :

« As-tu bien dormi, grand-père? »

A cette plaisanterie, qui se répétait chaque jour, M. Piot avait coutume de répliquer :

« Ce n'est pas vrai, je n'ai pas dormi ! »

Mais, ce soir-là, il se tut, et Joséphha prononça, solennelle :

« Nous avons à te parler, mon petit... Viens avec nous dans notre chambre, nous y serons mieux pour discuter de choses sérieuses.

— De choses sérieuses, grand'mère?...

— Oui, mon petit... de choses très sérieuses ! »

Du regard, Jean interrogea M. Piot ; Riquet lui fit signe d'obéir à Joséphha, et ils traversèrent le vestibule, où, devant des verres et des bouteilles, M. Berlier ergotait avec un savant allemand, Alex Claudius, l'inventeur de la « dégénérescence latine ».

Sur les marches de l'escalier, Jean se demandait ce que sa grand'mère voulait lui dire : sans doute, il s'agissait de leçons pour préparer le baccalauréat, ou encore d'une cure que les médecins allaient lui imposer.

Après avoir allumé les bougies de sa chambre, Mme Piot dit à Riquet :

« Maintenant, il faut lui parler ! »

Alors M. Piot prit dans la poche de son veston un gros portefeuille, il en tira une lettre, mit sur son nez des lunettes cerclées d'or, toussa deux fois, se renversa en arrière contre le dossier d'une chaise, ainsi qu'il avait l'habitude de le faire pour recevoir ses clients, et, d'une voix un peu tremblante, il commença :

« Mon chéri, quand nous sommes arrivés, aujourd'hui, je n'ai pas voulu hâter ce moment par de tristes paroles. Il est un temps pour tout, comme on a coutume de dire, avec raison du reste... »

Pendant ces préambules, Jean s'était occupé d'une fêlure qui déparait l'ongle de son pouce. Aux mots : « tristes paroles », il releva la tête ; les visages de M. et Mme Piot étaient si perplexes qu'il s'en inquiéta.

« Tu vas avoir dix-huit ans bientôt. Ton père nous écrit... »

Jean avait froncé les sourcils : le notaire s'arrêta.

« Tu sais, reprit M. Piot, que ta mère souffre d'une maladie qu'il est difficile de qualifier... Cette maladie... cette maladie... »

Jean pensa :

« Je sais, ma mère est folle... »

Joséphha vint au secours de son mari :

« La maladie nerveuse de ta mère, Jean, a ceci de particulier, de surnaturel, dirais-je — bien que les médecins prétendent le cas bizarre, mais non inconnu, — a ceci de surnaturel qu'elle cesse à la naissance d'un enfant pour recommencer à la date du sevrage. Ton père nous écrit pour nous annoncer l'arrivée d'un pauvre petit être, qui est né avant-hier, et M. Lagier prend prétexte de cet événement pour nous demander de te rendre à ses soins, cet automne, après ton séjour dans les Alpes.

— Ah ! fit Jean.

— Hélas ! » soupira M. Piot.

Et Mme Piot continua :

« Oui... Tu as déjà compris, sans doute, que nous ne vivons pas en bonne intelligence avec ton père. Sa conduite nous a paru peu chrétienne ; nous lui avions donné, après ta naissance, des conseils qu'il n'a pas suivis ; il nous a manqué de respect, et ta tante Irène nous fut enlevée, en cette occurrence, par une sympathie exagérée pour son beau-frère, sympathie vraiment inconvenante, et presque scandaleuse...

— A quoi bon ces détails, Joséphha? interrompit Riquet, tu reviens sur des querelles trop vieilles ; voici la situation... »

Et M. Piot s'efforça de narrer le drame en termes prudents, mais il s'aperçut qu'il est difficile de raconter avec peu de mots une histoire, et les yeux de Jean, fixés sur lui, augmentèrent encore son émotion. Il s'attendrissait, sa voix devenait chevrotante, il dut s'arrêter ; Joséphha en profita :

« Le caractère de Frédéric est intolérable. C'est un homme altier, plein de morgue, et qui méprise la loi du Seigneur !... Songe un peu, Jean, que, grâce à lui, notre fille Irène nous a dit des paroles outrageantes quand nous avons conseillé de mettre ta mère dans une maison de santé...

— Joséphа ! »

M. Piot était indigné contre son épouse. Jean serrait les lèvres comme s'il avait envie de pleurer.

« Eh quoi ! fit Joséphа, tu n'arrives pas à l'expliquer... Il faut cependant...

— Écoute, poulette, si je lisais la lettre de Frédéric, ce serait peut-être le meilleur moyen... »

Mme Piot acquiesça. Riquet sortit la lettre de l'enveloppe, la déplia : une grande écriture à paraphes la couvrait ; au bas de la page, il y avait une tache d'encre.

Frédéric Lagier racontait la naissance de son dernier enfant. Il parlait d'Irène, la bonne compagne, l'amie dévouée, et des deux sœurs idiotes que Jean ne connaissait pas.

Puis des phrases violentes, déclamatoires, attaquèrent les Piot, le christianisme, les protestants, le pasteur Maubel ; et ces tirades s'achevaient en un paragraphe bref où Frédéric Lagier annonçait qu'il avait vendu un tableau et qu'il désirait garder son fils auprès de lui :

« *Maud aura encore trois ou quatre mois de lucidité*, écrivait-il, *et notre servante Marthe est assez habituée à soigner sa maîtresse pour que je puisse m'absenter sans crainte. Nous irons en Suisse, Irène et moi, dans une quinzaine de jours. Là, je verrai Jean et, s'il ne s'y oppose pas, je compte l'emmener à Paris, au mois d'octobre : j'ai vraiment besoin de sa gaieté. Je serais heureux de vous voir, vous aussi, cher monsieur, mais je tiens à vous avertir que je me refuse absolument à rencontrer Mme Piot...* »

A ces mots, Joséphа bondit hors de son fauteuil, et cria, serrant de ses deux mains sa grosse poitrine :

« Les misérables !... Est-ce que je leur ai jamais fait aucun mal ?... Est-ce que je n'avais pas raison ?... Ah ! la belle idée vraiment de garder chez soi une folle incurable !...

— C'est ta fille, Joséphа, fit M. Piot, c'est ta fille !

— Eh ! c'est justement parce qu'elle est ma fille !... On m'a désobéi, qu'en est-il résulté ?... Maud a eu trois enfants, et ces pauvres créatures souffriront toute leur vie... Mon gendre attaque le pasteur Maubel !... Eh bien, je l'approuve, le pasteur Maubel : ce n'est pas la place d'une vierge, cette maison habitée par la folie, et quelle folie !... une folie impudique ! »

M. Piot se dressa, faisant face à son épouse :

« Tais-toi, Joséphа ! N'as-tu pas honte de parler ainsi ? »

Il y eut un silence. Joséphа et Riquet regardèrent leur petit-fils que bientôt ils ne verraient plus.

Jean s'était pris la tête à deux mains : il lui semblait qu'une charrue passait dans son cerveau. Les mots à demi compris qu'il avait entendus dans les années précédentes, les confidences de M. Piot lui revenaient à la mémoire. Jusque-là, il savait que sa mère était folle mais il se l'imaginait très poétique : une Ophélie couronnée de fleurs. Elle était si belle, avec ses cheveux blonds et ses yeux glauques, dans ce tableau où son mari l'avait peinte, près d'un étang, sous un ciel gris, avec deux lys et une onde enroulée aux plis de sa robe. Et maintenant, Jean apprenait que sa mère était folle d'une folie honteuse... Honteuse, pourquoi ?... Il ne savait, mais la voix de Mme Piot avait été si méprisante !...

Il serra plus fort dans ses mains sa tête ; il

« *Dis, toi, monsieur, tu ne veux pas t'amuser ?* »
(p. 13).

avait grande envie de pleurer, de faire beaucoup de bruit pour être soulagé, comme autrefois, par des sanglots.

M. Piot se mit à genoux devant son petit-fils. Jean voulut sourire. Mme Piot murmura :

« Il ne faut pas t'affliger, mon garçon... Tu vois ce que dit ton père : si tu ne veux pas le suivre, tu pourras rester avec nous... et nous en serions heureux, va, je t'assure...

— Oh ! oui », fit M. Piot.

Jean se leva :

« Non, grand'mère, dit-il, je te remercie... tu es très bonne, mais je suivrai papa... il est trop malheureux... je te demande pardon de te faire de la peine... »

Et il partit. Dans sa chambre, il sanglota comme un enfant.

Quand la porte se fut refermée, M. Piot murmura :

« Il a raison... C'est un brave cœur ! »

Mme Piot, qui défaisait péniblement sa robe, tcisa M. Piot.

« Tais-toi ! dit-elle. Tu es responsable de tout ! »

Et Riquet ne répondit pas.

II

« Engourdies par l'hypnose que leur procure le passé, vos races se meurent, oui, Messieurs, se meurent de dégénérescence spinale... »

Dans la cour de l'hôtel, incommode mais ombreuse, Alex Claudius, l'inventeur de la « dégénérescence latine », réfutait longuement une théorie de M. Berlier. En l'écoutant, M. et Mme Piot attendaient le départ de l'omnibus ; Jean contemplait Madeleine ; elle regardait les pointes de ses souliers blancs où, tout à l'heure, une goutte de café avait imprimé sa flétrissure.

« Mais, monsieur Claudius, les mots que vous employez là sont peu précis, et il conviendrait de les définir ! » interrompit Berlier.

Dans un groupe, des rires fusèrent, gammes de « ah ! ah !... », hoquets de gaieté. Mme Piot fit volter son buste pour dévisager les auteurs de cette joie bruyante. Il y eut tout un éveil d'orfèvrerie au long d'une chaîne et de petites breloques tintèrent aux flancs volumineux de Josépha. Elle se pencha vers Jean :

« Dis-moi, quelle est cette dame? Elle s'amuse de stupide façon !

— Mme Chauvelin, grand'mère. »

Mme Chauvelin, en effet, s'amusait infiniment. Trois hommes lui tenaient des propos scabreux, et la joie rendait plus singulier le contraste de ses cheveux étranges (blanc d'argent) et de son visage puéril. Heureuse, elle souriait comme sourient les jeunes belles dans les vieux cadres.

« Est-elle seule ici? » interrogea Mme Piot, en souhaitant que Mme Chauvelin ne fût pas une femme honnête.

Jean dut montrer à sa grand'mère M Chauvelin, dont les traits fatigués essayaient une grimace complaisante, et, comme Josépha s'obstinait, il lui conta l'aventure de ce couple bizarre.

« En vérité ! dit-elle, à soixante ans, il a épousé une fille mineure... Est-ce Dieu possible ! »

Dominant les rires, la voix d'Alex Claudius et celle de Berlier se mêlaient, criardes. A la première accalmie, le docteur Jansen murmura, si bas qu'on l'entendit à peine :

« J'ose dire, Messieurs, que vous défendez fort mal des thèses inexactes. Il faut se garder de prendre parti dès le début d'une discussion. Tous deux, vous avez pris parti avant même que de réfléchir, oui, et cela est fort naturel... »

Quelques minutes encore, M. Jansen parla. Quand il se tut, Alex Claudius et Berlier se levèrent, quittèrent la cour afin de ne pas être gênés dans leur querelle. M. Jansen n'essaya pas de les retenir.

Madeleine feuilletait un livre, ses doigts glissaient entre les pages, et Jean se rappelait certaines attitudes hiératiques où les mains de la Vierge Marie s'attardent à la tige d'une rose que contemple l'Enfant Jésus.

Mme Piot, ayant consulté sa montre, dit :

« Nous partons dans cinq minutes !... Je vais donner les pourboires. »

Et, comme elle se dirigeait vers l'hôtel, M. Piot s'approcha de son petit-fils :

« Si tu savais, mon chéri, comme je suis triste !... Pour la première fois, je regrette d'être notaire, pour la première fois, je le jure... J'ai deux testaments à rédiger, cette semaine... Enfin... nous reviendrons, et nous passerons huit jours avec toi... »

Jean serra la main que lui tendait M. Piot :

« Grand-père, dit-il, je suis malheureux...

— Il ne faut pas, mon chéri !

— Si, si... Je suis malheureux, parce que je n'ai pas assez de chagrin... Hier, en vous quittant, j'ai pleuré, mais je n'ai pas pleuré très longtemps, et maintenant je pense à autre chose... Je ne suis pas sérieux ; c'est très vilain d'être ainsi, et je voudrais me corriger.

— Mais non... c'est de ton âge ! fit Riquet, ému jusqu'aux larmes. Je ne veux pas que tu t'affliges : tu as une santé délicate... Soigne-toi pendant que tu es jeune, mon petit ; tout s'arrangera, je te le promets !... »

Jean secoua la tête ; il se reprochait son insouciance et d'avoir admiré les mains de Madeleine.

« Je t'aime beaucoup, grand-père, beaucoup... plus que je ne peux le dire.

— Mon cher petit !... »

Au perron, Josépha jaillit de la porte :

« En route, Riquet, en route ! »

M. Piot prit congé de M. Jansen et de Madeleine, étreignit son petit-fils, que Josépha embrassa. Le couple monta dans l'omnibus, avec quelque peine. Le concierge salua, les chevaux s'ébrouèrent en ruant.

« Au revoir, au revoir, à bientôt ! »

Et la voiture disparut derrière le bosquet.

Quand il se retrouva seul dans la cour, Jean eût d'abord une impression de solitude, presque un effroi ; puis, tout à coup, il se sentit joyeux : les chagrins étaient partis avec les deux vieillards ; M. Lagier n'arriverait pas avant quinze jours, quinze jours !... l'éternité pour un adolescent... Il se reprocha ces pensées ingrates. Afin d'être sérieux, il s'assit auprès du docteur Jansen.

Henrik Jansen était Norvégien, mais depuis vingt ans il avait quitté son pays, chassé par le froid et par une acariâtre épouse. Quand elle mourut, M. Jansen rentra dans sa ville natale, où il fut heureux de voir sa fille plus belle qu'il ne s'y attendait, et point semblable aux vierges décolorées du Nord. Il bénit l'aïeule espagnole dont le sang avait bruni les paupières et les cheveux de Madeleine, et repartit avec la jeune fille vers l'Orient. Dès lors, ils vécurent ensemble, étroitement unis, et leur tendresse n'avait pas diminué quand Madeleine s'était mariée.

Bienveillant et affable, M. Jansen se plut à causer avec ce jeune homme, qui était venu s'asseoir auprès de lui comme s'il eût cherché sa protection.

« Votre grand-père doit être charmant, monsieur Lagier?...

— Oh ! oui, Monsieur !

— Vous regrettez, sans doute, qu'il vous ait quitté?

— Oh ! oui, Monsieur ! »

Ainsi répondait Jean, et il enrageait de ne trouver d'autres phrases que ces « Oh ! oui, Monsieur ! » qu'il sentait ridicules : il aurait voulu briller devant le père d'une femme si jolie.

Le vieillard reprit sa lecture, et Jean essaya de s'intéresser aux articles profonds du « Journal de Genève », mais bientôt, négligeant la gazette, ses yeux s'amusèrent des gestes qui peuplaient la cour : Alex Claudius et Berlier faisaient les cent pas ; les trois petites filles jouaient à la balle ; Mme Chauvelin s'éloignait vers les terrasses, entourée par ses amuseurs et suivie de son vieux mari.

Jean compara cette silhouette à la beauté de Madeleine. Mme Berlier s'était levée ; elle parlait à son père. Le docteur Jansen se leva lui aussi.

« Monsieur Lagier, dit-il, voulez-vous me faire un grand plaisir?... C'est l'heure où je me promène avec ma fille, mais je suis un peu fatigué aujourd'hui ; vous êtes seul : vous seriez tout à fait aimable de tenir compagnie à Mme Berlier... »

Madeleine rougit, baissa les yeux, traça des lignes sur le sable avec le bout de son ombrelle, et Jean, timide, troublé, proposa de faire une promenade qu'il connaissait, dans un vallon voisin.

« Comme vous voudrez ! » répondit Madeleine.

Ils traversèrent la cour où de jeunes Anglais avaient installé un *cricket* en miniature. Les fillettes appelèrent Jean, lorsqu'il passa près d'elles :

Dis, toi, Monsieur, tu ne veux pas t'amuser? »

Il fit semblant de ne pas les entendre ; il se promenait avec « Lucie », l'héroïne de Musset, et, comme une vieille mendiante tendait la main, il lui donna tout l'argent qu'il avait dans sa poche : trois francs quarante...

La route se perdait dans les champs, se divisait en sentiers. De temps à autre, un bruit de marteau sonnait : sur le coteau, on bâtissait une maison. La robe de Madeleine était mauve, sinueuse ; à la taille, flottaient deux larges rubans noirs.

Jean avait allumé une cigarette :

« Vous ne craignez pas la fumée, Madame? »

Madeleine affirma qu'elle ne la craignait pas et montra, sur les Rochers, la forme d'un nuage : les ailes et le cou d'un cygne.

Ils entrèrent dans un petit bois. Parmi les broussailles, ils virent des bancs rustiques. Derrière les branches, un hamac profila sa courbe : une belle femme brune qui se balançait dévisagea les promeneurs, et un jeune homme, à côté d'elle, se mit à siffler pour paraître indifférent.

« Est-ce que vous connaissez cette dame? fit Madeleine.

— Oh ! non... Elle n'est pas convenable !

— Ah ! vraiment?...

— Oui... on l'appelle la dame du hamac... elle est seule ici... »

Tout à coup, il y eut au-dessus d'eux un bruit de crécelle, puis un hurlement, et le funiculaire se hissa par sursauts brusques au long des rails.

Madeleine leva la tête, fit un faux pas.

« Attention ! Madame, je vous en prie... »

Et Jean se mit à marcher au bord du sentier qui longeait un ravin.

« Mais vous allez tomber ! »

Il ne répondit que par une bravade, se pencha vers le précipice : elle eut peur ; il lui en fut très reconnaissant et l'assura qu'il n'y avait rien à craindre. Il était déjà moins timide avec elle.

Au loin, après quelques minutes, le lac apparut. A l'embouchure du Rhône, des taches jaunâtres se mouvaient lentement, et, vers le hameau de Meillerie, on voyait, sur l'eau, une plaque d'or où s'écrasait un rayon de soleil.

Au passage d'un fourré, la robe de Madeleine s'accrocha dans la fourche d'une branche. Jean se mit à genoux, dégagea l'étoffe, en respira le parfum, et il admira la taille étroite. Un instant il se rappela que M. Piot lui avait appris hier de tristes nouvelles, mais il lui sembla se souvenir de choses étrangères : il était né pour vivre de semblables après-midi, pour défendre une femme contre les accidents du chemin.

Madeleine lui parlait de courses dans les montagnes, de piques-niques, de chaussures... Jean aimait ses yeux : ils étaient pâles, humides et lents.

Sur une prairie à peine inclinée, Madeleine se mit à courir. Elle avait fermé son ombrelle et retenait à deux mains son chapeau. Jean la suivit et, derrière eux, il y eut tout un sillage d'herbes foulées.

Un groupe d'arbres tenta les promeneurs par son charme d'oasis : trois sapins et un chêne, disposés en losange. Des bruyères le bordaient; à l'entour, s'était posé un essaim de corolles blanches. Madeleine s'assit. Elle avait chaud : Jean l'éventa avec un mouchoir de batiste fine.

« Un souvenir d'amour? »

Bien que le mouchoir fût un présent de

M. Piot, Jean garda le silence. Alors Madeleine espéra l'aveu d'une idylle.

« Vous êtes discret ! » reprit-elle.

Jean craignit de l'avoir offensée, confessa la vérité : Madeleine sourit ; elle jouait avec les plis de sa robe.

Son pied dépassa le bord de la jupe; le bas de soie marqua la forme de la cheville : une exquise intimité de femme... et Jean fut émerveillé par la vue de ces choses.

Il s'était couché sous le chêne. Appuyé contre un rocher, les bras croisés derrière la nuque, il paraissait très grand et vraiment beau, avec ses traits fins, ses cheveux cendrés, divisés en mèches souples, et ses lèvres un peu gercées, enfantines, arrondies, quêtant toujours un baiser. Madeleine aurait voulu caresser d'un geste maternel cette tête gentille.

Ils entendaient des bruits d'abeilles qui butinent, un murmure de source très lointain. Dans le ciel, un nuage se déchira en franges magnifiques ; à la cime du chêne, deux mésanges à tête noire fatiguaient leurs gorges tendues ; l'herbe fleurait comme au temps des fenaisons.

« On est bien ici, n'est-ce pas, Madame?

— Oui, très bien !... J'aime beaucoup la campagne...

— Moi, je l'adore... Vous n'avez pas froid?

— Oh ! froid?... il fait chaud !...

— C'est vrai !...

— A quoi pensiez-vous?

— A rien... je suis content... Est-ce que vous resterez longtemps à l'hôtel?

— Deux mois ; du moins je le suppose.

— Ah ! tant mieux ! » fit Jean.

Et il s'étonna d'avoir dit ces mots.

Madeleine ne les avait pas entendus. Ses yeux, à l'horizon, dans le brouillard qu'habitait le soleil, voyaient l'île de Stalimène, et, mieux encore, la chambre d'hôtel, à Paris, où elle avait reçu la lettre qui lui annonçait si brutalement la mort de Paul Brémond et qu'elle perdait son amour avant même de l'avoir connu.

La mélancolie est contagieuse, elle se propage dans les cœurs : auprès de Madeleine, Jean oublia sa gaieté : il avait une mère folle, un père si malheureux, tout ce drame se rapprochait de lui. Il y pensa avec angoisse ; dans le brouillard, il aperçut le tableau où sa mère était peinte, auprès d'un étang, couronnée de narcisses... Quelle était cette folie? Comment pouvait-elle être guérie par la naissance d'un enfant?... Et les gestes impudiques dont avait parlé Mme Piot?... Jean se reprocha d'ignorer beaucoup de choses ; il avait échoué à son baccalauréat, et le visage impassible d'un examinateur se mêla au tableau de l'étang, une voix annonça : *Monsieur Lagier, ajourné !*... et ces mots vibrèrent si désagréablement que le rêveur dit tout haut pour s'éveiller du cauchemar :

Je vous ai fait peur, hier soir, Madame?

— Hier soir? répéta Madeleine.

— Hier soir, sur la terrasse...

— Ah ! c'était vous... Oui, je me souviens, votre grand'mère vous appelait... Non, vous ne m'avez pas fait peur...

— Vous êtes si vite partie !... Quelle belle nuit, n'est-ce pas?

— Très belle... Que faisiez-vous là, tout seul?...

— Je vous regardais... »

Madeleine sourit, flattée de cette admiration. Jean désira lui raconter à quel instant elle lui était apparue :

« Imaginez-vous que je récitais à voix basse le *Saule*, vous savez : « Un soir, nous étions seuls... »

— Oui,.. « J'étais assis près d'elle... » Vous me demandez si je connais le *Saule ?*... mais je sais par cœur presque tout Musset !...

— Moi aussi... Alors je vous ai vue, et j'ai cru que j'avais une hallucination, que je voyais Lucie...

— Oh ! je ne lui ressemble pas.

— Si !...

— Mais non !... Vous aimez les vers?

— Beaucoup... tous... n'importe lesquels...

— Moi, j'aime ceux qui font pleurer... Et, tenez, hier soir, pendant que vous récitiez le *Saule*, je pensais au *Lac* de Lamartine : « Un soir, t'en souvient-il... »

— Comme c'est drôle !... Vraiment?

— Oui, j'avais du spleen, et cela guérit le spleen de prononcer ces mots si doux...

— Vous avez du spleen, quelquefois?

— Très souvent...

— Nous nous ressemblons... »

Ils échangèrent encore un sourire, un sourire d'amis qui depuis très longtemps se connaissent.

III

Leurs chambres étaient voisines. Quand ils s'en aperçurent, ils imaginèrent volontiers que le destin les réunissait.

Devant les fenêtres, il y avait un balcon, divisé par des claies vertes. Sur les treilles de bois montait le feuillage de capucines jaunes et rouges. Quand le ciel était clair, le matin, on découvrait toute la plaine jusqu'aux coteaux du Jura ; le soir, la brume bleue et les lumières des villes, souvent bougeantes, comme le reflet d'astres balancés.

Jean craignit d'abord que Berlier ne partageât la chambre de Madeleine ; mais il les vit se séparer sur le palier de l'étage, et, pour la seconde fois, il eut la sensation que cette femme était confiée à ses soins.

Elle fut dès lors son unique pensée, tous les souvenirs antérieurs à la promenade disparurent, la prochaine arrivée de M. Lagier, la folie honteuse, le chagrin des Piot... Jean vécut au jour le jour, et, s'il était triste encore, c'est qu'il devait imiter Madeleine : il était son ami, elle avait du « spleen », il ne pouvait pas être complètement heureux.

Bientôt ils dirent : « notre balcon » ; ils s'y rencontraient, admiraient ensemble les caprices du couchant et faisaient des paris sur la durée du spectacle. Les phrases qu'ils avaient dites restaient; pendant tout le repas, dans la mémoire de Jean : aussi ne savait-il répondre aux questions de M. Jansen.

Madeleine allait sur le balcon, chaque soir, avant de se coucher; mais Jean n'osait l'y rejoindre : la nuit, on ne peut causer en tête-à-tête avec une jeune femme sans la compromettre. Il guettait auprès de la fenêtre, respirait les parfums que la brise lui apportait avec des soupirs : Madeleine soupirait beaucoup ; c'était l'heure où elle rêvait à Paul Brémond, mort si tristement en Italie.

IV

Trois fois par semaine, le directeur de l'hôtel offrait à ses pensionnaires le divertissement d'un orchestre médiocre : on dansait dans un salon qui s'ouvrait sur le vestibule. Les musiciens se tenaient dans la galerie et leur jeu était si rude que les vitres tremblaient comme sous l'effort d'un orage.

Ce soir-là, Madeleine portait la robe blanche qu'elle avait mise le jour où Jean l'avait vue pour la première fois. Il dit :

« C'est ma robe... »

Madeleine ne voulait pas danser : est-ce qu'il existait un valseur comparable à Paul Brémond?... Elle s'assit dans l'embrasure d'une fenêtre, à côté de son père ; Jean se plaça debout derrière elle, pour regarder le bal.

D abord, les trois petites Anglaises et trois petits garçons italiens, qui avaient le teint olivâtre et les cheveux noirs, trépignèrent une polka. On joua une valse : Mme Chauvelin, très décolletée, donna son corps aux étreintes, M. Chauvelin s'épongea le front, la dame du hamac invita un jeune homme timide, les deux couples évoluèrent lentement, les femmes baissaient à demi les paupières et leurs dos se cambraient sous les doigts des hommes. Les musiciens eux-mêmes s'alanguirent. Le docteur Jansen aima cette union rythmique des sexes.

« Pourquoi ne danses-tu pas, Madeleine? » dit-il.

Madeleine se leva, se tourna vers Jean, murmura :

« Allons, venez... »

Offrant sa main, elle partit comme à regret, la tête haute, avec un peu d'ennui dans les yeux.

La valse mêlait les souffles, les désirs, les bras, et les corps ; M. Chauvelin changeait de place à tout moment pour mieux voir son épouse dont les gestes lui parurent adultères : elle avait fatigué trois de ses amuseurs et cherchait avec le quatrième un nouveau plaisir. Sur l'épaule de son timide cavalier, la dame du hamac soupirait d'extase ; derrière elle, un parfum d'iris s'épandait, et, quand elle eut parcouru toute la salle, ce parfum fut dans les âmes comme un adorable poison de tendresse.

Au passage d'un fourré, la robe de Madeleine s'accrocha... (p. 13).

La main de Madeleine frémit dans la main de Jean ; ses doigts cherchèrent à se mêler aux doigts du jeune homme ; elle avait la bouche entr'ouverte et les yeux humides ; jamais il n'avait vu de femme aussi belle. Il sentait à son genou le frôlement de la robe tiède, et, contre son bras, la poitrine de son amie. Quand les musiciens s'arrêtèrent, il resta chancelant, comme pris de honte :

« Qu'avez-vous? » fit Madeleine.

Il répondit :

« Rien, la valse me fait tourner la tête... »

Mme Chauvelin interpella son mari : le vieil homme se mit au piano, et la valse recommença, plus intime, échevelée pour les chastes, lente pour les voluptueux qui savent les émotions que procure une danse habile. Le docteur Jansen rêvait aux temps anciens où lui aussi avait connu de telles joies, et il se rappela une femme qu'il avait aimée tout un hiver, en Egypte. Madeleine était heureuse : elle revoyait le petit salon de l'hôtel, à Stalimène, où Paul Brémond lui avait appris ce que devient la danse aux bras d'un homme qui vous désire, à qui l'on n'a jamais appartenu et que l'on adore. Comme Jean la reconduisait à sa chaise, elle le remercia, puis valsa de nouveau, et longuement, avec tous ceux qui l'invitèrent.

La dame du hamac s'enfuit brusquement, suivie du jeune homme timide ; M. Chauvelin plaqua des accords furieux : sa femme avait perdu un soulier. Jean le chercha sous les meubles : quand il l'eut trouvé, on applaudit ; Mme Chauvelin lui offrit sa taille, puis le quitta, et Jean voulut encore danser avec Madeleine.

Elle avait disparu : le docteur Jansen, qu'il interrogea, lui répondit par un sourire lointain, venu d'Égypte... Dans le vestibule, Robert Berlier et Claudius buvaient des grogs.

« Vous n'avez pas vu Mme Berlier?

— Non, Monsieur ! »

Et, s'adressant à Claudius :

« D'après Lucrèce, dit-il, les premières danses se rythmèrent au chant des oiseaux.

— Piètre fiction de poète ! » répondit l'inventeur de la « dégénérescence latine ».

Mme Berlier n'était pas dans la galerie, elle n'était pas dans les couloirs, ni sur les terrasses. Jean s'affola : il aurait voulu battre ce mari et ce père qui n'avaient pas d'inquiétudes et restaient stupides, l'un devant son grog, l'autre devant son rêve, tandis que Madeleine était perdue.

Jean arpenta les terrasses, dévisagea les promeneurs, suivit des ombres, fouilla les bosquets. Tout à coup il aperçut, à la façade de l'hôtel, une fenêtre éclairée : Madeleine se penchait vers la nuit... Pour la rejoindre, il se précipita dans le vestibule, gravit l'escalier en courant, se glissa dans sa chambre ; tout de suite, sans réfléchir à ce qu'il faisait, il fut sur le balcon:

« Bonsoir, Madame... »

Distraitement, elle répondit :

« Bonsoir, Monsieur... »

La robe blanche, derrière la treille de capucines, était, comme au premier soir, une apparition romanesque. Jean souhaitait parler, mais il n'osait ; Madeleine demanda :

« Pourquoi êtes-vous monté si vite?

— Je m'ennuyais au salon ! Ils m'agacent tous... dès que vous êtes partie, j'ai eu envie de m'en aller...

— Avez-vous dansé avec Mme Chauvelin?

— Oui...

— Est-ce que vous la trouvez jolie?

— Mme Chauvelin?... Non...

— Elle a un grand succès ici... Tous les hommes l'admirent...

— Mais elle n'a aucun charme !

— Je ne suis pas de votre avis... Ce visage si jeune et ces cheveux blancs... Quel âge lui donnez-vous?

— Elle s'est mariée à dix-neuf ans... Il y a six ans, je crois... Elle doit en avoir vingt-cinq... Et vous trouvez qu'elle a du charme?

— Oui, je trouve... Vous ne devez pas avoir beaucoup d'expérience. Avez-vous aimé déjà?

— Non... c'est-à-dire, si !... il y a sept mois... une petite aventure.

— Ah !

— Une petite aventure avec une jeune fille que je ne connaissais pas, d'ailleurs... Chaque jour, elle passait dans le chemin qui borde le jardin de mes grands-parents, aux environs de Genève. Elle était brune et avait un petit chien noir... Je ne lui ai jamais parlé, mais j'étais passionnément épris...

— Ce n'est pas une aventure, cela...

— Pourquoi?

— Vous ne lui avez jamais parlé !

— Non, puisque je ne la connaissais pas... »

Madeleine se moqua. Paul Brémond avait d'autres souvenirs !...

Le bruit du piano montait jusqu'au balcon. Jean murmura :

« Je n'oublierai jamais cette soirée... »

Sur la treille des capucines, Madeleine s'appuya : elle avait compris.

« Pourquoi n'oublierez-vous jamais cette soirée?

— A quoi bon vous le dire?

— Quel enfant !... »

Ce mot humilia le gamin :

« Roméo a été tendrement aimé, songeait-il, et Madeleine me reproche d'être trop jeune !... »

Elle dit :

« Vous êtes triste, monsieur Lagier?

— Oui, mais cela ne fait rien : je suis un enfant...

— Oh ! vous êtes susceptible !... Pourquoi êtes-vous triste?

— Ce serait trop long de vous le raconter.

— Vous êtes amoureux?

— Non... J'ai des chagrins de famille... »

Il désirait paraître un homme, et ces mots : « chagrins de famille » devaient le vieillir aux yeux de Madeleine.

Le ciel était noir, un rayon de lune séparait deux nuages et tombait sur le lac.

« Voyez comme c'est beau ! fit Madeleine. On ne devrait pas souffrir devant un pareil décor, et pourtant cela ne change rien... »

Cette phrase, elle l'avait dite à voix très basse ; Jean répéta :

« Non, cela ne change rien... »

Dans le rayon, sur le lac, une barque ouvrait les antennes de ses voiles.

« Moi aussi, je suis triste, reprit Madeleine, plus triste que vous... »

Elle frissonna ; le vent se levait.

« Triste, triste à mourir... »

Jean voulut lui offrir sa vie, il supplia :

« Madame, si je puis vous être utile... Je suis très jeune... mais il faut avoir confiance en moi.

— J'ai confiance en vous, répondit Madeine, vous êtes le seul auquel j'aie fait l'aveu de ma tristesse... »

Entre les capucines, elle lui tendit la main. Il baisa les doigts de Madeleine ; il ne savait quelle phrase de reconnaissance il pourrait lui dire, et, soudain, il murmura :

« Je vous aime... »

Elle retira sa main, mit un doigt sur ses lèvres :

« Chut ! il ne faut pas m'aimer... »

Elle ajouta avec un geste d'adieu :

« Bonne nuit, mon voisin... Il fait froid... A demain !... »

Elle rentra dans sa chambre, ferma les fenêtres... Jean se promit de l'aimer toujours.

V

Dans le petit bois qu'ils ont déjà visité, Madeleine et Jean se promènent. Le soleil pèse sur les feuilles des platanes ; le sentier est si étroit que les épaules s'effleurent dès qu'on y veut marcher de front pour évoquer à deux les années lointaines.

Madeleine désire parler de Paul Brémond, mais elle est timide et souhaite que Jean prélude aux confidences. Elle dit :

« Pourquoi étiez-vous triste hier soir?

— Ne parlons pas de cela... Je vous...

— Chut !... Dites-moi pourquoi vous étiez triste hier soir? »

Il ne veut pas répondre. Il ramasse une noisette, la brise, et montre qu'on peut faire un sifflet avec la coque. Plus loin, ils rencontrent un chat. Jean le caresse, puis le jette dans un ravin :

« Ces bêtes-là retombent toujours sur leurs pattes. »

Madeleine s'indigne de cette action cruelle ; il lui en demande pardon.

« Je vous pardonnerai quand vous m'aurez dit tous vos chagrins... »

Alors il lui raconte les nouvelles que M. Piot apporta. Elle s'étonne de ce drame :

« Pauvre petit ! »

Elle veut savoir chaque détail, et s'il n'est pas très malheureux d'avoir une mère folle et un père qu'il ne connaît pas.

« Très malheureux?... Je devrais l'être, mais je suis insouciant... Quand j'étais plus jeune, l'absence de mes parents ne m'inquiétait guère ; maintenant, je pense que j'ai encore quinze jours devant moi, et il me semble que ces quinze jours ne se termineront jamais... Je sais que j'ai tort ; il faut prendre la vie au sérieux, n'est-ce pas? »

Madeleine approuve ces paroles, elle est une amie qui veut offrir des conseils utiles.

« Est-ce que vous partirez avec votre père?

— Oh ! oui... Il souffre... Quand on m'a parlé de lui, pour la première fois, il y a six ans, je n'ai pas compris ; j'avais quatorze ans...

— Comme vous êtes jeune ! » s'écria Madeleine.

Et Jean regrette de ne pas s'être vieilli davantage ; en vérité, il a dix-huit ans.

« Je suis très jeune, mais les ennuis mûrissent un homme ; je suis plus âgé que ceux de mon âge, car j'ai souffert, moi ! »

Jean ne s'aperçoit pas qu'il s'est contredit.

« Et que ferez-vous à Paris?

— Je ne sais... On nous écrit qu'on a besoin de ma gaieté ; on ne se doute pas que je suis presque toujours triste.

— Oh ! vous n'êtes pas toujours triste ! Quand nous sommes arrivés à l'hôtel, je vous ai vu jouer au ballon avec les petites Anglaises : vous vous amusiez beaucoup.

— Vous croyez?... Peut-être... J'oublie parfois, mais la nuit, quand je ne dors pas, je vois l'avenir, et ce n'est pas drôle, je vous assure.

— Pauvre !... Ah ! moi aussi, je parais souvent joyeuse, et cependant, si je vous racontais... »

Elle s'arrête. Jean la supplie d'avoir confiance, et il a très chaud à force d'être éloquent. Elle dit :

« Je n'ai pas fait un mariage d'amour, voilà ma grande faute ! J'ai épousé un élève de mon père, un orientaliste... Quand vous serez plus âgé, vous saurez que les femmes ont besoin de tendresse. »

Jean se rappelle l'apparence maussade de M. Berlier, il plaint Madeleine. Elle continue :

« Il y a deux ans, une grande affection a transformé ma vie. Dans une île de l'Archipel où nous passions l'hiver, nous avons rencontré par hasard un jeune Français que mon mari avait connu autrefois. Je m'ennuyais, il était très intelligent, il aimait les vers et la nature. Ensemble nous avons souvent regardé la mer : elle est si belle ! et les savants ne la voient jamais... Il devint mon ami. Je l'ai beaucoup aimé... Il est mort, loin de moi, en Italie, et maintenant je ne peux plus être gaie... »

Pour la consoler, Jean cherche une phrase ; les mots s'enfuient ; il murmure :

« Pauvre... pauvre... »

Cet adjectif veut dire tant de choses !

Madeleine parle encore : les soirées de Stalimène... l'élégance de Paul Brémond...

« Je l'ai beaucoup aimé ! »

... Les promenades qu'elle faisait avec lui sur les golfes étroits...

Jean l'interrompt :

« C'est pour cela que vous pensiez au *Lac* de Lamartine, l'autre soir?

— Oui... »

Madeleine a des larmes au bord des cils ; il lui prend la main :

« Ne pleurez pas, Madame, ne pleurez pas, je vous en prie...

— Il était ma vie, et maintenant il n'y a plus rien... Je suis seule au monde... »

Elle n'a pas retiré sa main, ses paupières battent, une larme tombe.

« Non, vous n'êtes pas seule, Madame ; je vous en prie, ne pleurez pas... Je vous aime... c'est-à-dire, non... excusez-moi... je vous suis très dévoué... Voyons ! ne pleurez pas !... »

Elle retire sa main.

« Vous êtes gentil, vous êtes bon... Nous sommes malheureux, voulez-vous que nous soyons amis?

— Oh ! si je le veux !... »

Et sa voix rit et se brise, défaillante aux syllabes.

Dans les sentiers, ils marchent côte à côte; leurs épaules s'effleurent : Jean est fier d'avoir une amie, Madeleine est moins affligée.

VI

Alex Claudius et Berlier ne se quittèrent plus dès qu'ils eurent appris à se connaître. La salle de billard servait de champ clos à leurs pacifiques tournois : elle était silencieuse, le bruit des billes ne gênait pas les dissertations, et, médiocres joueurs, ils n'apportaient aucune ambition à se vaincre.

Un jour, ils parlèrent des épouses et des maris modernes ;

« Monsieur, dit Claudius, la femme allemande a créé l'empire germanique. A Paris, toutes les femmes sont adultères, inféconde et perverses ; elles s'habillent de soies variées, couvrant ainsi d'oripeaux la pourriture de leurs mœurs.

— Monsieur, répondit Berlier, je méprise les femmes : qu'elles soient allemandes, françaises, slaves ou turques, elles ont une intelligence médiocre, inapte aux déductions, et une sentimentalité qui m'inspire le plus profond dégoût. Seule, la maternité les sauve parfois : elles deviennent alors des instruments ; elles reproduisent et méritent nos soins.

— Vous exagérez !... Madame votre épouse est charmante et n'a pas d'enfants... »

Claudius remua ses grosses lèvres ; c'était un sourire, et il souriait parce que Madeleine Berlier lui déplaisait et qu'il espérait troubler la tranquillité de ce ménage. Berlier mit de la craie à sa queue de billard :

« Monsieur, dit-il, les arguments *ad hominem* n'ont aucune valeur ; toute école de logique doit les réprouver. »

Et l'orientaliste fit un carambolage.

Alors Claudius divisa les femmes en cinq catégories, et parla de Mme Chauvelin qu'il mit dans la troisième. Berlier ne la défendit pas.

VII

Sur le balcon, où, chaque nuit, ils causent de Stalimène, Jean dit à son amie :

« Vous allez prendre froid, Madame. »

Elle a beaucoup dansé, ce soir. Elle pose une écharpe sur ses épaules : ce mouvement fait onduler le corsage, et les seins paraissent aux yeux effrayés de Jean. Il admire, s'étonne, désire baiser un point noir sur la peau blanche détourne la tête, et maintenant s'irrite contre l'écharpe qui lui cache la poitrine de son amie Madeleine enlève ses gants : ils sont très longs à mesure qu'ils glissent, le bras se révèle, nu jusqu'à l'épaule, où la lancette inhabile d'un médecin a laissé une trace. Les mains hors de leurs fourreaux s'agitent, heureuses d'être libres.

Jean se souvient que, tout à l'heure, dans la valse, il a serré contre lui ces épaules et cette poitrine : comment a-t-il osé? A présent, il serait incapable d'un tel courage, et pourtant il ne désire que vivre blotti dans ces bras nus.

« Vous dansez bien, monsieur Jean...

— Vous trouvez? J'ai pris des leçons, mais la pratique me fait défaut : mes grands-parents détestent le monde... »

S'il était sincère, il devrait dire que Mme Piot ne lui a jamais permis d'aller au bal.

« M. Brémond, votre ami, était-il un bon danseur?

— Il valsait admirablement... Il donnait cette impression de force, de souplesse et d'assurance qui est délicieuse pour une femme. Ah ! il valsait... D'ailleurs, à tous les sports, il était superbe ; à la chasse, par exemple... Et pourtant, voyez comme il m'aimait : je déteste que l'on tue de pauvres bêtes ; je le lui ai dit un jour, et, depuis lors, il n'a plus chassé... Ah mon pauvre Paul, mon chéri...

Jean se reproche amèrement d'avoir lancé le chat dans le ravin; il affirme qu'il adore les bêtes, et qu'il n'a jamais chassé. Madeleine ne l'écoute pas ; bientôt elle recommence l'apologie de Brémond ; longuement elle énumère ses vertus, puis s'arrête.

« Je vous ennuie?

— Non... Je suis votre ami...

— Moi aussi, je suis votre amie... »

Madeleine tend la main au travers des capucines. Il pose son front sur les doigts brillants de bagues.

« Je vous aime, je vous aime tellement !...

— Il ne faut pas ! Je ne peux pas vous aimer, moi...

— Pardon !... »

Au pied des capucines, les gants sont tombés Jean les ramasse, et Madeleine permet qu'il les garde en souvenir d'elle.

VIII

C'était un navire, en miniature. Il s'appelait la *Mouette ;* ses roues tournaient sous des tambours blancs ; un drapeau suisse flottait à la poupe. Le capitaine, galonné aux manches de son habit d'un triple galon d'or, se promenait de long en large sur le pont, où des passagers admiraient en plusieurs langues la beauté des côtes. M. et Mme Piot échangèrent un sourire : ils allaient voir Jean, ils avaient le cœur en fête.

Le lac était joli comme un matin de printemps. Des barques s'endormaient, paresseuses. De temps à autre, la *Mouette* s'arrêtait à un débarcadère : un gendarme s'avançait et des paysans. Puis ce fut Ouchy, les maisons de Lausanne en amphithéâtre ; puis Vevey, puis des hôtels, des villas. On longea des jardins ; un autre navire joujou passa, les matelots se lancèrent de très vieilles plaisanteries, et les capitaines se saluèrent de gestes graves.

M. Piot contemplait le drapeau helvétique, dont la croix blanche était un peu sale. Josépha murmurait :

« Qu'est-ce que Jean va devenir, à Paris ?... Mon Dieu ! qu'est-ce qu'il va devenir ? »

M. Piot hochait la tête.

« Les ateliers de peintre sont remplis de femmes nues ! déclara Josépha.

— Mais, poulette, fit Riquet, son père le surveillera...

— Son père !... Ah ! tu seras donc toujours aveugle !... Son père est un homme sans religion, sans scrupule, un athée... Comprends-tu ce que cela veut dire : un athée !... Et notre petit va se perdre dans cette demeure où le vice règne... Son âme sera blessée d'abord, puis s'habituera au vice et perdra sa pureté, son innocence ; il connaîtra des filles ; il aura des maîtresses...

— Des maîtresses !... Est-ce que tu crois, poulette ?...

— Henri !... Tu oublies qu'il a grandi sous mes yeux !

— Mais, non, chérie... En tous cas, tu ne serais pas responsable...

— Comment ? pas responsable !... Dans notre famille, on n'a jamais décliné une responsabilité... Tais-toi, Riquet !... Tais-toi, tu prends plaisir à me faire du chagrin... Eh ! oui, n'as-tu pas défendu Irène jadis ? n'es-tu pas l'auteur de ce mariage qui a détruit notre vie paisible ?... Pourquoi, oui, pourquoi étais-tu resté en relations avec le docteur Lagier ?... Dieu sait qu'il n'était pas de notre monde !... »

Pour la centième fois, Mme Piot recommença l'histoire des fiançailles, et conclut :

« Il ne faut jamais accepter une mésalliance.. Si tu l'avais compris, Riquet, nous ne serions pas, à l'heure présente, séparés pour toujours de nos deux filles !

— Pour toujours !... Oh tu pardonneras...

— Non, non et non ! »

Le lac se ridait de petites vagues bruissantes. Les barques s'étaient réveillées leurs voiles furent dodues, sous la brise.

« Ma chérie, nos filles sont des nerveuses, reprit M. Piot ; n'oublie pas que nos parents étaient cousins germains... Mon grand-oncle est mort d'une manière étrange on le trouva pendu dans un grenier... et, durant les derniers temps, il vivait dans une chambre obscure... Et ta cousine Pauline ! Elle est devenue catholique, Josépha !... Si donc Maud est malade, notre gendre a presque le droit de nous le reprocher.

— Cela n'empêche pas qu'il est un grand coupable ! » s'écria Mme Piot.

Riquet voulut répondre, mais une douleur aiguë le fit geindre : il avait les reins malades, et la crainte d'une crise le rendit docile et muet.

Il sentait à son genou le frôlement de la robe tiède (p. 15).

La *Mouette* quittait Clarens. Trois cygnes amoureux enflaient leurs ailes pour éblouir une femelle. Sur des yoles, on voyait des rameurs et des femmes étendues ; les hôtels de la rive et plus loin, le château de Chillon offrirent aux deux vieillards leurs silhouettes familières.

A Montreux, des tramways se croisèrent sur la route ; une locomotive accourut. La *Mouette*, repartit, le sillage décrivit une courbe, et, devant Territet, les Piot se levèrent, requirent le secours de l'équipage pour transporter leurs malles ; puis, comme le bateau accostait, Riquet bondit sur la passerelle et se jeta dans les bras de Jean.

Une foule de petites phrases furent échangées :

« Pas de migraines?... bien sûr?...

— Je t'ai apporté des chemises de flanelle et des bas de laine...

— Pour huit jours

— Oui, pour toute une semaine !...

— Dépêchons-nous, Riquet !

— Diable ! Il ne faut pas manquer la « ficelle » !... »

Jean se laissait adorer, non sans coquetterie. Il demande si l'on avait reçu des lettres de son père :

« Non », fit M. Piot.

Et Jean se dit :

« Tant mieux

Les malles furent enregistrées. Riquet acheta *a Gazette de Lausanne*, qu'il méprisait, étant Genevois, parce qu'elle était Vaudoise, et Mme Piot fit emplette de cerises noires, fruit dont elle était friande à l'excès.

Dans le funiculaire, Josépha eut le vertige : elle pinça son mari, il fit une grimace, et Jean essaya d'être joyeux. Mais l'arrivée de ses grands-parents le gênait beaucoup : avec eux revenaient les soucis et les chagrins ; il voulait uniquement consoler Madeléine...

A Glion, M. Piot admira la vue et dit : « notre lac... ». Sa joie devint de l'enthousiasme quand il eut découvert dans le wagon une carte qui portait ces mots : *Lac de Genève*, car les habitants du canton de Vaud l'appellent : *Lac Léman*, ce dont les Genevois souffrent plus qu'il n'est possible de l'exprimer.

Dans le chemin de fer à crémaillère, que traînait une locomotive soufflant comme un vieux cardiaque, Riquet parla de M. Jansen, et fut ravi d'apprendre que le savant se portait bien :

« Sa fille est-elle toujours aussi belle?

— Oui, je crois... » répondit Jean, que cette question embarrassait.

Un autre train passa. Il contenait la dame du hamac, le jeune homme timide et les trois petites Anglaises avec leur gouvernante. Elles agitèrent des mouchoirs, envoyèrent des baisers ; Riquet leur jeta des cerises et s'écria :

« Sont-elles jolies, ces gamines !... As-tu joué souvent avec elles, mon petit?

— Non, grand-père, je n'ai pas eu le temps...

— Tu n'as pas eu le temps?

— C'est-à-dire... si... mais cela me donnait trop chaud...

— Hein ! tu vois, Riquet, triompha Mme Piot, il a reconnu lui-même qu'il ne devait pas courir... Qu'est-ce que je te disais, l'autre jour? »

M. Piot sourit, puis parla de la nature. Jean songeait à Madeleine, et, pour la revoir plus vite, quand le train se fut arrêté dans la gare, il força Mme Piot à prendre l'omnibus.

A l'hôtel, cependant, Josépha voulut inspecter la chambre de son petit-fils. Des fleurs fanées, des gants de femme traînaient sur la table. Mme Piot les regarda d'un œil soupçonneux, puis rejoignit M. Piot, qui ne parvenait pas à ouvrir les malles, et Jean se mit à la recherche de Madeleine.

Il la trouva dans le petit bois. Elle était couchée sur des fougères ; elle avait passé son bras autour d'un arbuste, ses souliers blancs s'appuyaient contre une roche moussue, et la ligne des hanches se dessinait, trop voluptueuse, sous l'étoffe : Jean eut peur de cette beauté.

Madeleine lisait un livre, un roman où l'auteur s'attardait à décrire les songes d'une femme honnête qui s'abandonne à son mari et rêve au danseur de la veille.... Cela était si passionnant que Jean fut reçu avec indifférence.

Il pensa que Madeleine s'était livrée au désespoir pendant cette après-midi solitaire. Afin d'être digne de son amie, il se contraignit à la tristesse.

Le lieu était propice : les sous-bois sont comme les crépuscules, les âmes s'exaltent dans ces décors imprécis et restreints.

Madeleine a terminé le chapitre ; elle tend le livre à son ami, et, rougissant :

« Lisez... Croyez-vous que cela soit possible? »

Il lit, se trouble ; jamais il n'a songé à de telles choses ; il se tait, honteux. Madeleine murmure :

« Eh bien?...

— Je ne sais pas...

— Mais croyez-vous?...

Ils sont tous les deux sans expérience et craignent leurs désirs. Cette prose les émeut, les choque dans leur pudeur, éveillant toutefois au cœur de Madeleine une espérance mystérieuse.

« Enfin, dites-moi ce que vous pensez...

— Ce que je pense?... C'est possible... On dit qu'il y a des femmes si bizarres

— Oui, cela doit être possible...

Et Madeleine laisse traîner sa voix sur le mot « possible » : elle rêve, son rêve est singulier, il y paraît le profil de Paul Brémond, celui de l'orientaliste et, plus loin, très loin, les lèvres de Jean, ses lèvres enfantines, gercées, qui souhaitent un baiser... Le rire de Mme Chauvelin traverse ce rêve. Les amuseurs ordinaires suivent les cheveux blancs et les traits puérils, et, derrière eux, vient M. Chauvelin, qui toussote et crache.

« Qu'est-ce que vous lisez? demande Mme Chauvelin. Oh ! très inconvenant, je connais... Comme c'est bien observé !... »

Elle toise ironiquement son vieux mari ; les amuseurs s'amusent, la troupe s'en va, et, quand ils sont partis, Madeleine dit à Jean :

« Vous voyez, Mme Chauvelin vient de nous renseigner...

— Vous pensez que?...

— Certainement !... Avec un tel mari... »

Jean est un peu scandalisé ; il se réjouit de ce que son amie soit protégée contre le vice par le souvenir de ses amours défuntes. Madeleine reprend son rêve ; il est plus net : les lèvres enfantines et gercées se rapprochent des siennes, et c'est la bouche de Paul Brémond...

Ce jour-là, le dîner fut bruyant, égayé par la verve du notaire. Mme Piot, calviniste, confessa ses croyances à voix haute. M. Jansen traita Calvin de « paralytique général ». Joséphа fit l'apologie des lois somptuaires, et, perdant toute mesure, commença une tirade véhémente sur les robes immodestes dont s'habillent à présent les jeunes femmes :

« Oui, immodestes, indécentes, luxurieuses ! »

Mme Chauvelin rit beaucoup ; Madeleine, qui portait une robe ouverte en pointe, fut méprisée par Mme Piot, et, quand le repas prit fin, il était temps : la sueur coulait aux joues rebondies de la vieille dame.

Sur la première terrasse, des fauteuils étaient alignés ; on s'assit, pour « respirer un peu ». Trois groupes distincts s'établirent : à gauche, M. Piot s'égayait des plaisanteries que débitaient les admirateurs de Mme Chauvelin ; au centre, le docteur Jansen et Joséphа s'entretenaient de choses sérieuses ; à droite, isolés par un espace vide, Madeleine et Jean restaient silencieux, lui en extase, elle pensant au roman qu'elle avait lu, cette après-midi, dans le petit bois.

Claudius traitait le Christ avec désinvolture ; M. Jansen fit un discours. Sa voix était belle, grave, son geste suivait les paroles, se prolongeait dans la nuit, lent et rythmé.

« Jésus de Nazareth, ignoré des Juifs et du monde... »

Sur le dossier du fauteuil où Madeleine est à demi-couchée, Jean pose la main.

« Paul, apôtre des gentils, prêcha la doctrine nouvelle et la déforma... »

Le coude de Madeleine effleure les doigts de Jean, et Jean, sentant contre sa main la tiédeur de la peau, se tient immobile.

« Le Christ de Byzance et le Christ de Genève, l'un et l'autre, sont bien éloignés du Christ que les belles pécheresses adoraient... »

Madeleine laisse tomber son bras sur la main ouverte de Jean ; il le reçoit avec une joie timide, puis il s'enhardit, et, peu à peu, il ferme l'anneau de ses doigts sur le coude, à l'endroit où bat une artère. Madeleine tourne la tête : elle songe à Paul Brémond.

« Aucune des images que nous nous formons du Galiléen n'est la vraie, conclut le docteur Jansen, mais celle du Nord, le Christ des églises froides, est certes la moins ressemblante à ce rêveur charmant qui, sous les figuiers, aux rives des lacs, assis auprès de femmes aimantes et gracieuses, cueillait les fleurs dont il allait embaumer ses paraboles et sa légende... »

Le geste de M. Jansen revint à sa barbe grise, et, tout à coup, on entendit un des amuseurs qui s'écriait :

« Ah ! zut !... »

Alors un rire frénétique secoua Riquet, Mme Chauvelin et tous les amuseurs, et ce mot trivial et ces rires séparèrent Madeleine et Jean, tandis que Mme Piot et Claudius mêlaient leurs voix, que le docteur Jansen ne prit point la peine d'écouter.

Ce soir, Jean n'ose pas monter sur le balcon, et Madeleine souhaite, au contraire, qu'il y vienne, et, pour l'attirer, elle soupire plus violemment qu'à l'ordinaire ; mais Jean se figure qu'elle se repent de lui avoir permis une caresse.

IX

Au ras du sol, le platane se divise en deux branches divergentes ; l'une est épanouie, l'autre est morte jadis, on l'a taillée à coups de hache : elle forme un siège où Madeleine et Jean se reposent. Un orage a passé, cette nuit, sur le petit bois : des feuilles pendent aux rameaux et des parfums ravivés enveloppent les broussailles qui sèchent.

A voix basse, Madeleine raconte quel fut son chagrin quand elle apprit la mort de Paul Brémond :

« Ce fut d'abord comme un grand vide autour de moi, puis comme un trou dans mon cœur, et je restais pendant des heures entières, le matin, devant une médaille ancienne, un « philippe » qu'il m'avait donné... J'ai voulu prier... Mais je ne savais que demander au Ciel... Mourir?... Non ; je voulais revivre les soirées où, tant de fois, lui et moi, nous avions échangé... »

Elle n'achève pas ; elle voit, sur l'herbe, les fleurs meurtries dont les corolles sont souillées de boue, les pétales déchirés. Alors Jean dit naïvement :

« Est-ce que M. Brémond vous embrassait?

— Oui...

— Ah !... »

Au bord du sentier, une eau plaintive coule en menues cascades. Jean l'écoute, elle vibre dans son cœur ; il est triste parce que M. Brémond a embrassé son amie, autrefois. Il murmure :

« Mon Dieu ! que je suis malheureux !... »

Madeleine hésite, puis sa main caresse les doigts de Jean.

Je vous aime, dit-il ; ce n'est pas ma faute... »

Il semble un écolier qui s'excuse. Madeleine l'attire vers elle, il pose sa tête sur l'épaule qui lui est offerte. Madeleine se penche, se relève : elle est dans les bras de Jean, sa nuque s'appuie aux lèvres du gamin. Il répète :

« Oh ! je vous aime ! »

Il ne sait point d'autres mots. Les cheveux de son amie l'enivrent : il se rappelle l'opium qu'il a fumé un jour, à Genève, en cachette. La nuque de Madeleine glisse et tourne, la bouche de Jean passe sur la joue de la jeune femme, sur les paupières, au sillon bruni qui agrandit les yeux, au coin des lèvres entr'ouvertes, sur les lèvres...

« Oh ! je vous aime !...

— Assez !... rentrons !... » dit Madeleine.

Ils marchent dans les sentiers étroits ; Jean fredonne une chanson, il siffle, il fait beaucoup de bruit, et, comme l'allée devient plus large, avant de quitter le petit bois, il reprend Madeleine dans ses bras et, quand elle lui donne le baiser que Paul Brémond lui enseigna, Jean a mal et les battements de son cœur montent trop vite pour gonfler les veines à son front. Elle défaille et cache son visage dans ses mains.

« Vous êtes fâchée? » s'écrie Jean.

Elle se redresse et dit, la voix un peu rude :

« Non ! ce n'est rien... Allons, il nous faut rentrer ! »

Maintenant, il ne fredonne plus, il ne siffle plus, il est grave, mélancolique, et Madeleine

Sa femme avait perdu un soulier (p. 16).

[illegible] les doigts sur le manche de son ombrelle.

A un tournant du chemin, les trois petites filles sortent des taillis ; elles crient :

« Jean !... Jean !... Jean !... Bonjour, bonjour !... »

Il les embrasse, l'une après l'autre, puis quand elles partent :

« Est-ce que vous m'aimez un peu, Madeleine? »

Elle répond :

« Non, je ne vous aime pas comme vous le désirez. »

Il médite ces paroles. Et voici que Mme Piot, l'apercevant de loin, murmura à l'oreille de M. Piot :

« Tu vois, il est encore avec elle... Henri, je suis inquiète...

— Mais non, ma chérie, tu as tort, tu as tort ! » dit le notaire, qui admire beaucoup Mme Berlier.

X

« Regardez...

— Quoi?

— Le ciel.

— Mais je ne vois rien.

— Il y a plus d'étoiles que d'habitude, ce soir... vous ne trouvez pas?...

— Non, je trouve que j'ai froid et je rentre... Adieu...

— Oh ! Madeleine, je vous en prie, pas encore... Venez là, près de moi... »

Derrière la claie des capucines, Jean supplie et, pour lui faire plaisir, Madeleine s'accoude à la balustrade. Ils causent à mi-voix.

« Est-ce que votre mère souffre beaucoup?

— Personne ne le sait... Elle doit souffrir quand elle revient à la raison... Pauvre maman ! Vous ne pouvez vous imaginer, Madeleine, comme j'ai peur de la voir... oui, j'ai affreusement peur... Ah ! la vie n'est pas gaie... Si je ne vous avais pas...

Il fait un geste qui peut signifier, soit des intentions de suicide, soit le découragement le plus profond. Pour le consoler, Madeleine lui tend la main : cela le console, mais ne lui suffit pas, et la treille des capucines est si gênante qu'il en casse deux barreaux et goûte aux lèvres de son amie.

Les capucines chancellent, la treille est peu solide ; elle s'incline à droite, à gauche, et tombe, entraînant les fleurs jaunes et rouges. Cette chute embarrasse Jean. L'heure est tardive, ils sont presque dans la même chambre... Madeleine se met à rire.

« Il faut relever cela ! » dit-elle.

Mais il est très hardi maintenant : la voix de son amie l'a rassuré ; les baisers recommencent, ils durent longtemps.

« Soyez sage... Tenez, je vais vous montrer le portrait de mon ami... »

La chambre de Madeleine est éclairée par une

lampe rose : on voit le lit, deux jupons de soie sur une chaise, et Jean n'ose franchir le seuil.

« Allons, venez... »

Il la suit, avec des airs si effarouchés que la jeune femme se moque. Devant une glace, elle prend une photographie : c'est l'image de Paul Brémond, et Jean le trouve très beau.

« Très distingué, surtout ! » fait Madeleine.

Elle caresse le cadre.

Paul Brémond a des yeux pâles, des cheveux lisses, une moustache impertinente. Jean reconnaît qu'il est très distingué, et respire le parfum des jupons ; il voit aussi la chemise, qui repose sur les draps entr'ouverts... Il redevient timide comme aux premiers jours où il connaissait Madeleine.

Elle lui dit :

« Partez maintenant, bonne nuit !... »

C'est à peine s'il proteste :

« Vous me renvoyez déjà?...

— Oui, laissez-moi... je suis fatiguée... »

Il s'en va, docile, après lui avoir baisé les mains.

Sur le balcon, il relève la claie des capucines et s'applique à ne pas l'attacher trop solidement.

XI

« Écoute-moi, Henri.

— Je t'écoute, poulette...

— Je n'approuve pas, mon ami, les relations que notre petit-fils entretient avec cette étrangère dont le père m'étonna, l'autre soir, par un discours prétentieux et impie. Jean se dispose mal, en cette compagnie, aux tentations qui vont l'assaillir bientôt... J'ai résolu de lui parler aujourd'hui même... Je te prie donc d'aller le chercher : tu le trouveras sans doute sur les terrasses avec la personne en question... »

Or, quand Josépha interpella en ces termes son mari, M. Piot s'occupait d'organiser pour le lendemain un pique-nique, et il regretta de posséder une femme si vertueuse.

« Je t'admire, dit-il ; tu ne transiges pas avec le devoir...

— Je ne transige jamais, mon ami... Va... Je t'attends dans le petit salon, à droite du vestibule... »

M. Piot obéit. Au jardin, il rencontra le docteur Jansen qui lui montra une ombrelle rouge dans un bosquet touffu.

« Ma fille et M. Lagier sont là, dit le savant. Pourquoi les déranger?... Ils flirtent, c'est de leur âge...

— Sans doute, Monsieur, sans doute, mais... c'est ma femme qui m'envoie. »

Et M. Piot se dirigea vers le bosquet.

Avant d'y pénétrer, il toussa : l'ombrelle frémit.

« Hou ! hou !... fit M. Piot. Hou ! hou !...

— Ici !... »

Et, brusquement, Jean apparut devant le vieillard.

« Ta grand'mère te réclame, mon petit. Nous ne te voyons plus...

— Oh ! tu vas me gronder?

— Non, mon petit, non ; moi, je n'en aurai pas le courage, mais je crains bien... Allons vers Mme Piot, il ne faut pas la laisser seule quand elle est de mauvaise humeur...

— Elle est fâchée?... C'est vrai, je n'ai pas été gentil, mais ce sont mes dernières vacances... Je vous aime beaucoup... Tu n'en doutes pas? »

Riquet secoua la tête, en souriant.

Josépha les attendait dans une pièce étroite, meublée de sièges en cuir jaune et ornée de gravures : *le Festin de Balthazar* et *la Prise de Babylone*. Riquet s'assit pour affronter l'éloquence de son épouse ; Jean se mit à cheval sur une chaise et Mme Piot l'en réprimanda :

« Assieds-toi convenablement ! Depuis quelques jours, tu as des manières déplorables ! »

Puis, croisant les mains, elle dit :

« Avant de nous séparer pour de longues années...

— Oh ! de longues années... Mais, grand'mère, je viendrai souvent à Genève !

— Non !... Ton père ne le permettra point... Avant de nous séparer, mon devoir est de te faire connaître les dangers que tu vas courir et de te rappeler les vérités que nous t'avons enseignées... N'est-ce pas, Henri? »

M. Piot répondit :

« Oui, poulette, oui... »

Jean pensait :

« Allons, bien ! en voilà pour une heure... Et Madeleine qui m'attend !... »

Mais Josépha reprit, d'une voix posée, lente et presque sacerdotale :

« Je puis dire, mon cher enfant, que nous avons monté la garde au seuil de ton cœur, afin qu'il conservât sa pureté. Tu as grandi comme une plante précieuse, et nous nous flattions que tu marcherais toujours dans les voies du Seigneur... N'est-ce pas, Henri?

— Oui, ma chère amie, oui.

— Or, dans un mois, tu vas quitter la Suisse pour aller à Paris. Cette ville est une Babylone... »

Mme Piot montra la gravure qui pendait à la muraille.

« ... Une Babylone, et tu y verras des ignominies que tu ne peux même pas soupçonner. Brusquement tu vas être introduit au foyer même du mal, et toi qui n'es jamais sorti sans être accompagné... »

A ce moment, la dame du hamac entra :

« Oh ! pardon », fit-elle.

Et, discrètement, elle se retira.

Josépha reprit :

« Te voilà donc prévenu, mon enfant. J'espère que nous avons déposé assez de principes y tueux dans ton âme pour que tu puisses éviter les embûches du Malin ; j'espère aussi que tu pries Dieu tous les jours?... »

A cette question, Jean ne répondit point, et quand Mme Piot, interprétant à son gré ce silence, acheva sa tirade, il se rappela le soir où, pour la première fois, il s'était endormi en oubliant de prier. A cette époque, il lisait *Robur le Conquérant* : cette lecture était si intéressante qu'il la poursuivait dans son lit ; durant une semaine, elle lui avait fait négliger ses devoirs religieux. Ainsi avait-il perdu irréparablement une habitude ancienne, et, dès lors, ses croyances étaient devenues très vagues : le temple lui paraissait un lieu clos de murs où, chaque dimanche, on écoute une leçon plus ennuyeuse que les autres, car elle assombrit un jour d'absolue liberté.

Mme Piot maintenant parlait de son gendre :

« M. Lagier est peintre... Or, les peintres reçoivent chez eux des créatures qu'ils paient fort cher, afin qu'elles représentent dans des poses souvent lascives les sujets qu'ils peuvent reproduire en couleurs... Je ne veux pas que tu assistes à ces séances immondes.

— Mais enfin, grand'mère, interrompit Jean, pourquoi me dis-tu cela?... D'abord, si ces séances étaient immondes, mon père...

— Ton père, mon pauvre petit, est un malheureux que l'orgueil égare... Entre lui et moi, il y eut toujours des abîmes !... »

Et, revenant à son thème favori, elle s'exalta :

« Il est athée et je cherche à suivre les préceptes des Saintes Ecritures... Oui, ton père ne croit pas en Dieu, mon enfant, et quand on ne croit pas en Dieu, on est capable de tout... Ton père est capable de tout !... Sa conduite passée le prouve... Non seulement il m'a jeté des insultes, mais encore il a permis à ta tante Irène de le suivre à Paris, encourageant ainsi les calomnies que, depuis longtemps déjà, on répandait dans la ville.

— Quelles calomnies?

— Tais-toi !... Irène était encore trop jeune pour comprendre ce qu'elle faisait et les principes supérieurs qui poussaient le pasteur Maubel à nous conseiller un acte en apparence inhumain.

— En apparence, grand'mère?... Je ne sais pas, moi... Mais je sens que papa a eu raison : quand on aime une femme, on ne la met pas à l'hôpital ! »

Il songeait à Madeleine, il ne permettrait pas qu'on l'enfermât si elle devenait folle...

« Quand on aime une femme !... Veux-tu bien te taire ! » cria Josépha.

Elle était indignée ; elle rudoya Riquet, qui essayait de s'interposer.

« Henri, tu m'agaces ! Et quant à toi, Jean, tu vas me faire le plaisir de monter dans ta chambre et de ne pas en sortir avant le dîner... Cela t'apprendra à me contredire... « Quand on aime une femme !... » A-t-on jamais entendu des mots pareils dans la bouche d'un enfant?...

— Il me semble, grand'mère, que j'ai le droit de défendre papa. Il n'est pas ici et tu l'attaques... »

Mme Piot montra la porte à son petit-fils, mais il resta sur sa chaise, et dit, se mordant les lèvres :

« Non... j'ai raison !... je ne sortirai pas... »

Riquet ne savait que devenir. Il murmurait :

« Voyons, mon petit, voyons... Voyons, Josépha, voyons... »

Elle brandissait un cahier de musique. Ce furent de tragiques minutes. Enfin Mme Piot jeta le cahier sur un meuble :

« Voilà ce que c'est ! dit-elle ; dans ces caravansérails, on fréquente des inconnus, des gens comme ces Berlier qui sortent on ne sait d'où...

— Poulette, je t'en prie !

— Eh quoi ! vas-tu les défendre, Henri?... Ce sont des rastaquouères, et c'est dans leur compagnie que Jean s'est gâté... Ah ! je m'en doutais bien, quand je le voyais à côté de cette femme...

— Mme Berlier est mon amie, grand'mère ! » fit Jean.

Et il se leva.

« Ton amie?

— Oui, mon amie... Elle a toujours été très bonne pour moi, ainsi que son père, et leur famille vaut la nôtre.

— Leur famille !... Des rastaquouères... »

Elle appelait « rastaquouères » tous les étrangers. Elle dit encore :

« Des rastaquouères, et rien d'autre !... »

Puis elle sortit et fit claquer la porte.

M. Piot s'essuya le front et contempla son petit-fils avec une infinie tristesse dans ses gros yeux débonnaires.

« Avoue que j'ai raison, grand-père !

— Eh ! mon chéri, peut-être... toutefois, tu aurais dû modérer ton langage.

— Elle attaquait une de mes amies...

— Elle a eu tort, mais, vois-tu, nous sommes d'une autre époque, nous autres, nous n'aimons pas les étrangers...

— Oh ! toi...

— Moi, je m'amuse avec tout le monde, mon chéri ; ta grand'mère est de la vieille race genevoise, elle en a toutes les vertus. Il faut que tu lui fasses des excuses, mon petit...

— Jamais ! J'ai défendu papa, j'ai défendu mon amie, j'ai raison : quand on a raison, on ne fait pas d'excuses...

— Tu te trompes, il faut savoir s'humilier même dans certains cas où l'on aurait le droit de ne pas le faire... Et tu le feras aujourd'hui pour tranquilliser ton vieux grand-père : toutes ces discussions rendent malades... mon petit, mon petit, tu t'apercevras bien que la vie n'est pas facile... Songe que je vais te perdre, toi, mon bâton de vieillesse, mon rayon de soleil !... Promets-moi de lui demander pardon. »

Riquet avait les larmes aux yeux, et le gamin en fut ému, bien que sa logique protestât contre les paroles du vieillard.

« Je te promets de faire des excuses à grand'-mère, dit-il, mais ce soir : maintenant je ne le pourrais pas, je ne serais pas sincère... Ce soir... je te le promets...

— Bravo! mon chéri, bravo !... Il faut se vaincre soi-même, c'est une des meilleures joies que l'on puisse éprouver... A présent, va jouer : je ne veux pas que tu aies la migraine... Va dans le jardin, sois gai : il faut beaucoup rire à ton âge... »

Et M. Piot, prenant la tête de son petit-fils dans ses mains, l'embrassa sur le front, puis il rejoignit Mme Chauvelin et lui parla du pique-nique. Elle accueillit ce projet avec enthousiasme.

Il la trouva dans le petit bois (p. 20).

Comme Madeleine n'était plus sur la terrasse, Jean monta dans sa chambre pour réfléchir aux choses nouvelles qu'il avait entendues.

Pourquoi Mme Piot s'était-elle montrée injuste envers Madeleine?... Pourquoi avait-elle dit : « Ton père est un malheureux que l'orgueil égare ?... » Pourquoi M. Piot avait-il conseillé à son petit-fils de demander pardon pour une faute qu'il n'avait pas commise?... « Il faut savoir s'humilier, même dans certains cas où l'on aurait le droit de ne pas le faire... » Pourquoi?... On a tort, ou bien l'on a raison, et, quand on a raison, c'est une lâcheté d'avouer qu'on a tort...

Sur le balcon, il y avait du soleil en draperies. Jean s'assit devant une table, ouvrit un tiroir, y chercha les gants de Madeleine : il songeait à ce que serait sa vie, à Paris, au milieu des tentations que Mme Piot avait décrites. Elles ne lui déplaisaient pas, ces tentations, et tandis qu'il jouait avec les gants, il rêva de ces modèles qui prennent des poses lascives ; il avait mal à la tête, bientôt il se voua au soin de consoler son père, que déjà il aimait, parce qu'il l'avait défendu. Mais il avait aussi défendu Mme Berlier et l'en aimait davantage.

Au balcon, les draperies de soleil disparurent : un nuage passait. Il y eut un brusque coup de vent : Jean se leva pour fixer les persiennes, puis, comme l'air rapide soulageait sa migraine, il resta sur le balcon.

Dans le jardin, les arbres serraient leurs feuillages pour échapper à la bourrasque; les trois fillettes ramassaient un jeu de croquet; des sommeliers rentrèrent des chaises; Mme Chauvelin, ses amuseurs et le notaire, les mains à leurs chapeaux, observaient l'horizon.

Vers les rives de Savoie, des colonnes de pluie, grises comme de l'ardoise, se succédèrent, coupées de soleil. Le vent cria aux girouettes des toits. La treille des capucines jaunes et rouges vibra, craqua, puis détachée de la balustrade, tomba aux pieds de Jean.

Il voulut la ramasser, mais, en le faisant, il vit la chambre de Madeleine : la fenêtre était ouverte, et il oublia les capucines pour regarder le meuble, où, la veille, l'image de Paul Brémond était posée. Elle n'y était plus. Il chercha d'autres détails, et, ses yeux s'étant habitués à l'ombre, il aperçut Madeleine qui semblait dormir, allongée sur son lit.

Elle ne dormait pas. A côté d'elle, elle avait placé la photographie ; en la contemplant, elle pleurait à petits sanglots.

Tout à l'heure, sur la terrasse, M. Berlier

avait évoqué devant sa femme le souvenir de leur ami : pour ne point se trahir, Madeleine s'était enfuie, et maintenant elle pleurait, se rappelant les horizons mornes de sa vie avant qu'*il* parût, la mer froide, unie au ciel de Norvège, rideau qui peut-être s'ouvrirait, un jour, pour des voyages vers le bonheur. Elle se rappelait les heures où se dissipèrent les premières illusions de sa vie, après son mariage, et puis les collines de Stalimène, et l'aveu que Paul Brémond lui avait arraché, les confidences échangées, les remords charmants, les soirs heureux, les promenades et les caresses dans les barques inclinées sur la vague, et le reflet des étoiles.

Les chambres sont obscures, si l'on y regarde par l'embrasure d'une fenêtre ouverte : Jean ne savait pas que Madeleine pleurait.

Il advint que le cadre où reposait l'image de Paul Brémond glissa : Madeleine fit un geste pour le retenir. Jean voulut se sauver ; mais elle l'entendit, eut peur :

« Qui est là ? »

Il répondit :

« C'est moi... Je croyais que vous dormiez... Vous êtes jolie !...

— Cela ne me sert à rien d'être jolie... Oh ! mon aimé... mon pauvre aimé... »

Elle tremblait d'un long frisson qui agitait sa belle poitrine, plus libre qu'à l'ordinaire dans le corsage dégrafé, et sa robe à demi relevée découvrait des bas de soie, des dentelles et des rubans. Jean oublia toutes convenances, il se précipita dans la chambre : il n'était plus timide, ni amoureux ; il avait besoin de consoler quelqu'un et satisfaisait à ce désir.

Il disait :

« Chérie, chérie, je vous en supplie... »

Sur son bras, il sentait rouler la taille de Madeleine. De ses lèvres très chastes, il effleurait les paupières humides, et ces baisers faisaient rêver la jeune femme aux caresses que Paul Brémond lui aurait données s'il avait pu la tenir, blottie contre lui, dans une chambre solitaire, sur un lit à demi défait.

Elle noua ses bras au cou de Jean, elle offrit sa gorge, elle se pâma presque, et, comme il n'osait l'enlacer d'une étreinte passionnée, ce fut elle qui, brusquement, posa sa bouche entr'ouverte sur la bouche du gamin.

Un instant, il résista, essaya de parler, de se défendre, mais des cloches sonnèrent à ses oreilles, des cloches et de la musique, et des poèmes : *Lucie...*, *le Lac...* Il ferma les yeux, il entendit des rimes, des notes... Il ne pouvait plus respirer, ses mains étaient maladroites, et Madeleine, sans quitter sa bouche, l'attirait, moulait son corps à son corps, et lui faisait mal, et il souffrait d'une douleur délicieuse, et il sentait contre sa joue les deux seins que le corsage ouvert laissait nus, tièdes, doux et câlins.

Parce que Madeleine le souhaitait, Jean fit une tentative à laquelle son amie se prêta, mais, pour leur inexpérience, les vêtements furent d'invincibles obstacles, et tout à coup, le baiser s'acheva par un grand geste de Madeleine :

« Allez-vous-en, allez-vous-en ! » soupira-t-elle.

Puis elle enfouit son visage dans l'oreiller.

Jean faillit tomber. En se relevant, il heurta du pied la photographie de Paul Brémond, cassa la vitre qui la protégeait.

« Oh ! pardon ! » dit-il.

Madeleine était superstitieuse : elle poussa un cri et se jeta à bas du lit, sans se soucier de son corsage ouvert et de ses cheveux en désordre.

« Pardon, pardon, répétait Jean ; je ne l'ai pas fait exprès !... »

Elle enlevait, une à une, les esquilles de verre ; quand elle se fut assurée que la photographie était intacte, elle eut une grande joie.

« Je ne vous en veux pas, dit-elle. Il faudra remplacer la glace, nous en achèterons une à Montreux... »

Il la remercia avec effusion ; puis, comme leurs têtes penchées sur le cadre se touchaient, ils s'embrassèrent encore éperdument, lèvres closes et vacillants de bonheur, devant le regard de Paul Brémond, et le portrait, à un certain moment (quand la bouche de Jean osa caresser la poitrine de Madeleine), manqua de choir des doigts qui le tenaient.

« Assez, assez, mon chéri... »

Elle courut vers le miroir : elle était aussi décoiffée qu'à Stalimène lorsqu'elle se servait du peigne de son amant-fiancé pour arranger ses cheveux. Elle ferma son corsage, ne put mettre les agrafes, et soudain, honteuse, elle dit :

« Partez, mon chéri, partez maintenant... Il faut que je m'habille...

— Vous danserez, ce soir ?

— Oui.

— Avec moi seulement, n'est-ce pas !

— Vous êtes exigeant !... Et de quel droit me demandez-vous cela, Monsieur ? »

Elle riait, retenant d'une main ses cheveux et, de l'autre, son corsage.

« Vous m'aimez ?

— Peut-être... Voyons, partez !

— Au revoir, Madeleine chérie...

— Au revoir, mon petit ami. »

Sur le balcon, le soleil formait de nouveau des draperies rouges. Le nuage était très loin, à l'horizon, comme une grosse bête enflée, peut-être un crapaud, ou bien un moineau malade, ou encore un pot à tabac, qui sait ?... comme Mme Piot !

A cette comparaison que Madeleine trouva, un éclat de rire vint aux lèvres des deux jeunes gens et, pour s'habiller, le gamin rentra dans sa chambre.

Avant le dîner, il se rendit chez Mme Piot et

lui fit de très humbles excuses. Il mettait maintenant tout son orgueil dans l'amour de Madeleine.

Plus tard, comme Jean descendait avec M. Piot par l'escalier, Riquet s'arrêta, dit à son petit-fils :

« N'est-ce pas que l'on éprouve une grande joie à se vaincre soi-même? »

Et, gaiement, il lui donna deux petites tapes sur la joue.

« Oh ! oui », fit Jean.

Pendant le bal, Madeleine fut joyeuse. Elle dansa trois valses avec son petit ami ; puis, sur les terrasses, ils firent une promenade, et le docteur Jansen leur raconta plusieurs légendes scandinaves. Cependant Josépha tenait compagnie au sommeil de Riquet ; Mme Chauvelin et ses amuseurs organisaient le pique-nique ; la dame du hamac déplorait la légèreté de ses mœurs qui l'empêchait de prendre part au divertissement projeté.

Ce soir-là, la chambre de Madeleine reçut encore la visite de Jean. Il ne trouva plus d'entraves à son désir...

« Excusez-moi !... » dit-il.

... Devant la vallée bleue, le merveilleux balcon resta solitaire.

XII

Sur l'oreiller où, tout à l'heure encore, son bras nu entourait la tête de Jean, Madeleine songe. Rêveries de femme que la fatigue amoureuse rend sentimentale, elles vont, ses pensées, vers Paul Brémond... Il est toujours là, en effigie, sur la table de nuit où il assista à des étreintes que la mort seule l'avait empêché de connaître.

A la photographie, Madeleine jette de doux regards, elle allonge un bras languissant, ramène devant ses yeux le cadre dont la vitre est brisée et met des baisers au papier que de semblables tendresses ont déjà décoloré et jauni... Elle lui parle à voix basse, lui affirme qu'elle ne l'a pas trahi, qu'il ne doit pas être jaloux de cet enfant à qui elle s'est donnée dans l'unique désir de tenir le serment échangé naguère, à Stalimène, car, dans les bras de Jean, c'est à lui qu'elle a appartenu, à *lui*, son amant-fiancé... Quand Madeleine a éteint sa lampe et tiré sur sa poitrine les plis du drap, elle rêve aux livres de Swedenborg, aux légendes de Norvège, aux fantômes qui vont, deux à deux, parmi les planètes et les soleils, couples qui cherchent de belles demeures pour leurs vies éternelles...

En quittant Madeleine, Jean descend dans les jardins. Il marche comme un homme ivre, oui, ivre de gloire, mais de gloire un peu mélancolique : jamais la première maîtresse, si belle et douce soit-elle, ne pourra égaler le mirage qui ravit les adolescents lorsqu'ils souhaitent l'amour d'une femme.

Sur la cour, et jusque sur le coteau voisin, l'ombre de l'hôtel s'étend ; plus loin, la lune, qui se couche, baigne les cimes des arbres dans une lumière bleue. Le silence est admirable. Jean écoute ses pensées en suivant un sentier qui monte au long d'une vallée où, sur les champs clairs, des bois de sapin font des trous.

A la surface d'un étang, trois pierres qu'on lance forment trois séries de cercles qui, se heurtant, détruisent l'harmonie de leurs courbes, et, peu à peu, dans le clapotis indistinct, on ne peut reconnaître à quel centre appartiennent les petites vagues dont les facettes sont innombrables. Ainsi la joie d'être l'amant de Madeleine se mêle dans les pensées de Jean à l'étonnement de ce que les caresses d'une femme soient si peu de chose, et, pierres plus lourdes, il a l'appréhension et le désir de connaître son père que, déjà, il a défendu contre Mme Piot. Puis, de ces trois centres, irradie le clapotis des idées secondaires : au collège, des camarades lui ont dit que, pour être un homme, il faut d'abord apprendre l'amour ; or, maintenant, il est initié et ne se sent pas plus viril, — cela l'humilie un peu. — Pourtant sa maîtresse (ce mot exalte sa fierté), sa maîtresse est une dame, et non pas une de ces filles dont les collégiens se contentent. Elle a un mari... Qu'arrivera-t-il si M. Berlier a des soupçons? Sera-ce un duel? ou bien, faudra-t-il avoir recours à un enlèvement?

Et, dans ce cas, dans tous les cas, d'ailleurs, l'avenir n'est plus le même. Quand on a une maîtresse, on ne l'abandonne pas !... On est lié pour toute la vie : cette fidélité seule peut racheter le crime de l'adultère. Car Jean a commis un crime, oui, un crime... Il constate qu'il doit réparer sa faute. Mais comment la réparer?... Dans un mois, Madeleine va partir : le gamin n'a pas d'argent ; s'il veut suivre sa maîtresse, il devra travailler, et travailler à quoi? Il a échoué à son baccalauréat et n'a point de vocation ; il ne sait rien faire !... Ah ! si ; il ne dessine pas trop mal... C'est cela, il fera des portraits ; le portrait de son amie, d'abord. Ce sera délicieux !... Ils iront en Orient, en Asie, dans des pays enchantés !... Pendant les premières années, M. Piot, — il est si bon ! — donnera une pension à son petit-fils, qui bientôt deviendra célèbre, et alors, naturellement, M. Berlier mourra, dans un accident de chemin de fer ; Madeleine sera veuve, elle épousera son amant, et ils seront heureux, très heureux !

Mais est-ce bien là le devoir? Entre son père et sa maîtresse, Jean ne doit-il pas hésiter?

Pour éclaircir ces problèmes, il s'assied sur un tronc d'arbre que des bûcherons ont abandonné : la lune est descendue derrière les monts du Jura, et l'on peut très bien réfléchir dans cette solitude.

Certes, Madeleine sera inconsolable si Jean la quitte ; mais, là-bas, à Paris, on l'attend avec angoisse... Les amoureux adolescents sont d'habiles sophistes : ils savent oublier les arguments contraires à la thèse qui flatte leur passion ; et Jean, malgré sa volonté d'être sincère envers lui-même, n'échappe point à cette règle. Il se persuade que le devoir est de suivre Madeleine, et il conclut aussitôt qu'elle et lui ne peuvent vivre séparés, que, s'il va à Paris, il en mourra : immense douleur pour ses parents... Donc, même s'il commet une faute en partant avec Madeleine, cette faute, il doit la commettre, puisqu'il lui est impossible de faire autrement !... Quelle fête ! voyager avec elle... et peut-être en cachette !...

Sur le ciel, l'aube montre les sept pointes de la Dent-du-Midi. Au seuil d'une cabane, une lanterne vacille ; des touristes chantent, là-bas : ils vont aux Rochers pour voir la naissance du soleil. Dans la plaine, les cloches des églises catholiques, une à une, sonnent.

Il est temps de rentrer à l'hôtel : Jean se met en marche parmi les pierres glissantes sous la rosée. Comme il admire l'aurore, surpris par elle, il fait un faux pas, roule dans l'herbe, perd son chapeau... Dix mètres plus bas, il est assis sur une plate-forme de gazon ; peu s'en est fallu qu'il ne tombât dans un précipice... Il ressent les émotions des alpinistes qui, au fond des crevasses, vont chercher leur piolet !... Pour les imiter, il creuse avec sa canne des escaliers dans la terre molle.

Parvenu au chemin, très fatigué, il s'apitoie sur le sort de son pauvre père qu'il a décidé de sacrifier à Madeleine.

Madeleine s'accoude à la balustrade (p. 22).

Ce jour-là, M. Piot, s'éveillant au bruit des fenêtres entr'ouvertes, se souvint avec plaisir que, dans l'après-midi, on ferait un grand pique-nique : sur le gazon d'une prairie qu'on apercevait là-haut, dans les bois, on irait dîner, pour le plaisir féerique de revenir très tard, sous la lune, par les sentiers dont les parfums sont légers ou violents suivant la brise des pins ou des herbages fleuris.

Assis au bord de son lit, M. Piot avait une silhouette ridicule, son ventre en poire s'affaissait, et Mme Piot s'en affligea, découvrant que la vieillesse des autres est la seule mesure où se constate notre âge.

« Tu as trop engraissé, Riquet ! dit-elle.

— Tu trouves? »

Et Riquet regarda son abdomen.

« Oui, reprit Josépha, et cela me chagrine : j'ai toujours peur, depuis ta dernière syncope...

— Mais non, mais non... Voilà bientôt six mois que je me porte comme le pont du Mont-Blanc ; pourquoi veux-tu que je sois malade !

— Je ne le veux pas !... Mais enfin, tu devrais moins manger...

— Moins manger?... C'est facile à dire !... Quand on a faim, on mange. »

Et M. Piot, debout devant la cuvette, fit ruisseler l'eau sur son cou et bruire ses lèvres comme un enfant. Il s'essuya avec une grande énergie, il se frotta le torse, fit des mouvements de gymnastique, plia les jambes, donna des coups de poing dans le vide, et s'écria :

« J'engraisse peut-être, mais je suis souple... Quel dommage qu'il faille rentrer à l'étude !... on est bien, ici !

— Oui ! dit Josépha, nous devons céder la place à notre gendre !... Ah ! si j'étais un homme, moi... »

Son geste souleva les couvertures qui découvrirent ses fortes cuisses, et, sous les genoux, la chair aplatie des mollets. Riquet, s'étant retourné, vit sa femme en chemise, ouvrit de grands yeux admiratifs, et Mme Piot, qui était pudique, passa dans le cabinet de toilette en courant.

Quand M. Berlier se leva, il avait les cheveux en désordre, la moustache pendante, la barbe en broussaille et les yeux fatigués : la veille, il s'était couché tard, ayant prolongé plus que d'habitude sa quotidienne discussion avec Claudius.

La chambre de l'orientaliste était à moitié remplie par des livres. Sur la cheminée, on voyait une large photographie : le masque du dieu Bees, horrible figure qui tire la langue et laisse pendre sa lèvre. Cette divinité était la propriété exclusive de M. Berlier ; nul autre savant n'aurait osé parler de Bees sans citer le gendre du docteur Jansen.

A son dieu, Berlier envoya un sourire amical, un petit signe de tête bienveillant, puis, mettant ses pantoufles, il s'assit à sa table, croisa ses jambes nues sous la chemise de nuit et feuilleta le manuscrit d'un livre qu'il préparait.

Devant son miroir, Mme Chauvelin, les épaules hors de la chemise, admirait sur sa poitrine deux grains de beauté qu'elle aimait infiniment. Chez la couturière, ces mouches, comme artificielles, tant elles étaient rondes, servaient de limite exacte à ses corsages de bal.

M. Chauvelin, depuis longtemps habillé, se promenait de long en large, cherchant sur les murs, à tout hasard, pour une occasion, un de ces trous malicieux dont, suivant la légende, les hôtels sont criblés ainsi que des écumoires. Chauvelin avait une humeur lascive que Mme Chauvelin ne voulait pas subir. Elle était occupée, d'ailleurs, ces jours-ci, à se choisir un flirt. Parmi ses amuseurs, trois hommes se disputaient la première place : l'un était officier français, joli garçon, titré, avec un seul défaut : le tabac, Mme Chauvelin avait en horreur la fumée... Le second, Charles Nunès, smyrniote, visage mat, un peu trop d'accent et de bagues, mais un si gentil mouvement des lèvres quand il baisait la main... Le dernier se nommait François Pierre... Lorsqu'il lui fut présenté, elle demeura bouche bée, attendant la suite ; puis, comme rien ne venait, elle se mit à rire en le regardant : François Pierre était grand, large des épaules ; ses yeux étaient en boule de loto et sa bouche indescriptible, énorme, tordue, déconcertante... Il était originaire de Nantes et racontait des histoires. Ses moindres mots étaient un sujet de gaieté. La cour qu'il faisait à Mme Chauvelin était burlesque et assidue, et ses facéties étaient bien accueillies par la jeune femme.

Comme elle achevait sa toilette, M. Chauvelin, qui, depuis quelque temps, usait d'une pommade coûteuse, demanda d'une voix insinuante :

« Ne trouvez-vous pas, Hélène, que mes cheveux repoussent?... Cette Pilocarpine... »

Hélène haussa les épaules, et M. Chauvelin quitta la chambre.

Dans le vestibule de l'hôtel, il rencontra le docteur Jansen, Claudius et Berlier. Dès qu'il les vit, il leur cria :

« Irez-vous au pique-nique, cette après-midi? »,

M. Piot, qui sortait de la salle à manger, répondit pour eux :

« Certes, Monsieur !... Nous y allons tous... Ce sera charmant !... Et, dites-moi, Mme Chauvelin a-t-elle bien dormi?

— Merci !... Et Mme Piot?

— Très bien, très bien... Au revoir !... »

M. Piot, laissant là Chauvelin, se dirigea vers les terrasses, pour y lire son journal.

Cependant Mme Piot heurtait à la porte de son petit-fils et le docteur Jansen à celle de Madeleine. Chacun chez soi, les amants dormaient. Ils s'éveillèrent en sursaut et mirent quelque temps à se souvenir de ce qui s'était passé.

Après le repas de midi, les convives du pique-nique se mirent en route. Ce fut dans les champs toute une caravane. A l'avant-garde, venaient M. Chauvelin et M. Piot, l'un grognon, l'autre joyeux. Puis Josépha et le docteur Jansen, quelques jeunes filles, et derrière elles, Hélène Chauvelin, Madeleine, François Pierre, le smyrniote Nunès, Jean et l'officier titré. Plus loin, on voyait, graves, précédant les domestiques, Berlier et Claudius.

Il faisait très chaud. On marchait lentement. Pendant une halte, François Pierre chanta deux couplets, il fut applaudi, et surtout quand il attaqua le refrain bien connu :

Un éléphant se balançait
Sur une assiette de faïence...

L'après-midi passa dans ces exercices enfantins. Lorsqu'on atteignit la prairie, l'officier titré, le comte d'Ourlac, pria les convives de se disperser ; puis, resté seul avec les domestiques, il planta des écriteaux où étaient inscrits les noms des invités et le menu, en lettres blanches sur fond rouge.

Chacun fut flatté de se voir imprimé. On mangea copieusement, on but de même. Hélène Chauvelin vida plusieurs coupes de champagne, et, comme elle était un peu grise, annonça au trio de ses amuseurs qu'elle choisissait pour flirt M. François Pierre. Celui-ci baisa la main d'Hélène avec un geste si large qu'un fou rire secoua tous les assistants, à l'exception de Nunès et du comte. La nuit venait : on suspendit à des branches quelques lanternes vénitiennes, dont une brûla, naturellement, et dont les autres s'éteignirent.

Mme Chauvelin s'éloigna au bras du flirt élu, qui fredonnait la marche de *Lohengrin* : pour se venger, M. Chauvelin fut galant avec Mme Piot ; le docteur Jansen tint compagnie à Riquet.

Les deux amuseurs délaissés scandalisèrent les jeunes filles ; et Jean entraîna Madeleine vers un sous-bois où la lune, qui se levait, ciselait le détail des feuilles et des mousses.

Ils avançaient avec les rayons ; parfois, à l'angle d'un sentier, des cristaux brillaient sur les pierres ; les aiguilles des pins murmuraient sous les pas comme une chanson qu'eût chantée la forêt. Quand les branches étaient trop rapprochées, Jean faisait passer Madeleine devant lui ; il respirait alors le parfum de sa maîtresse, voyait ses hanches lourdes et craignait de ne pouvoir cacher cette honte inexplicable qui lui faisait regretter d'avoir atteint le but auquel tendent les hommes amoureux. Puis il eut peur que Madeleine ne partageât ses pensées, et cela lui devint tout à coup une certitude si douloureuse que, s'arrêtant, il dit :

« Madeleine...

— Quoi? »

Elle était mécontente de ce qu'il eût troublé son rêve lunaire.

« Vous regrettez ce que nous avons fait...

— Non... Pourquoi le regretterais-je?... Mais ne parlons pas de cela, je vous en prie ; soyons seulement des amis, ce soir. »

Le visage de la jeune femme était chaste infiniment et le gamin en fut heureux ; elle lui avait offert ce qu'il n'osait pas lui demander : être seulement des amis et ne pas parler de *cela*. Ils continuèrent à suivre les rayons qui pénétraient dans les sous-bois.

Au milieu d'une clairière, Madeleine admira un lis dont la tige dominait les ronces ; plus tard, Jean découvrit un étang d'où s'échappait un ruisseau.

« Aimez-vous les étangs, Madeleine? »

Elle préférait la mer et les lacs, la mer davantage ; elle dit la splendeur des houles miroitant sous le soleil.

« Oui, mais les étangs... »

Elle l'interrompit pour esquisser des paysages orientaux : elle cherchait une phrase qui lui permît de parler de Paul Brémond, et Jean s'efforçait de guider leur dialogue vers les récits d'enfance qu'il aurait voulu lui faire. Madeleine disait :

« Là-bas, les nuits sont toujours tièdes comme celle-ci, mais les étoiles sont bien plus grandes...

— Nous les verrons ensemble, s'écria Jean, ... et ce sera délicieux ...

— Comment, ensemble?... »

Alors, avec une voix mystérieuse, il lui annonça la résolution qu'il avait prise dans la montagne, après qu'il l'eut quittée, cette nuit :

« Je vous suivrai...

— Vous êtes fou, mon petit chéri.

— Pourquoi?

— Mais c'est impossible !... Je ne veux pas que vous brisiez votre vie !

— Oh ! ma vie... Croyez-vous que je pourrais vivre sans vous?

— A votre âge, les amourettes passent.

— Les amourettes ! Vous êtes méchante ... Ah ! vous ne m'aimez pas comme je vous aime... »

Elle répondit, un peu agacée par ces enfantillages :

« Je vous aime, mais je ne peux pas aimer comme vous... J'ai un passé, moi, et, dans ce passé, il y a un souvenir que rien n'effacera.

— Un souvenir?

— Oui... mon ami... celui qui est mort...

— Ah !... M. Brémond...

— Je me souviendrai toujours de lui.

— Toujours?... Oh ! non, Madeleine, je vous le ferai oublier !... Je comprends bien que, pour le moment, vous ne vous êtes pas encore attachée à moi, mais plus tard... Je serai très gentil, j'obéirai à toutes vos volontés, et puis je deviendrai célèbre...

— Célèbre !... comment cela?...

— Je ferai des tableaux, votre portrait... je suis sûr que j'aurai beaucoup de talent... »

Et, comme il continuait à faire des plans, Madeleine eut pitié de lui. Elle était certaine de ne pas l'aimer : elle aimait Paul Brémond. Pour interrompre les discours de Jean, elle dit :

« Venez m'embrasser, mon petit ami... »

Il le fit, mais sans enthousiasme, et, quand ils se furent séparés, Madeleine put reprendre le rêve lunaire où trônait la photographie de Paul Brémond. Ils marchèrent longtemps. Parfois, Jean murmurait :

« Je vous aime, je vous aime... »

Et, près du sol, dans les mousses, sur les dentelles des fougères, les rayons blancs jouaient un jeu frôleur.

Mme Chauvelin, assise au bord d'une sente, riait éperdument ; François Pierre, avec un calembour la prit par la taille, la renversa dans ses bras, et, parce qu'elle ne pouvait se défendre, Mme Chauvelin, en riant, se donna. Puis ils se dirent des injures qui finirent en gaieté. Quand un mari a soixante ans, l'amant joyeux est le bien venu. Ils se réconcilièrent donc, et se promirent de nouveaux plaisirs.

Sous la dernière lanterne vénitienne, les jeunes filles ne rougissaient plus des inconvenances de Nunès, Mme Piot s'ennuyait, et, comme il se faisait tard, M. Jansen souffla dans une corne de chasse qu'il avait apportée.

On se réunit autour de lui. On se compta. Il manquait François Pierre et Mme Chauvelin ; peu après, ils arrivèrent, et l'on rentra par les sentiers qui, suivant le désir de M. Piot, étaient peuplés de rayons et de parfums.

XIII

Dans la galerie, M. Chauvelin, devant une table basse, se livrait sans doute à quelque travail minutieux, car il tirait la langue, clignait les paupières et se penchait sur son ouvrage jusqu'à le toucher du bout de son nez.

M. Piot, qui venait de jouer avec les petites Anglaises, s'approcha :

« Vous travaillez? »

Et il prit une des nombreuses feuilles qui couvraient le guéridon.

« Faites attention ! dit Chauvelin, ils sont encore frais...

— Qu'est-ce que c'est? »

Chauvelin méprisa M. Piot :

« Vous êtes Suisse, on le voit !

— Oui, je suis de Genève, répondit posément le notaire ; mais je dois vous avouer que je ne comprends pas très bien. Voici, me semble-t-il, des militaires coloriés à l'aquarelle, et, si l'on tient compte du drapeau qui orne le coin de cette page, on peut admettre qu'ils sont Russes.

— En effet, ils sont Russes !... »

Chauvelin vouait ses loisirs à la peinture et faisait une collection de planches illustrées, représentant les divers soldats du tsar.

« Je vois que vous êtes patriote, fit Riquet avec déférence.

— Certes ! Monsieur... Je suis chef de bureau au ministère de l'intérieur.

— Ah !... toutes mes félicitations. Moi aussi, je suis très chauvin... bien que je sois notaire, fonction peu belliqueuse à vrai dire.

— Oh ! vous autres...

— Eh ! pourquoi pas ?... Notre patrie est petite, mais elle a des souvenirs nationaux, sans parler de son importance religieuse.

— Monsieur, je ne parle jamais de questions ecclésiastiques. »

Le chef de bureau reprit son travail, et M. Piot admira son habileté à ne point mêler les couleurs.

Pendant ce temps-là, — c'est le lendemain du pique-nique, — Jean déjeune dans son lit, et, tout en mangeant un petit pain qu'il a recouvert de beurre et de miel, il pense :

« Je suis aimé... »

Ces mots lui paraissent un refrain délicieux, inconnu, qui lui rend encore plus agréable sa béatitude paresseuse, dans ce matin vibrant de soleil, après une nuit moins chaste que ne pouvait le faire prévoir la promenade au clair de lune.

A bouchées menues, Jean achève le pain, le beurre et le miel. Il s'étire, consulte sa montre...

« Déjà dix heures ! »

... Bâille, ferme les yeux, les rouvre, fait craquer ses mains, prête l'oreille à un bruit de pas, murmure :

« Dieu ! qu'on est bien dans son lit ! »

Puis, d'un seul bond, il se jette dans son *tub*, s'habille, se coiffe, se dirige vers le balcon et siffle une fanfare guerrière. Au jardin, il voit les petites Anglaises. Elles courent derrière le ballon de cuir, que leurs pieds heurtent de coups légers.

« Bonjour ! » crient-elles.

Il leur fait un signe amical, protecteur ; il allume une cigarette dont il suit la fumée. Les fillettes l'appellent :

« Jean, descends, dis ! veux-tu?... »

Il a grande envie de jouer avec elles, de faire des gambades et des sauts ; mais chacun sait que les vrais amants ont besoin de recueillement, et, pour être un amant digne de sa maîtresse, quand il quitte sa chambre, il passe par la cour, évitant les fillettes.

Puis, dans le petit bois, il commence une promenade solitaire, choisissant les allées les plus étroites, les plus romantiques, d'un air sentimental, langoureux et lamentable.

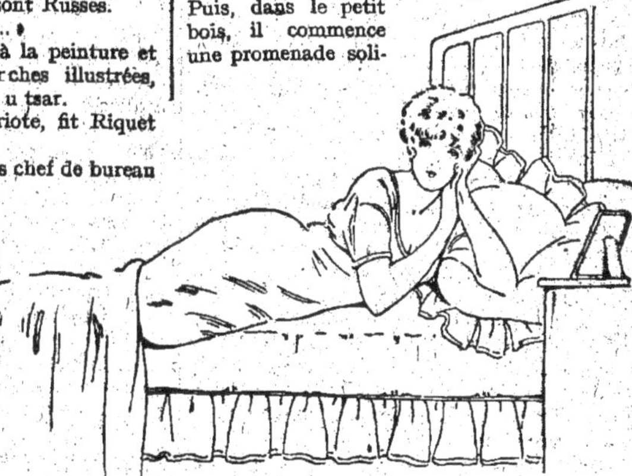

Sur l'oreiller où, tout à l'heure encore... (p. 27).

Il passe devant le hamac où se balance la dame de mœurs légères. Elle est seule, elle regarde Jean avec trop d'insistance, elle lui sourit ; il baisse les yeux, presse le pas :

« Comment peut-on aimer ces filles éhontées? »

Dans une clairière, il se couche, à l'abri des indiscrets, et, par respect pour la tradition, il décide de rêver pendant une demi-heure.

Mais combien plus l'amuserait la joie des petites Anglaises !

M. Chauvelin peignait les bottes d'un chevalier-garde, quand le concierge remit une dépêche à M. Piot. Riquet ne put l'ouvrir : il en fut empêché par la cadette des petites filles roses, qui, arrivant du jardin, sautait sur les genoux de son vieil ami.

Le mouvement fut si impétueux que la table chancela : la couleur s'échappa d'un godet, salit la page que le chef de bureau avait terminée, et celui-ci, furieux, voulut donner un soufflet à l'enfant. Mais alors, comme par miracle, M. Piot se dressa en face de Chauvelin, et la fillette, cachant ses yeux derrière son coude, se prit à sangloter entre ces deux hommes véhéments.

« Hé ! Monsieur, hé ! disait le notaire, on ne bat pas un enfant, que diable !

— Mes soldats, Monsieur ! » clamait Chauvelin.

Et, perdant la tête, il ajouta :

« On voit bien que c'est une Anglaise !... »

Cependant Joséphа, qui avait appris l'arrivée d'un télégramme, entra dans la galerie. Elle vit son époux et l'adversaire, et s'élança au secours de Riquet:

« Qu'y a-t-il, mon Dieu? »

M. Piot la rassura d'un sourire, et, très digne, s'éloigna de Chauvelin.

« Vous oubliez votre dépêche », fit celui-ci, tendant le papier bleu.

Et M. Piot répondit, avec une politesse hautaine :

« Je vous remercie, Monsieur ! »

Joséphа s'empara du télégramme. Tout à coup, elle bondit, et son geste imita les gestes tragiques.

« Ah ! c'est un comble !...

— Quoi donc, poulette?

— Eh ! Monsieur, c'est votre gendre... Lisez !... Il sera ici lundi : il nous faut donc partir un dimanche... Comme c'est agréable !... Vous supporterez cela, vous, monsieur Piot? Ah ! en vérité, vous n'êtes pas un homme... Vous êtes un torchon ! »

Le notaire pâlit

« Joséphа, Joséphа, je t'en prie... Toutes ces émotions me font du mal. Je souffre... Tiens ! oui, j'ai ma crise. Là, dans le dos, aux reins, et voilà mon cœur aussi... Il me semble que j'ai un petit crapaud dans la poitrine... »

Riquet s'écroula dans un fauteuil avec un grand soupir. Mme Piot se précipita, la fillette poussa des cris : un sommelier accourut, il parlait allemand et ne comprit pas ce qu'on lui disait. Joséphа, lui demandait de l'eau, il resta stupide ; alors Chauvelin fut magnanime : il traduisit la phrase de Joséphа, puis s'approcha du malade.

« C'est une syncope...

— Il en a déjà eu plusieurs », répondit Mme Piot.

Le concierge, survenant, offrit de coucher Riquet la tête en bas, et de lui défaire son gilet. Mais on préféra l'asperger d'eau froide ; et il revint à lui lentement. Il regarda tout le monde d'un air effrayé :

« J'ai cru que j'allais mourir... Ah ! mon Dieu mon Dieu !... Ah ! mon Dieu ! mon Dieu !... »

Puis, tandis que Joséphа lui prodiguait des caresses maternelles, il remercia le chef de bureau ; les deux vieillards se serrèrent la main.

Le concierge amena le docteur Jansen et celui-ci, bien qu'il n'eût jamais étudié la médecine, ausculta le notaire et recommanda une ou deux heures de repos. Deux domestiques prirent le malade dans leurs bras ; il se laissa transporter comme un petit enfant ; il geignait, et sa tête roulait de droite et de gauche, soutenue par la main amicale de Joséphа.

Ce cortège disparaissait dans l'escalier quand Alex Claudius et Berlier arrivèrent dans le vestibule. Ils s'enquirent de ce qui s'était passé ; Chauvelin leur conta le malaise de M. Piot ; le docteur Jansen dit :

« Je crains que cet excellent homme soit très malade, car son muscle cardiaque est épuisé.

— Il doit être diabétique », fit Claudius.

Et l'inventeur de la « dégénérescence latine » développa une théorie sur la compensation musculaire. Il avait une science universelle et médiocre, il jugeait les littératures et les cerveaux, et dédaignait tous les hommes dont l'origine n'était pas germanique. Berlier, qui lui tenait tête à l'ordinaire, garda le silence, car il méprisait la médecine, et, voyant sur le sol la dépêche restée ouverte, il la ramassa, la parcourut du regard :

« Tiens, le père du petit Lagier arrive lundi.

— C'est un peintre de talent, fit Chauvelin ; mais depuis quelques années, il ne produit rien. On prétend que sa femme est folle.

— Oui, dit le docteur Jansen, elle est atteinte de manie lubrique. M. Piot m'a raconté des symptômes étranges, c'est un cas très curieux.

— Tous les Français sont ou seront fous, leur substance nerveuse est en dégénérescence... », commença Claudius.

Et, aussitôt, Berlier lui répondit ; alors les deux hommes s'éloignèrent pour discuter.

M. Jansen expliquait à Chauvelin les particularités de la maladie de Mme Lagier ; le chef de bureau manifesta un vif intérêt :

« Comment ! chaque fois qu'elle est enceinte, elle guérit, et, après le sevrage, elle déraisonne?... Voilà qui est bizarre !

— Chut !... » dit M. Jansen.

Jean ouvrait la porte du jardin.

« Je vais lui remettre cette dépêche », fit Chauvelin.

Et, haussant la voix :

« Monsieur Lagier, voici un télégramme que votre grand'mère a perdu.

— Un télégramme? »

Jean lut, puis s'écria machinalement :

« Ah ! quel bonheur ! papa arrive dans deux

jours... M. Chauvelin, vous n'avez pas vu mon grand-père?

— Il vient d'avoir une syncope, » soupira Chauvelin.

Et, sur un ton lugubre :

« Une syncope !

— Une syncope? » fit Jean.

Il interrogeait du regard le docteur Jansen, qui se hâta de le rassurer :

— Votre grand-père s'est évanoui, mais ce ne fut qu'un petit malaise. M. Piot est dans sa chambre. Je dois prendre un livre chez moi, montons ensemble... voulez-vous? »

Et M. Jansen entraîna le gamin ; le chef de bureau retourna aux soldats russes.

Riquet était couché ; Josépha lui bassinait les tempes avec du vinaigre. La vieille dame mit un doigt sur ses lèvres quand son petit-fils entra.

« Comment va-t-il? demanda Jean à voix basse.

— Mieux, mais il souffle très fort et cela m'inquiète. Il faudrait le dévêtir.

— C'est toi, mon petit? fit M. Piot, se soulevant sur l'oreiller.

— Oui, c'est moi, grand-père... Comme c'est méchant d'être malade !

— Mais je ne suis pas malade ! »

Pourtant il respirait difficilement, gonflait ses joues et ce ne fut pas sans peine qu'on retira le caleçon de ses jambes enflées.

Afin de préparer des cataplasmes de moutarde, souverain remède contre tous les maux, Josépha sortit. Aussitôt Riquet attira Jean dans ses bras.

« Ton père arrive lundi...

— Oui, je sais. Ne te fatigue pas...

— Laisse-moi parler ; il faut profiter des minutes où nous sommes seuls pour nous faire nos adieux. »

Oppressé, Riquet s'arrêta, et Jean lui prit la main, une main dont les doigts étaient élargis comme des spatules.

« Grand-père, pourquoi dis-tu : « nos adieux »? Tu me fais du chagrin... C'est « au revoir » qu'il faut dire...

— Mon chéri, il faut que tu le saches, je suis très malade... Depuis cinq ans, j'ai le diabète, oui, le diabète, et mon cœur est gravement atteint ; je vous l'ai caché parce qu'il est inutile de se plaindre d'un mal qu'on ne peut guérir... Je mourrai subitement, une nuit, sans que personne s'en aperçoive, et l'on me trouvera, le lendemain, déjà froid, dans mon lit.

— Oh ! grand-père, ne dis pas cela !

— Ah ! ce n'est pas gai, et je regretterai la vie... »

M. Piot dut s'essuyer les yeux, il toussa, et reprit :

« Écoute-moi bien, écoute-moi sérieusement. Ta grand'mère est une sainte femme, je lui dois tout mon bonheur... »

M. Piot se moucha.

« ... Je lui dois tout mon bonheur ; mais elle est parfois injuste et subit trop l'influence de ses amis... Ses amis sont vertueux, ils obéissent aux Écritures et pourtant ils n'ont point cette bienveillance dont il ne faudrait jamais se départir en jugeant le prochain... »

M. Piot n'était pas orateur et s'embarrassait dans son discours. Il mit quelque temps à débrouiller le fil de ses pensées et continua lentement :

« Eh bien ! je dois réparer une des injustices que ma femme a commises sans le vouloir ; oui, je dois réparer... Mon chéri, il s'agit de ton père.

— De papa?...

— Oui, de ton père. Je te supplie d'oublier tout ce que tu as entendu sur son compte, je t'en supplie... Vraiment, il eut raison d'agir comme il le fit, et tu as bien fait de le défendre, l'autre jour. C'est un noble cœur : les souffrances l'ont aigri... Je désire que tu l'aimes.

— Mais je l'aime déjà, grand-père?

— Vois-tu, moi, je n'ai jamais eu le courage de lutter avec Mme Piot ; je suis trop pacifique, c'est un péché dont je m'accuse : le vrai chrétien doit combattre pour ce qui lui paraît être le bien. »

Jean nota que M. Piot se contredisait. N'avait-il pas affirmé, l'autre jour :

« Il faut savoir s'humilier, même dans certains cas où l'on aurait le droit de ne pas le faire? »

... Mais les paroles de Riquet devinrent si intéressantes, et l'émotion de Jean était si grande qu'il oublia bien vite cette critique menue.

« Ton père n'est pas coupable, mon chéri, disait M. Piot ; et, si ta tante a quitté notre toit pour suivre sa sœur, c'est qu'elle était malheureuse à la maison... Irène traîne de la jambe gauche, et ta grand'mère, que cette infirmité humiliait, la reprochait souvent à la pauvre petite... Tu la verras, elle est bonne et douce ; le pasteur Maubel ne l'aime pas : elle ne croit point en Dieu... Elle est instruite, trop instruite, et sa science lui a donné des idées fâcheuses... Mais, que veux-tu? ce n'est pas sa faute si ces idées lui sont venues... »

M. Piot hésita, puis, prenant courage :

« Il y a encore autre chose, dit-il, mais cela est abominable ! une accusation horrible ! et je ne te la dirai pas... Sache seulement que ton père est innocent. Notre cité, vois-tu, est trop crédule aux calomnies, c'est là son grand défaut ; et moi je suis très coupable de ne pas avoir lutté contre une cabale honteuse.

— Dis-moi, grand-père, comment se fait-il que, pendant quinze ans, je n'aie jamais vu papa?

— Eh ! le sais-je?... Le pasteur Maubel a surnommé ton père l'Antéchrist.

— Mais pourquoi?... Tu m'affirmes qu'il n'est pas coupable...

— Pourquoi?... parce que, parce que... Des calomnies, des calomnies... Je n'ose te raconter... Enfin, il vaut peut-être mieux que je t'explique. Moi, je pourrai au moins te montrer combien cette accusation est fausse... Voilà... mais prends bien garde que ce sont des mensonges... Voilà : quand Irène a suivi ton père, on a prétendu... on a prétendu que c'était... par amour...

— Par amour?...

— Oui, et c'est vil, ignoble, écœurant ! Irène est une fille loyale, innocente ! oui, innocente, je le jure !... Et ton père est un honnête homme... Et cette pauvre Irène est laide, elle boite, elle est toujours fourrée dans les livres... Ah ! mon Dieu, faut-il que les gens !...

« Allons, allons, fit Riquet, pas de tristesse ce sont des choses anciennes... Et puis, ne devons-nous pas accepter les épreuves que le ciel nous envoie? »

Josépha entrait portant un cataplasme jaune.

« Il faut que tu descendes, mon enfant, dit-elle, la seconde cloche a déjà sonné ; tu seras en retard. »

Jean fit semblant de ne pas entendre ; il resta au chevet de M. Piot : il tirait une première vengeance de la conduite de sa grand'mère.

« Je te dis de descendre ! voyons, obéis ! »

Pour lui rappeler sa promesse, Riquet secoua la main de son petit-fils, et Jean partit, en pinçant la bouche quand il passa devant Josépha.

On mangea copieusement (p. 29).

Épuisé, M. Piot s'arrêta, et il fut très effrayé de voir son petit-fils qui serrait les poings et se mordait les lèvres.

« Mon chéri, je n'aurais pas dû te dire... Mais, vois-tu, cela m'étouffait ! Il y a si longtemps que je suis lâche... Pardonne-moi...

— Te pardonner? Mais toi, tu n'as rien fait... Ah ! les autres... Ceux-là !...

— Oh ! mon petit Jean, mon petit Jean, je t'en prie, ne dis pas à ta grand'mère que je t'ai tout raconté... ne lui dis pas, je t'en supplie, la vie ne serait plus tenable... »

Le regard de M. Piot implorait, sa bouche était suppliante et pitoyable.

« Je ne dirai rien, grand-père, je te le promets... »

Alors M. Piot serra Jean sur sa poitrine. Ils restèrent quelques minutes ainsi, et, quand ils se séparèrent, ils avaient les yeux pleins de larmes.

Le déjeuner fut maussade. Les deux amuseurs de Mme Chauvelin étaient jaloux du flirt élu ; M. Jansen songeait à ses amours d'Égypte, et Madeleine réfléchissait à l'aventure où elle s'était engagée.

Quand on se leva de table, elle avait pris une résolution qu'elle désira exécuter aussitôt. Elle pria Jean de l'accompagner à la promenade, mais il refusa, à regret : il ne pouvait abandonner ses grands-parents pendant les dernières heures de leur séjour. Il avait une voix si navrée que Madeleine lui dit

« Etes-vous malade?

— Non, mais il se passe des choses... »

Il ajouta :

« Je vous conterai cela plus tard ! »

Et, du bout des lèvres, il lui envoya un baiser.

L'après-midi fut très longue. Madeleine, assise auprès de son père, ne lut pas les livres qu'elle tenait dans ses mains. Elle avait des remords les femmes regrettent le plus souvent, à leur premier adultère, cette vertu qui leur permettait de mépriser les épouses coupables. Cependant Madeleine trouvait ses remords absurdes, vulgaires, et, pour les ennoblir, elle imagina une fable qui ne tarda pas à lui paraître une vérité absolue. Au réveil, ce jour-là, elle avait pensé à Jean avec une tendresse qui ressemblait à un début d'amour, et c'est ainsi qu'elle avait expliqué les regrets de sa conscience : aimer Jean, c'était trahir Paul Brémond.

L'âme romanesque de la jeune femme se plut dans cette interprétation habile de phénomènes coutumiers. Et Madeleine pleura son amant défunt, voulut se persuader qu'elle se trompait, que Jean lui était indifférent ; mais les remords persistèrent... Elle voulut n'y plus penser, elle y pensa davantage ; elle y pensa en s'habillant, en se promenant, pendant le repas ; et ce fut au dessert, en mangeant des raisins secs, qu'elle découvrit l'unique moyen de ne pas abandonner la tâche entreprise, de ne pas trahir Paul Brémond. Elle allait tout avouer à son petit ami, elle lui dirait qu'elle était trop malheureuse de n'avoir jamais connu les caresses de l'*autre* que le roman lu dans la clairière lui avait suggéré l'idée de remplacer par un rêve cette réalité tant désirée : elle dirait cela... Sans doute, Jean ne voudrait plus l'aimer, il lui ferait des reproches cruels, l'offenserait par des mots très durs et, de nouveau, éternellement, elle pourrait rester fidèle à celui qu'elle avait tant chéri sur la grève de Stalimène où, bruyantes, plaintives, jaseuses parfois, les vagues du soir crient, pleurent et rient, lorsque jaillit, à l'horizon, le Scorpion dont les étoiles sont rouges, vertes ou bleues...

Aux pensées de Madeleine, le docteur Jansen fut un compagnon discret. Il connaissait l'âme de sa fille et ne la trouvait pas admirable ; mais, à force d'étudier des philosophies dont l'apogée fut courte, M. Jansen avait acquis cette incertitude qui n'est pas sans douceur et qui distingue malaisément les actes vertueux des actes répréhensibles. Il avait gardé pour seule religion le culte des formes belles : or, Madeleine évoquait à ses yeux des souvenirs de statues et de vitraux, et il lui en témoignait une reconnaissance infinie qui s'ajoutait à la naturelle complaisance d'un père pour son enfant.

Cependant au chevet du lit où M. Piot dormait, Jean avait remué de tristes pensées. Il voyait la vie sous des couleurs sales, boueuses et grises, au travers des calomnies que le pasteur Maubel et Mme Piot n'avaient pas détruites. Et le dégoût que lui inspiraient ces calomnies diminuait son respect conventionnel pour les vieillards. A cette heure, Jean découvrait qu'il n'existe pas de gens respectables par définition.

Il citait son père et Josépha au tribunal de sa conscience, et d'instinct, sans même recourir au témoignage de son grand-père, il condamnait Mme Piot, il exaltait la conduite de M. Lagier. Deux femmes, Irène et Madeleine, avaient approuvé cette conduite : elle était donc vertueuse.

Dans la soirée, il fut évident que le malade ne pourrait partir le lendemain ; alors Mme Piot annonça qu'elle resterait, elle aussi.

« C'est impossible, grand'mère, fit Jean, tu ne peux pas rester, puisque mon père arrive ! »

Mme Piot protesta : elle ne céderait pas la place à son gendre. On allait lui envoyer une dépêche. Jean riposta qu'il était trop tard. M. Piot assura que Josépha lui rendrait service en retournant à Genève :

« Tu iras à mon étude, poulette, je t'en prie, et tu expliqueras... »

Elle l'interrompit :

« Soit ! je partirai puisque vous me chassez !... D'ailleurs, le pasteur Maubel dîne chez nous, demain... »

Elle quitta la chambre et s'en alla préparer sa malle dans le corridor. Quand ils furent seuls, M. Piot et Jean murmurèrent des phrases courtes, bienveillantes ; parfois leurs mains se serraient, et une même pensée unissait leurs tristesses : les choses de ce monde sont incertaines et passagères. L'un craignait de mourir et l'autre de perdre Madeleine.

A minuit, Mme Piot renvoya son petit-fils. Elle adoucit sa voix pour lui souhaiter une bonne nuit, et, sur le seuil, elle voulut l'embrasser, mais il ne se prêta pas à cette caresse. Il détestait Josépha, exagérant les griefs qu'il avait contre elle, et oubliant les soins dont elle avait entouré son enfance.

Il rentra dans sa chambre, appela Madeleine, mais elle se garda bien de répondre : le balcon n'était pas favorable à la rupture qu'elle se flattait de provoquer.

Madeleine dormait sans doute... Jean se coucha. Puis il voulut mettre en ordre sa conscience, mais il ne put y parvenir, tant ses pensées étaient diverses, ondoyantes, petites vagues aux facettes innombrables.

Son père allait arriver. Mme Piot était infâme... Est-ce qu'un frère peut aimer sa sœur?... Le pasteur Maubel, un affreux homme?... qui aurait pu croire cela?... M. Piot était très malade, il avait le diabète... le diabète, nom grave d'une maladie que Jean ne connaissait guère... Madeleine était restée seule toute l'après-midi, elle était fâchée, peut-être... Ah ! la vie est compliquée, très compliquée...

Jean souffla sa bougie et se demanda de nouveau s'il avait le droit de suivre sa maîtresse dans des voyages, quand de tels drames bouleversaient sa propre famille. Il plaignit son père, souhaita l'embrasser, chercha encore une fois où était le devoir, ne le trouva point, s'endormit eut des rêves ; ils se groupèrent autour d'un poème, — et ce chef-d'œuvre de Vigny, *la Maison du berger*, servit de leitmotif à des désirs d'amours passionnées et très chastes, sur une montagne où il n'y aurait pas d'hôtel.

XIV

Pendant la nuit, un orage se forma à la cime des Rochers. Il surgit en un buisson d'éclairs ; les nuages couvrirent le lac, rebondirent contre les monts du Jura ; toute la vallée fut dans le brouillard, et, au matin, une pluie fine se mit à tomber.

A neuf heures, l'omnibus jaune traversa la cour et s'arrêta au perron. Joséphä, que l'idée de revoir le pasteur Maubel rendait presque joyeuse, écrasa son petit-fils dans ses bras robustes, lui recommanda M. Piot, qui avait bien dormi et, retroussant ses jupes, monta dans la voiture ; Jean ferma la portière.

« Soigne-toi bien, mon chéri. Adieu... adieu...

— Au revoir ! »

Et il regretta d'avoir été impertinent avec sa grand'mère qu'il ne reverrait plus de longtemps. Puis il se dit :

« Sa conduite envers papa a été infâme. »

Et, comme l'omnibus disparaissait derrière le bouquet d'arbres, il rentra dans le vestibule.

Au concierge, il parla des chambres qu'on devait préparer pour son père et pour sa tante, commanda des fleurs afin d'orner les cheminées, feuilleta des horaires. Il avait un pli d'attention à ses sourcils et prenait des attitudes, car les confidences qui lui avaient été faites lui donnaient du prestige à ses propres yeux, et il était responsable de la santé de son grand-père. Quand il eut trouvé l'heure du train, il se dirigea vers l'escalier.

Sur les marches, les trois petites Anglaises étaient assises, mélancoliques et désœuvrées. Lorsque Jean passa, elles se retournèrent, boudeuses.

« Méchant ! méchant ! » murmura la cadette.

Et, plus hardie, l'aînée demanda :

« Pourquoi tu ne veux plus jouer avec nous ?

— Méchant ! méchant ! » reprirent les deux autres.

Toutes trois se mirent à pleurer.

Jean les consola de son mieux, leur fit des promesses, leur expliqua qu'il était très occupé parce que son père allait arriver le lendemain.

« Ton papa ?... Notre papa à nous, tu sais, il est mort.

— Comment il est, ton papa ?

— Et ta maman, est-ce qu'elle vient aussi ?

— Quand il sera là, ton papa, est-ce que tu joueras encore ? »

Elles parlaient avec un joli accent et des gestes familiers. Jean les prit dans ses bras ; l'aînée et la cadette grimpèrent sur ses genoux ; la troisième, juchée sur son dos, lui tirait les cheveux. Elles riaient, et Jean, sous leurs caresses, oubliait qu'il devait avoir du chagrin, qu'il devait être sérieux, et même qu'il était l'amant de Madeleine.

« May ! Maud ! Mabel ! venez !... » appela une gouvernante.

May, Maud et Mabel firent signe à Jean qu'elles ne voulaient pas répondre, et, comme il se levait, elles se pendirent à ses habits.

Au palier de l'étage, Madeleine parut. Elle sourit aux fillettes, qui lui firent des révérences, et, serrant la main de Jean :

« Quelle pluie fastidieuse ! dit-elle. Votre grand-père va mieux ? »

Puis, sans écouter la réponse, elle continua son chemin, à pas lents et fatigués. Madeleine avait mal dormi, ses remords ayant augmenté ; elle était décidée à suivre le plan qu'elle s'était tracé la veille : c'est pourquoi elle ne s'attarda point à causer avec Jean.

Il en fut surpris et songea que son amie était sans doute fâchée. Quand il entra chez M. Piot, le vieillard demanda :

« As-tu la migraine, mon chéri ?... Tu as l'air malade ou, plutôt, soucieux.

— Mais non, grand-père, je n'ai rien... Naturellement, je suis un peu ému, parce que demain je vais voir papa, et il me semble que jamais je ne pourrai assez l'aimer pour compenser tout ce qu'il a souffert. »

Il ne mentait pas : il pensait à M. Lagier autant qu'à Madeleine ; c'était deux courants d'idées parallèles qui coulaient dans son cerveau avec une égale violence.

Alors Riquet parla du ciel épouvantable qui lançait contre les vitres des paquets d'eau et rendait si triste l'horizon. La cloche du déjeuner sonna. M. Piot choisit quelques plats sur le menu et dit :

« Je me lèverai ce soir, mais, je t'en prie, laisse-moi seul cette après-midi. L'air de cette pièce n'est pas favorable à ta santé, et je veux que demain tu aies une mine superbe. Amuse-toi, cause avec le docteur Jansen, avec M. Claudius : ce sont des hommes éminents. A leur contact, tu apprendras beaucoup de choses. Présente aussi mes compliments à Mme Berlier : ce matin, elle a fait chercher de mes nouvelles, c'est fort aimable, et tu l'en remercieras. N'oublie pas... »

Avant de descendre à la table d'hôte, Jean visita l'appartement qu'il avait retenu pour son père et pour sa tante : il demanda un supplément de meubles, une chaise longue, afin de rendre plus accueillantes ces chambres d'hôtel, si hostiles, d'abord, aux arrivants.

Pendant le déjeuner, chacun se lamenta ; Mme Chauvelin déclara que, « même en villégiature, le dimanche est insupportable » ; François Pierre proposa de jouer une charade, nul n'accepta ; et l'on destina, en général, les loisirs forcés de l'après-midi à la correspondance.

Madeleine, la première, quitta la table ; Jean la suivit dans le vestibule, et, penché vers elle, chuchota quelques mots, d'un air voluptueux et pudique.

« Vous n'y pensez pas ! se récria-t-elle.

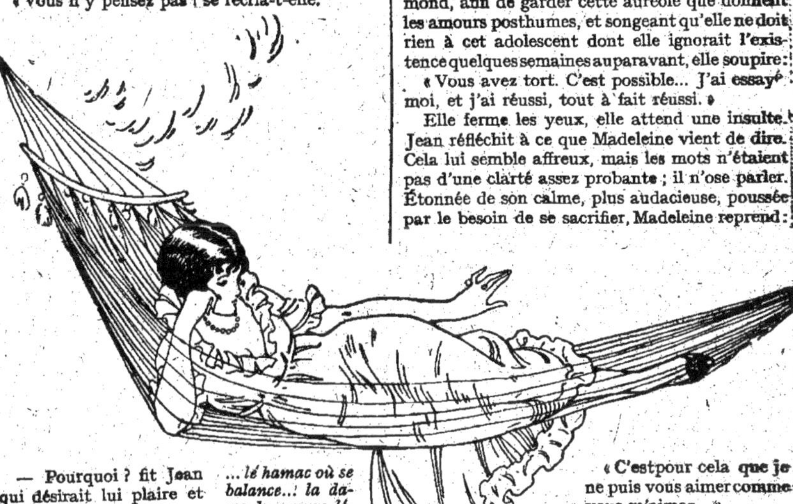

...le hamac où se balance... la dame de mœurs légères (p. 31).

— Pourquoi ? fit Jean qui désirait lui plaire et n'avait rien trouvé de mieux.

— Tenez ! faisons une partie de dames si vous voulez? Connaissez-vous ce jeu-là?

— Oui, très bien ; je vous battrai, que pariez-vous?

— Nous verrons. Aujourd'hui, je suis lasse et jouerai mal... »

Jean regardait sa maîtresse. Elle paraissait s'appliquer à la partie et cependant n'y songeait guère. L'heure des aveux était venue, et Madeleine craignait de s'exprimer avec trop de franchise. Bientôt, elle s'appuya au dossier de son fauteuil.

« Vous souvenez-vous du livre que nous avons lu ensemble? dit-elle.

— Non, quel livre?

— Ce roman... vous ne vous rappelez pas?... dans la clairière... le jour de l'arrivée de vos grands-parents...

— Ah ! je sais... un livre très immoral... et vous m'avez demandé...

— Je vous ai demandé si ce que l'auteur disait était vraisemblable.

— Oui... Eh bien, à présent, moi, je vous assure que ce n'est pas vraisemblable !... Voyons, quand on se donne, la pensée ne peut pas s'en aller... Et si j'ai hésité l'autre jour à vous répondre, c'est que j'ai voulu faire celui qui n'a pas de scrupules, pour me vanter, pour que vous ne me traitiez plus en enfant. »

Cette phrase, il l'a dite si gentiment que Madeleine hésite. Elle a peur de le faire souffrir ; puis, égoïste, afin de ne pas tromper Paul Brémond, afin de garder cette auréole que donnent les amours posthumes, et songeant qu'elle ne doit rien à cet adolescent dont elle ignorait l'existence quelques semaines auparavant, elle soupire :

« Vous avez tort. C'est possible... J'ai essayé moi, et j'ai réussi, tout à fait réussi. »

Elle ferme les yeux, elle attend une insulte. Jean réfléchit à ce que Madeleine vient de dire. Cela lui semble affreux, mais les mots n'étaient pas d'une clarté assez probante ; il n'ose parler. Étonnée de son calme, plus audacieuse, poussée par le besoin de se sacrifier, Madeleine reprend :

« C'est pour cela que je ne puis vous aimer comme vous m'aimez... »

Jean murmure, si doucement qu'elle le comprend à peine :

« Monsieur Brémond?...

— Oui. »

Il ne lui fait aucun reproche. Sa tête est vide et il lui paraît qu'il voit Madeleine très loin. Il serre ses mains l'une contre l'autre.

« Pourquoi?... »

Elle se tait : elle se rappelle sa jeunesse morne devant le ciel de Norvège, la nuit de ses noces, l'espérance qui lui a permis de vivre, le deuil effrayant où l'a plongée la mort de l'amant-fiancé, les lendemains sans désirs et, comme elle ne peut expliquer tout cela, comme elle souhaite une rupture qui apaisera ses remords, elle garde le silence et baisse les paupières pour cacher son regard.

Jean veut mourir.

Lentement, ses yeux deviennent humides, une larme se forme, une autre, elles tremblent au bout des cils, elles glissent sur la joue. Il ne veut pas pleurer devant Madeleine. Il se lève, s'appuie à la table. Une rondelle du jeu de dames tombe. Il n'y prend garde. Il dit :

« Adieu...

— Adieu... »

Madeleine le regarde s'éloigner. Elle range méthodiquement les dames dans leur boîte; puis, au salon, pour se distraire, elle feuillette des journaux.

Jean gravit l'escalier. Il entre dans sa chambre (sur la table, il y a des gants de femme), s'en va, retourne au vestibule et se met à marcher dans le corridor.

Madeleine sort du salon, et Jean, qui passe devant la porte, se trouve en face de la jeune femme, et il se sauve, se jette, tête nue, sur les terrasses où les rafales tourmentent ses habits. Il suit une sente qui s'enfonce dans les buissons. Il ne sait ce qu'il fait, il veut fuir, ne plus voir Madeleine, ni aucune autre femme, ne plus rentrer dans cet hôtel, ne plus penser et surtout secouer le souvenir de ces baisers qui le poursuivent et que la pluie imite en frôlant les feuilles des arbres.

La pluie tombe en lignes droites; elle ravine les chemins, inonde les champs; des nuages pèsent, sales, lourds, à mi-côte de la montagne. Coupé de ronces, le sentier file sous un petit bois, s'enroule aux flancs d'un ravin, traverse une forêt, puis, taillé en corniche parmi les herbages qui dévalent jusqu'au précipice d'un torrent, il trace une ligne noire, perdue à son extrémité dans une brume...

Et c'est là que Jean s'arrête.

Autour de lui, tout n'est que brouillard: murailles jaunâtres où, par endroits, on voit croître et s'effacer la cime d'un sapin et le chaume d'une ferme. Assis dans la boue, la tête dans les mains et les coudes aux genoux, Jean pleure sans s'apercevoir que la pluie rabat à son front une longue mèche de cheveux. Il ne sait pourquoi, la conduite de sa maîtresse lui paraît plus vile que toute autre; il la sent, d'instinct, ignoble, dégradante, la pire des trahisons. Il pleure. Il n'a d'autres pensées que d'échapper à son chagrin, et, d'un mouvement puéril, tout à coup, il s'élance sur la prairie qui dévale vers le précipice.

D'abord, il garde l'équilibre, puis fait un faux pas, glisse, tombe sur le dos, roule, roule d'une vitesse accrue; il accroche ses mains aux herbes, à la terre qui cède en mottes éboulées; avec des pierres il roule, meurtri, affolé, et le souvenir de son père est dans son cœur. Il roule en tourbillon, et, brusquement, ses bras heurtent un arbre: dans un grand geste de désespoir, ils l'enlacent, et les muscles, tendus par la crainte, sont assez robustes pour soutenir le choc de tout le corps.

Jean se relève et voit la distance qu'il a parcourue. Le sentier est très loin, là-haut, dans le brouillard. De l'autre côté, sous les racines de l'arbre, les champs s'affaissent en falaises où la mort était certaine.

Et Jean tremble et frissonne: il a très peur de mourir... On aurait trouvé, dans les rochers, un cadavre à peine reconnaissable; des oiseaux, des vautours, sûrement, lui auraient crevé les yeux, et son père, qui vient chercher auprès de lui un peu de joie, serait arrivé juste à temps pour des funérailles... Jean tourne le dos au précipice et réfléchit.

Son père?... l'accusation abominable?... tout est possible, puisque Madeleine a trahi son amour... Ah! il ne veut plus s'occuper des femmes; il les englobe toutes dans son mépris, toutes, sa grand'mère, sa tante Irène, Madeleine, Mme Chauvelin, la dame du hamac, toutes, et pour M. Piot et pour son père seuls, il conserve de l'affection. Mais ceux-là, comme il les aime!... Comme il voudrait leur dire tout ce qu'il vient de souffrir!... Il se consacre à leur bonheur, il confondra leurs ennemis, et peut-être un jour connaîtra-t-il d'autres joies plus nobles que celles où se complut Madeleine...

Le vent est tombé; les murailles de brouillard se rapprochent, plus épaisses, obscures. Prudemment, soucieux de ne plus risquer sa vie (elle est précieuse pour le bonheur de son père), Jean se remet en marche. Ses vêtements sont déchirés, sordides; ils se collent à ses membres, et les poignets de sa chemise sont réduits à l'état de linges dont les plis le chatouillent.

Il gagne le sentier. Ses pensées se divisent nettement: de la haine, de l'amour. Elles se compliquent: regrets, désirs, colères, humiliations... Il souhaite n'avoir jamais connu les caresses d'une femme; il a perdu Madeleine... Et derechef il déteste Paul Brémond, Josépha, le pasteur Maubel; il adore M. Piot et son père, et regrette les voyages qu'il aurait faits avec sa maîtresse.

La pluie, à présent, lui est intolérable; elle coule sur ses cheveux, elle descend le long de son cou; ses souliers font un bruit humide.

« Au moins aurais-je dû me casser la jambe! » songe-t-il en constatant que ses habits sont ridicules.

Puis, quand l'hôtel émerge de la brume, Jean, pour éviter les questions, décide de rentrer par les cuisines; — et les servantes ont de grands éclats de rire en le voyant passer.

Dans sa chambre, il retrouve les gants de Madeleine: il les prend, les regarde, se souvient trop, et les jette au fond du tiroir où il met ses bottines. Cette profanation ne peut l'empêcher de se rappeler les mains de son amie. Un soir, sur le balcon, elles parurent, hors de leur fourreau, si blanches...

Toute la dignité que lui a procurée la peur du ridicule disparaît; il voudrait revivre l'existence si paisible qu'il a menée à Genève, l'idylle avec la petite fille qui passait sur le chemin de Prégny, et, dès que sa toilette est terminée, il se rend chez M. Piot pour chercher un secours contre sa mélancolie dans la tendresse du vieillard.

Riquet est encore couché : tout à l'heure, il a eu des éblouissements. Cependant il accueille gaiement son petit-fils.

« Eh bien ! vous êtes-vous amusés?... As-tu fait mes remerciements à ton amie? »

Jean avoue qu'il a oublié de les faire, et Riquet le gronde.

« Oh ! ne me gronde pas aujourd'hui, grand-père.

— Qu'est-ce que tu as, mon chéri?

— Rien... non, je ne peux pas te dire...

Alors M. Piot soupçonne la vérité :

« Est-ce que tu aurais une amourette?

— Une amourette?... moi ! »

Jean rougit : il désire se confesser, mais il n'a pas le droit de livrer un pareil secret. M. Piot observe ce trouble et réplique :

« Prends garde, mon petit, prends garde ! L'amour procure de grandes joies ; mais c'est aussi un esclavage, et tu as des devoirs à remplir... »

Pour détourner la conversation, Jean propose à M. Piot de dîner en tête-à-tête : ils profiteront mieux de leur dernière soirée. Cette preuve d'affection touche profondément Riquet. Toutefois, il proteste :

« Mais non, mon chéri, je ne veux pas...

— Pourquoi? Ce sera charmant, tu verras ! Nous causerons de mon père : il faut que je le connaisse tout à fait bien avant son arrivée. »

Et, comme Jean a refoulé ses larmes, M. Piot cède, ravi.

A la table d'hôte, on remarque l'absence de Jean Lagier. Pour être spirituel, François Pierre demande à Madeleine des nouvelles de son petit amoureux : la jeune femme se fâche. Berlier et Claudius ricanent, et le Dr Jansen prie François Pierre de ne point ennuyer sa fille. Mme Chauvelin prend le parti de son amant. M. Chauvelin le lui reproche.

Là-haut, Riquet et son petit-fils essaient de se leurrer l'un l'autre et de paraître joyeux.

Tu ne manges rien ! » se disent-ils alternativement.

M. Piot sent que ses jambes sont enflées ; il en éprouve de l'inquiétude... Jean se demande s'il n'aurait pas mieux valu périr, dans le précipice, afin de donner des remords à Madeleine.

De temps à autre, ils échangent des phrases insignifiantes. Des idées noires troublent M. Piot : il pense à la mort et craint de se réveiller dans une tombe.

« Mon petit, tu vas me promettre de ne pas me laisser enterrer sans qu'on m'ait fait une piqûre. »

Et Jean, qui maudit en lui-même toutes les femmes, sursaute au bruit de cette phrase :

« Mais, grand-père...

— Eh ! mon enfant, cela ne fait pas venir la mort d'en parler... Je t'en prie ! promets... je serai plus tranquille...

— Je te le promets... »

Et, tout à coup, Jean éclate en sanglots. Alors Riquet pleure, lui aussi, et renifle ; et le gamin a des hoquets, et le vieillard des soupirs ; et leurs mains s'étreignent. Ils veulent se consoler et ne le peuvent ; leurs sourires se changent en grimaces, et le ventre de M. Piot ondule sous les draps, et les poings de Jean tamponnent des yeux en fontaine.

« Comme nous sommes bêtes ! » fait Riquet.

Et il sanglote.

« C'est ridicule ! » dit Jean.

Et il sanglote.

« Allons ! allons !... Ah ! ah ! mon pauvre chéri...

— Voyons, voyons, grand-père !... Oh ! mon Dieu, mon Dieu !... »

Enfin, ils se calment, mais ils n'osent plus parler et les heures passent, escortées d'images.

Jean a la migraine, il se lève :

« Bonne nuit, grand-père. »

M. Piot ne répond pas : il s'est endormi...

Jean retourne dans sa chambre, il écoute à la cloison pour savoir si Madeleine est chez elle. Il n'entend rien : mais bientôt des pas sonnent, des chaises sont remuées : Madeleine va se coucher. Elle défait ses cheveux, des épingles tombent sur le marbre du lavabo ; elle enlève sa robe et la plie, — et Jean habille chaque bruit des gestes qu'il connaît.

Il va sur le balcon, le quitte, sort dans le corridor, monte à l'étage supérieur, entre dans l'appartement que son père doit occuper le lendemain, et, comme il n'a pas d'allumettes, à tâtons, il cherche un siège. Ses mains heurtent la chaise longue ; il se couche, de nouveau, il pleure et s'endort lourdement.

A l'aube, il s'éveille, brisé de fatigue et meurtri par la migraine qui serre son front d'un casque étroit.

XV

Le train halète sur la côte ; il semble hésiter ; on peut craindre qu'il ne tombe dans le précipice voisin, mais il se redresse, il entre dans la gare, les freins crient, une secousse ébranle les touristes ; des portes s'ouvrent, des voyageurs descendent : un homme voûté, dont les cheveux sont blonds sous un chapeau à larges ailes, la barbe courte et grise, offre la main à une petite femme qui saute sur le quai. Elle est laide, ses yeux sont vifs et ses joues grasses ressemblent à celles de M. Piot. Elle marche en tirant la jambe, elle paraît chercher quelqu'un, et, tout à coup :

« Regardez, Frédéric... il me semble que c'est lui ! »

Alors Frédéric Lagier tend les bras vers son fils, et Jean se jette sur la poitrine de son père :

« Papa !... Oh ! comme je suis content !... »

Irène, elle aussi, reçoit un baiser, puis, quand les premières caresses sont achevées, ils se regardent et ne savent que dire.

Le cœur de Jean est prêt à révéler sa tendresse, mais encore faut-il qu'on l'y aide, et M. Lagier ne sait point l'aider, bien qu'il le souhaite. Il songe que le visage de son fils ressemble à celui de Maud avant qu'elle devînt folle. Et Jean qui, pendant toute la nuit, a rêvé d'oublier la trahison de Madeleine en aimant uniquement son père, — et Lagier qui, pendant toute la nuit, a rêvé d'oublier ses malheurs en aimant uniquement son fils, — et la petite femme boiteuse, Irène, qui a rêvé pendant toute la nuit de vouer à cet enfant joli une affection maternelle, — tous les trois ils comprennent que leur vie passée est trop présente à leur mémoire pour que puisse l'abolir une affection nouvelle.

Irène et Frédéric Lagier viennent de rencontrer Jean : ils ne peuvent s'unir à lui, ils ne peuvent former tous trois une seule famille, parce que, dans leurs âmes, les mêmes empreintes ne sont pas gravées. Frédéric Lagier n'a point de fils, il s'en aperçoit, comme Jean s'aperçoit qu'il n'a d'autre père que M. Piot.

Les malles qu'il faut retirer leur permettent à propos de rompre le silence : ils chargent le concierge de les transporter à l'hôtel. Puis ils suivent les sentiers en murmurant des phrases timides, incertaines, de ces phrases qu'emploient des étrangers pour apprendre à se connaître.

La nature est avenante, les gazons brillent, le soleil joue sur les montagnes et, aux branches des arbres, les brumes du matin ont laissé des gouttes d'eau qui tombent. M. Lagier soupire, se rappelle autrefois, l'époque où ces paysages étaient familiers à son âme heureuse. Irène boite ; à chaque pas, son corps se penche à gauche et se relève péniblement, et Jean, qui voit cette silhouette ridicule, se sent plus triste qu'il ne l'a jamais été. Il demande :

« Comment va maman ? »

M. Lagier ne répond pas, il détourne la tête, et, à l'oreille de son neveu, Irène murmure :

« Ne parle jamais de la maladie de ta mère... »

Ils continuent leur route. Jean dit encore :

« Grand-père est ici.

— Ah !... fait M. Lagier.

— Il est malade, ajoute Jean, comme s'il voulait excuser cette présence, dont il n'est pourtant pas responsable.

— Est-ce que Mme Piot est avec lui ?

— Non, elle est partie hier.

— C'est heureux ! »

Et Frédéric Lagier commence une diatribe haineuse.

Il déteste Joséphà, le pasteur Maubel, les Genevois, les protestants, les dévots, la moitié du genre humain. Jean est stupéfait de trouver une semblable fureur chez ce père qu'il voulait aimer. C'est un lamentable cortège, cet homme voûté, qui fait d'énormes gestes, cette petite femme balançant son torse, et cet adolescent dont les épaules se courbent comme si quelque danger le menaçait.

Ainsi arrivent-ils à l'hôtel.

Sur le perron, Madeleine cause avec le comte d'Ourlac, l'organisateur du pique-nique et l'amuseur détrôné de Mme Chauvelin. Celle-ci agace de sourires le docteur Jansen, qui fait sauter sur ses genoux une des petites Anglaises ; plus loin, Alex Claudius, l'orientaliste et le chef de bureau se promènent, et tous ont des regards curieux pour la famille du « jeune Lagier ». Seule, Madeleine baisse les yeux, par pudeur. En la voyant, Jean pardonne à son père une misanthropie que lui-même a subie, la veille, et il songe que toutes les femmes et tous les hommes sont méprisables.

Quelques minutes plus tard, dans la chambre de M. Piot, une scène fort touchante se déroule : Irène pleure, Riquet l'imite et ne sait pas faire usage des paroles qu'il a préparées. Il accueille son gendre comme si Lagier ne l'avait jamais quitté, et l'entrevue se termine presque gaiement : nul n'a fait allusion à Joséphà.

Honnête de naissance comme d'autres sont criminels, le peintre Frédéric Lagier avait toujours mis en pratique les lois morales que lui enseignèrent son hérédité et son éducation. La destinée le rendit malheureux ; il devint le martyr de ses vertus, et, comprenant qu'elles lui avaient été nuisibles il les détesta. Par pitié, il avait gardé sa femme auprès de lui : on fit de cette action généreuse un scandale... Il eut des enfants qu'il adora et qu'il voulut confier à ses beaux-parents uniquement pour les sauver de la misère à laquelle il se voyait exposé : on l'accusa de « n'avoir pas d'entrailles »... Après la querelle définitive avec Mme Piot, il s'efforça de calmer Irène qui voulait le suivre, il n'y réussit pas : on l'accusa d'inceste... Maintenant il vivait médiocrement, torturé par des besoins d'argent, se refusant toujours à mettre sa femme dans une maison de santé parce qu'il gardait en lui une dernière espérance de la guérir, et maudissant cette espérance qui avait gâché sa vie. Son caractère était devenu difficile. Constamment, M. Lagier pérorait ; il invoquait la fatalité à tout propos ; et souvent, afin d'exciter l'étonnement, il racontait sa détresse au premier venu.

Après le déjeuner, Jean présenta son père et sa tante aux habitants de l'hôtel. Les Chauvelin furent obséquieux, François Pierre amical, M. d'Ourlac bienveillant, le docteur Jansen fit preuve d'une politesse exquise, Claudius et Berlier inclinèrent la tête, et Madeleine accueillit ces inconnus avec indifféren

Elle avait passé une nuit de cauchemars et d'angoisses. Ces deux jours d'amours très sensuels exaltaient son désir d'être aimée. Si elle avait rompu sa liaison avec son petit ami, ce n'était que la dernière révolte de sa conscience ou plutôt de sa nature romanesque; mais, en cette révolte, Paul Brémond lui était apparu encore une fois comme le seul amant qui aurait pu faire fleurir à son profit l'idylle et la volupté. Madeleine vivait cette époque dangereuse où les sens des femmes s'épanouissent, où ne sont plus qu'un écho les romances dont la vierge se berçait.

Afin de rêver qu'elle appartenait à son amant-fiancé, Madeleine se retira dans sa chambre et y resta toute l'après-midi.

Cependant le docteur Jansen complimentait M. Lagier en paroles choisies, et, comme celui-ci écoutait le savant avec complaisance, Irène offrit à son neveu de faire une courte promenade.

« Très courte, dit-elle; tu sais que je marche avec peine. »

Il la conduisit dans le petit bois. Douce, affectueuse et subtile, Irène sut pénétrer les pensées de Jean. Elle lui posa des questions amicales sur sa vie, sur ses études, sur M. et Mme Piot, et il sentit naître en lui une tendresse pour cette petite femme qui boitait.

En causant, ils arrivèrent devant le tronc du platane où Madeleine était assise quand elle donna le premier baiser. Irène s'y arrêta, mais Jean la pria de n'y pas demeurer; — il ne savait plus au juste si c'était pour ne pas profaner un souvenir ou pour ne pas rester avec sa tante dans ce lieu impur.

Madeleine se retira dans sa chambre.

Lorsqu'ils revinrent à l'hôtel, ils rencontrèrent M. Piot qui s'était levé et les cherchait. Le notaire avait reçu de Josépha une lettre pleine de reproches. Il la montra à Jean, puis il annonça qu'il partirait le lendemain pour Genève, et, le soir même, dans sa chambre, il voulut dire à ses enfants un dernier adieu.

Avec des périphrases et des proverbes, il expliqua combien il déplorait tout ce qui s'était passé; il parlait de sa mort prochaine, des soins dont il avait entouré l'enfance de Jean : il n'en tira aucune gloire, mais au contraire il remercia Frédéric Lagier de la confiance qu'il lui avait témoignée.

M. Piot portait une grande houppelande et un pantalon jaune; il serrait sur son ventre ses mains noueuses qui tremblaient. Il dit encore :

« Ah ! mes enfants, mes enfants... Voyons, voyons, chacun de nous a eu des torts, passons l'éponge...

— Vraiment ! » fit M. Lagier.

Et, le coude à la cheminée, il énuméra les vexations que Mme Piot lui avait imposées à l'époque de son mariage : sa voix emplissait toute la chambre, vibrait aux bobèches des flambeaux, faisait sonner les phrases pour l'ébahissement de Jean qui n'avait jamais assisté à une telle scène. En guise de péroraison, emporté par sa fougue, Frédéric Lagier cria qu'il aurait dû se tuer depuis longtemps.

Quand il s'arrêta, M. Piot lui répondit :

« Mon gendre, je pense que vous n'avez pas réfléchi au respect que l'on doit à la vieillesse; sans quoi, vous auriez évité peut-être de m'offenser devant votre fils... Non, ne protestez pas: vos paroles furent blessantes, et j'ai conscience de ne pas les avoir méritées...

— Mais je n'ai pas parlé de vous, Monsieur ! fit Lagier; il s'agit de Mme Piot...

— Elle et moi ne faisons qu'un, vous ne sauriez nous séparer... Nous n'avons donc plus rien à nous dire... Jean, viens m'embrasser, et rappelle-toi, mon petit, que ton grand-père t'a beaucoup aimé et qu'il t'aimera toujours... »

Tandis qu'il mouillait les joues de son petit-fils, M. Piot murmura :

« Je ne peux pas désavouer ta grand'mère devant eux, mon chéri, mais il faut que tu aimes ton père, c'est mon plus grand désir; il faut que tu l'aimes, il le faut... »

Puis, comme Jean s'essuyait les yeux, et qu'Irène recommençait à pleurer, il les conduisit jusqu'au seuil de sa chambre, et, là, Frédéric lui tendit la main :

« Sans rancune, monsieur Piot... »

Alors Riquet, d'un brusque mouvement, l'attira sur son cœur, le repoussa et ferma la porte, afin de cacher son émotion.

« Quel drôle de bonhomme ! » fit Lagier.

Jean prit congé de son père et d'Irène, et rentra chez lui.

« Est-ce que je pourrai l'aimer? Est-ce qu'il m'aime? » songeait-il.

Et il faisait le bilan de cette journée. Elle avait déçu et meurtri, car maintenant M. Lagier était plus loin de lui qu'il ne l'était la veille, avant son arrivée, et Jean songeait qu'Irène était douce, mais si laide, et que la beauté de Madeleine était plus facile à chérir.

Cette beauté, les bruits voisins la lui rappelèrent, et il pensa qu'il n'avait pas de refuge où fuir les images qu'ils éveillaient, puisque son père lui était étranger et qu'il ne souhaitait plus se consacrer à son bonheur.

Il se reprocha de ne plus le souhaiter; mais ces reproches ne l'empêchaient point d'imaginer sa maîtresse pâmée sous la lumière rose d'une lampe dont l'abat-jour semblait une fleur. Il ne se rappelait pas la honte qui avait suivi la première nuit, mais l'extase, le ciel conquis, et cette extase et ce ciel, il les désirait follement. Il les désira jusqu'à en souffrir quand il entendit tomber sur le parquet les petites mules que Madeleine laissa choir en se couchant.

Le silence apaisa cette douleur, mais des remords lui succédèrent, des remords de chrétien... Il s'indigna d'aimer Madeleine après l'ignominie qu'elle avait accomplie; il marmotta pour se purifier :

« Notre Père qui êtes aux cieux... »

Il n'acheva pas la prière; il pensa à *son* père — et l'approuva de détester les hommes... Mais d'autres remords s'emparèrent de lui, des remords de gamin tendre : il ne faut pas haïr, il faut aimer. Jean avait besoin d'aimer, et, pour admirer, pour aimer M. Lagier, il devait avoir plus de haine que n'en pouvait contenir son cœur.

Et Jean se tourne vers la chambre de Madeleine, et il appelle son amie, et, comme l'insomnie fait jaillir d'innombrables idées que nulle logique ne relie, il compare la conduite de Madeleine à celle de Mme Piot, du pasteur Maubel et de son père. Il exalte la fidélité de sa maîtresse envers Paul Brémond, la loyauté de ses aveux, la dignité de ses paroles, et, quand ils s'endort, il absout Madeleine de tout crime, sauf envers lui; et ce crime, le gamin tendre est prêt à le pardonner si elle veut l'aimer de nouveau.

Dans la chambre voisine, Madeleine, elle non plus, ne peut dormir. Elle regrette d'avoir été trop héroïque, d'avoir rejeté le bonheur qu'elle avait si longtemps attendu et qu'elle possédait enfin; elle regrette les cheveux cendrés de Jean, ses lèvres gercées; elle a la fièvre, elle sent contre sa peau tous les plis du drap; elle se tourne vers la chambre de son petit ami, elle l'appelle, elle oublie Brémond, l'île de Stalimène, et désire que Jean sollicite une entrevue qu'elle saura maintenant terminer par une étreinte.

Ce furent, d'ailleurs, conclusions d'insomnie : au réveil, Madeleine aima Paul Brémond, et Jean se promit à lui-même de ne plus penser à autre chose qu'aux souffrances de son père. Mais le lendemain, et le surlendemain, après le départ mélancolique de M. Piot, Frédéric Lagier ne sut pas faire naître la confiance au cœur de son fils.

Le peintre Lagier ignorait le chemin des âmes enfantines. Un mot aurait suffi; ce mot, il ne le prononça pas. Au contact de ces habitués d'hôtel, insouciants et pour la plupart fortunés, il se souvenait davantage de l'existence qu'il avait entrevue quand il avait épousé Mlle Piot, quand ses amis le félicitaient de ce mariage inespéré; et sa colère contre l'humanité devenait plus âcre et plus verbeuse. Il tenait d'épouvantables discours qui faisaient fuir Mme Chauvelin, François Pierre, les amuseurs, Chauvelin, Claudius et Berlier, et, que, seul, le docteur Jansen écoutait avec une douce ironie.

Sur les terrasses, les deux hommes, étendus en des fauteuils, passaient de longues heures, côte à côte, tandis que Madeleine prétextait une névralgie pour rester dans sa chambre, et que Jean demandait à Irène des détails, qui lui parurent affreux, sur sa mère, sur le dernier-né et sur les deux petites sœurs idiotes.

Irène disait que jamais elle n'aurait abandonné la pauvre malade si les médecins ne l'avaient suppliée de faire un séjour dans les Alpes. Elle parlait du devoir, de la joie que l'on trouve dans le sacrifice de soi-même au bonheur d'autrui, et, quand elle disait cela, sa voix montait à des notes aiguës qui la rendaient un peu ridicules... Tout en l'écoutant, le gamin pensait à des voyages orientaux, à des nuits d'amour, à Madeleine qu'il avait perdue.

Chaque jour, à l'aube, Jean la maudissait : elle l'avait dépravé, elle l'avait trahi, elle était immonde... Au crépuscule, elle n'était plus qu'une amante trop fidèle à un souvenir... Le soir, elle était la seule femme enviable entre toutes les femmes.

Ces alternatives durèrent une semaine; enfin, malade, épuisé, parce qu'il était incapable de supporter la première lutte entre sa conscience et son cœur sans une main très ferme pour le conduire, Jean céda aux désirs de sa tendresse, et, dans la nuit du samedi, six jours après l'arrivée de son père, il écrivit à Madeleine pour lui demander pardon.

Deux fois il déchira la lettre. Il ne pouvait imaginer de phrases assez caressantes; il se rappelait celles qu'il avait inventées pour des billets jamais mis à la poste, lors de son idylle avec la fillette qui passait sur le chemin, derrière la haie dont la villa de Mme Piot était bordée

C'était une petite fille brune; ses cheveux flottaient sur son dos ; elle se promenait avec un chien qui avait des poils trop longs. Chaque soir, Jean l'attendait, la voyait venir de loin, composait des stances qu'il n'osait lui donner, et il avait vécu ainsi deux mois de parfait bonheur. Puis, au début de l'hiver, la petite fille brune avait interrompu ses promenades : Jean avait cru mourir... Dans un gros cahier à serrure, il avait inscrit sa douleur sous forme de journal quotidien.

Ah ! la femme qui serait sienne, comme il l'avait désirée, avec quelle dévotion il avait aimé son futur amour !... Elle était venue, belle, triste, rêveuse, vêtue de blanc, et son nom était délicieux à prononcer tout bas : Madeleine...

Pardonnez-moi, Madeleine...

Souvent vous m'avez dit que j'étais un enfant : eh bien ! aux enfants on pardonne un moment d'humeur chagrine... Pardonnez-moi, Madeleine, de m'être sauvé, l'autre jour, comme un imbécile, sans même vous avoir laissé le temps d'expliquer vos pensées. Si je vous l'avais permis, vous m'auriez montré facilement combien votre acte était noble et digne de vous. Comment pourrais-je me flatter de remplacer M. Brémond ?... Et, si je l'avais remplacé, vous seriez donc semblable à celles qui ne se souviennent pas de leurs amis ? Non, vous n'êtes pas comme ces femmes ; quand vous donnez votre cœur, c'est pour toujours, et je vous admire d'être ainsi...

Il l'admire vraiment, et il s'humilie devant elle et reconnaît qu'elle s'est conduite à son égard avec une très louable franchise.

Que suis-je moi, en face de vous ?... Un enfant inutile, maladif, qui est jeté de-ci de-là, soumis à toutes les influences, incapables de penser et d'agir par lui-même... Je ne sers à aucun bonheur. J'espérais me dévouer à ma famille, et maintenant je ne sais que pleurer...

Il s'arrête, il voudrait finir sa lettre en offrant de reprendre le rôle qu'on lui avait destiné, mais les mots se cachent, et, la tête dans les mains, Jean poursuit les idées qui fuient, quand, tout à coup, il lui semble que l'on ouvre la porte du balcon.

Il écoute : on frappe aux carreaux. Il a peur : il n'est pas très hardi. On frappe encore : il prend courage et tire les rideaux. Il croit rêver en voyant derrière les vitres la silhouette d'une femme ; il croit rêver ; il reconnaît Madeleine... Il ouvre, et ce n'est pas un rêve, puisqu'il reçoit son amie dans ses bras.

Elle a été vaincue, elle aussi, par les angoisses de la nuit. Tandis que Jean lui écrivait, elle a lutté vainement, puis, sur le balcon, elle espéra calmer ses nerfs au souffle de l'air frais : l'atmosphère était lourde et chaude, les capucines fleuraient, les roses du parc la grisèrent, elle a tout oublié pour se souvenir seulement des lèvres gercées, des cheveux cendrés ; elle a détaché la claie des capucines, et elle vient s'offrir et elle s'offre sans une parole. Jean s'écrie :

« Pardon !... Je vous adore... »

Il n'en dit pas davantage, cette nuit-là. Après s'être donnée, Madeleine a honte : elle pense à ce « pauvre » Paul Brémond, mort, si tristement, en Italie... elle s'enfuit avant que le gamin ait pu la retenir, elle referme sur elle la fenêtre de sa chambre.

Alors il ne cherche plus à comprendre, il cache dans un tiroir la lettre qu'il a commencée. il se couche et s'endort.

XVI

Le lendemain, Madeleine découvrit sans peine que sa conduite de la veille était absolument inconvenante ; elle craignit cependant de renouveler cette inconvenance le soir même. Elle n'aimait pas ce jeune homme, elle aimait Paul Brémond, mais... A bout de raisonnements, elle s'habilla et, comme des cloches lointaines annonçaient le jour dominical, elle résolut d'aller à l'église pour y chercher un secours contre elle-même dans la prière et la méditation de la parole divine.

A l'extrémité du jardin, le propriétaire de l'hôtel avait construit une petite maison. Là, en des chambres juxtaposées, on célébrait à la même heure le culte protestant et le catholique. Ainsi les confessions ne pouvaient être jalouses l'une de l'autre.

Alex Claudius était curieux d'entendre un pasteur de langue française ; Berlier l'accompagna, comme cela était à prévoir. Au docteur Jansen, il plut d'être chrétien pendant quelques minutes, et, par désœuvrement, Irène et Frédéric Lagier se rendirent, eux aussi, vers neuf heures, au temple mixte.

Ce fut un cortège pieux. Des Anglais portaient des bibles ; quelques paysans se tenaient à l'écart, gauches et reluisants : les catholiques étaient joyeux et les calvinistes navrés. Mme Chauvelin marchait auprès de François Pierre et songeait à son confesseur de Paris ; Jean, à côté d'Irène, cherchait des yeux Madeleine ; et, tout à coup, essoufflé, M. Chauvelin parut : il fit de violents reproches à sa femme qui le compromettait, puis se retira, ne voulant pas participer à cette manifestation cléricale.

Sous le porche, le curé et le pasteur causaient. Dans un champ voisin, il y avait deux moutons et une chèvre : lorsque la foule arriva, les moutons s'enfuirent, mais la chèvre ne sut que faire, resta stupide, enfin se précipita vers la maison

Le curé la retint avec douceur ; une petite-fille dont les pieds étaient nus appela :

« Eh ! la bichette, la bichette !... »

Et les passants lui donnèrent de l'argent : il convient d'être charitable quand on se rend à l'église.

Dans le vestibule, les groupes divergèrent. Comme on allait fermer les portes, la dame du hamac se glissa dans le sanctuaire protestant, après avoir hésité sur le seuil catholique.

Une mince cloison séparait les deux salles et l'on respirait dans le temple huguenot l'odeur du Dieu voisin.

Le pasteur monta en chaire et se prit la tête à deux mains pour réfléchir ou pour prier. Les femmes étaient placées à droite, sur des bancs garnis de paille ; les hommes, à gauche, étaient assis sur des planches ; on n'y pouvait, sans danger de courbature, garder longtemps la même position.

Les fidèles se livrèrent décemment à de très longues méditations.

Madeleine se promit de n'être plus adultère. Elle pria avec ferveur, les paupières closes et les doigts unis. Jean la regardait, et, la voyant si recueillie, il voulut lui aussi s'abstraire : le pasteur Maubel lui avait recommandé, jadis, pendant son instruction religieuse, de baisser les yeux, dans la rue, quand il rencontrait une femme élégante, et il eut quelques remords de n'avoir pas suivi ce conseil. Le docteur Jansen prit plaisir à composer une oraison dominicale, Berlier décida d'écrire un livre sur les mystères de Samothrace, où la Trinité se retrouve, et la dame du hamac tint obstinément ses mains plaquées à son visage afin de paraître dévote.

Des hymnes latines annoncèrent que la messe avait commencé dans l'autre chambre. Le pasteur rejeta loin de sa tête ses manches noires, tira sa montre, invoqua le Tout-Puissant, choisit un texte et le numéro d'un cantique. Alors le concierge de l'hôtel se leva. Il remplissait les fonctions de chantre ; il avait une voix de basse et une bouche considérable. Toutes les poitrines se dilatèrent ; d'abord une sorte de murmure monta, le bruit grandit, la liturgie latine s'y mêlait, des vagues sonores heurtaient de tous les côtés les boiseries, et celles-ci vibraient continuement. Le chant allait vers l'aigu ; les voix étaient moins nombreuses ; les hommes faisaient de gigantesques efforts ; une octave plus haut, ils n'étaient que cinq ; à la tierce, seule, la dame du hamac, qui avait fréquenté un café-concert, atteignit la note, et le pasteur en fut heureux : — cela n'était jamais arrivé... Quand le psaume s'acheva, une femme vieille, exaltée et sourde, continua à crier ; on dut la faire taire ; il s'ensuivit un petit scandale.

La messe s'achevait (p. 45).

Après avoir lu quelques lignes de l'Évangile selon saint Jean, le pasteur ferma sa bible, recula d'un pas et sourit avec finesse. Il avait une figure grasse qui aboutissait à des oreilles volumineuses, très écartées et rouges.

« Mes frères... » dit-il.

Puis il hésita, sourit de nouveau (il était spirituel), ramena devant lui les ailes larges de ses manches et proclama :

« Mes frères, le bon Dieu n'est point une autruche... »

A ces mots, il y eut dans l'assemblée une grande émotion. Le pasteur s'en aperçut, il haussa la voix :

« En vérité, mes frères, le bon Dieu n'est point une autruche... »

Alors la dame du hamac ouvrit la bouche, et, pour ne pas rire, absorba la moitié de son mouchoir ; Madeleine s'effraya de cette image vraiment inattendue, s'en réjouit, oublia le vœu qu'elle avait formé de n'être plus adultère, et se tourna vers Jean qui, les joues gonflées, avait peine à se contenir et croyait voir devant lui le Père Éternel, juché sur de hautes pattes et battant l'air de ses ailerons.

Le pasteur développait sa métaphore ; on le comprit mal : il avait confondu le cœur avec l'estomac et voulait prouver que Dieu ne saurait digérer des pierres. Cependant il continuait son sermon : ce fut une apologie de la vie champêtre, les pâturages semblèrent l'unique chemin pour gagner le ciel.

Jean et Madeleine reconnurent tous deux que les rêves sont choses dangereuses, mais l'orateur bredouillait, et puis l'autruche... ils se moquèrent et ne tirèrent aucun profit du pieux discours.

Le pasteur ne savait comment le terminer, il ne trouvait plus ses mots et se servait de tous les prêches qu'il avait jusqu'alors inventés.

Enfin, il entreprit de peindre l'affection de Jésus pour le Père, et, en guise de péroraison, il dit :

« Quand Notre-Seigneur fut devant le trône céleste, j'ose me figurer qu'il s'écria : « A présent, mon père, c'est entre nous à la vie, à la mort... »

Des quintes de toux l'interrompirent ; cependant il acheva en ces termes :

« Que cela vous serve de leçon, mes bien-aimés frères, soyez dévoués à la bonne cause et que le pacte qui vous lie à Dieu soit comme celui de Jésus : à la vie... à la mort !... Amen !... Nous chanterons maintenant le cantique soixante-deuxième, versets un, deux, trois, sept et les suivants... »

Et tous furent heureux de pouvoir soulager leurs nerfs dans des gammes peu rythmiques.

A côté, la messe s'achevait : on entendit les derniers chants. Le pasteur lut les prières, on sortit, et la dame du hamac eut un grand éclat de rire qui parut tout à fait inconvenant.

Les fidèles se dispersaient ; Jean s'approcha de Madeleine, et la jeune femme, tendant la main à son petit ami, murmura :

« Ce soir, au jardin, dans notre bosquet... »

Elle fut interrompue par son mari qui l'accompagna jusqu'à l'hôtel avec Claudius. Irène réclama le bras de son neveu pour soutenir sa démarche maladroite et ils rentrèrent lentement par les chemins du parc.

Au seuil du temple mixte, le docteur Jansen offrit à M. Lagier de « marcher un peu » avant le repas ; le peintre accepta, et ces deux hommes s'en allèrent vers un sentier que des branches protégeaient contre le soleil. Ils se turent d'abord, puis M. Jansen dit :

« Ce pasteur est un être inculte, et son sermon décèle une intelligence médiocre ; mais il sied d'admirer le commerce paisible que ce calviniste entretient avec le curé. C'est là l'exemple d'une modération qui tend à devenir rare... »

Frédéric Lagier s'indigna de ces paroles trop courtoises ; il critiqua le sermon, et, comme il avait lu Rousseau, il parla du « Temple de la Nature », prétendit que la chèvre et les moutons à la porte de l'église lui avaient donné plus de réconfort que les litanies bibliques.

« C'est juste, fit M. Jansen, vous êtes peintre : le relief et la couleur vous importent plus que les relations qui les unissent. Pour moi, j'ai trouvé plaisir aux chants de la messe pendant que notre homme parlait de vie champêtre.

— Ah ! vraiment? Eh bien !... commença Lagier.

— Oui, fit M. Jansen, j'aime l'Église catholique. Cette religion est essentiellement populaire ; les symboles y sont immuables et ne peuvent être altérés par la faconde d'un sot. On ne saurait prévoir le mal que peut faire un sermon semblable à celui que nous venons d'entendre. Imaginez un homme que des scrupules auraient ramené, par hasard, à la morale divine : il écoute un tel discours, et le ridicule qui s'attache aux paroles du représentant de Dieu peut l'écarter définitivement de la morale qu'il confond avec la religion. C'est pourquoi je préfère l'église au temple. »

Après un court silence, le docteur Jansen reprit :

« Vous êtes peintre, Monsieur ; c'est, à vrai dire, un magnifique privilège qui vous fut accordé. Je vous envie... la création est une joie qu'il est difficile de connaître... Etes-vous impressionniste?

— Je suis symboliste, Monsieur, fit Frédéric avec un geste qui défait l'ironie.

— C'est une école antique, bien que son nom soit récent ! affirma Jansen. D'ailleurs, elle n'est point méprisable, et ma vieillesse se plaît à considérer le monde comme l'apparence d'une réalité impossible à connaître, mais existante. Cette philosophie est vaine ; mais elle réjouit nos âmes qui ont besoin d'absolu... Et puis, la recherche des symboles nous entraîne à faire des comparaisons aimables... Ainsi, j'imagine que ma vie ressemble à celle des arbres et plus particulièrement à celle des oliviers... Cette idée vous fait sourire?

— Non pas, Monsieur, non pas... J'affirme que les formes perçues par nos sens sont reproduites quelque part en modes éternels.

— Ah !... Etes-vous un disciple de Platon? »

M. Lagier ne répondit pas. Il s'appuya au tronc d'un arbre :

« Si je vous racontais ma vie...

— Ce serait m'offrir un précieux passe-temps ! » fit le docteur Jansen.

Il s'assit sur une branche, car il prévoyait un long discours ; et M. Lagier, aussitôt, narra les événements qui avaient suivi son mariage. M. Jansen l'écouta avec politesse.

« Alors que ma femme était grosse de mon fils Étienne... disait Lagier.

— C'est votre fils aîné?

— Oui... Plusieurs mois avant sa naissance, une ferme brûla auprès de notre maison. Le spectacle fut grandiose : c'était l'époque des moissons, et les greniers étaient pleins de paille. Ce décor eut une influence curieuse sur l'état de notre malade. Elle pensa être une flamme. Ses discours devinrent mystiques ; peut-être quelque apôtre en aurait-il tiré toute une religion?...

— Ce devait être douloureux, mais très intéressant ! fit M. Jansen en respirant une violette qu'il avait cueillie dans la mousse.

— J'abrège, reprit Frédéric ; l'incendie, le feu a donc possédé ma femme jusqu'à la venue au monde de mon fils Étienne ; puis, à l'époque de sa seconde grossesse, Maud fut charmée par un étang qui se trouve dans la propriété de mon beau-père ; on put remarquer chez elle des sourires tristes, veules, et une torpeur qui ne lui était pas habituelle... Eh bien, Monsieur, mon fils Étienne est un homme robuste, ardent au labeur, violent et qui dédaigne ceux dont l'énergie n'est pas capable de rivaliser avec la sienne. Quant à l'autre, vous connaissez son caractère...

— Oui, dit le docteur Jansen, oui, je vois où vous voulez en venir : M. Étienne vous paraît être le fils du feu et M. Jean celui de l'étang.

Ce sont des hypothèses attrayantes, mais, croyez-moi, quittons ces hypothèses et parlons de choses plus sérieuses... Dans quelques semaines, vous retournerez à Paris, et, si je ne me trompe, vous emmènerez votre fils cadet. Ce jeune homme a toute ma sympathie ; je crains que Paris ne soit une ville bien tumultueuse pour le... fils de l'étang, et la présence continuelle d'une malade un danger pour une âme aussi délicate. »

Et M. Jansen respira galamment la violette qui déjà se fanait. De ce calme, Frédéric s'irrita et dit afin d'apprendre à cet homme élégant ce que peut être le malheur :

« En effet, Monsieur, à Paris, notre maison est quelque chose d'épouvantable ! Ma femme hurle durant des heures entières, et rien n'est plus affreux que le regard de mes petites filles... Elles sont idiotes, Monsieur, et mon dernier né est difforme... »

Le peintre cassa une petite branche qu'il tourmentait de ses doigts, M. Jansen ne sut que répondre : il craignait les gens affligés et bruyants ; il songea que les souffrances prolongées diminuent le sens artistique et que M. Lagier venait de détruire sans raison un rameau qui, par les teintes pâles de ses feuilles, était nécessaire à l'harmonie du sous-bois. Cependant la cloche du repas sonnait dans le lointain. Le docteur Jansen se leva :

« Monsieur, vous avez en moi un ami, dit-il, je vous prie de vous en souvenir ; mais, comme il se fait tard, allons maintenant prendre quelque nourriture. »

A la table d'hôte, des rires tintaient : l' « autruche » du pasteur faisait les frais de cette gaieté, et le brave homme, qui déjeunait à l'autre extrémité de la salle, souriait sans comprendre, et mangeait de bel appétit. Madeleine et Jean subissaient la joie environnante.

Quand le repas fut terminé, Mme Berlier rejoignit Mme Chauvelin. L'épouse du chef de bureau lui témoignait depuis quelques jours une grande sympathie : elle cherchait sans doute un complice pour des escapades qu'elle n'osait risquer en tête-à-tête avec François Pierre.

Celui-ci et le comte d'Ourlac leur offrirent des sièges, et, dans les jardins, jusqu'au soir, les deux femmes causèrent de flirts, de conquêtes, de la meilleure façon de séduire les hommes et de retenir leurs hommages sans leur accorder trop de privilèges. Les cheveux blancs de Mme Chauvelin et son visage puéril se penchaient vers la beauté de Madeleine ; le comte d'Ourlac et François Pierre ne se lassèrent pas de les contempler.

Avec les trois petites Anglaises, Jean passa une après-midi étrange : il leur conta des histoires en se souvenant de la nuit passée ; il fit le cheval en désirant sa maîtresse, et, contre le mur de la cour, il jeta le ballon. M. Lagier, que ses discours du matin avaient purgé de sa mélancolie, vit ce jeu et s'y mêla ; Irène riait, et le docteur Jansen interrompit sa lecture pour applaudir à leur jeunesse.

Sur la terrasse, Claudius expliquait à Berlier les causes de la dépopulation de la France.

« Vos compatriotes, Monsieur, sont des misopèdes ; et des enquêtes nombreuses me permettent d'affirmer que la misopédie est un des signes caractéristiques de la dégénérescence d'une race... »

Et le soir rose, mauve et bleu, les trouva toujours pérorant, indifférents à l'horizon, uniquement préoccupés de reparties savantes.

Ce fut pourtant un crépuscule adorable : longtemps les rayons s'attardèrent aux cimes, et, quand les étoiles parurent, le ciel fut un parquet de saphirs semé de rubis, d'émeraudes et d'opales changeantes.

Toutes ces pierreries, après le dîner, Charles Nunès les énumérait à Madeleine, et elle eut grand'peine à se débarrasser de cet homme zézayant. Jean attendait sa maîtresse dans le bosquet familier.

« Madeleine...

— Mon pauvre petit »

Ce furent les premières paroles qu'ils échangèrent, avant le baiser où leurs lèvres se reconnurent.

« Mon pauvre petit, est-ce que vous me pardonnez ?

— Mais je n'ai rien à vous pardonner, Madeleine... C'est à moi de vous demander pardon, à moi qui n'ai pas su vous comprendre... Quand vous êtes venue, hier, je vous écrivais...

— Vous m'écriviez ?

— Oui... J'ai beaucoup réfléchi... »

Et il lui dit les phrases de sa lettre. Elle l'écoutait, contente de ce qu'il eût interprété sa conduite d'une façon si flatteuse, et elle ne le démentit pas, même quand il lui affirma que peu de femmes seraient capables d'une telle fidélité envers un mort :

« C'est admirable cela, ma chérie ! »

Volontiers elle s'admira et résolut d'aimer toujours Paul Brémond dans les bras de son petit ami, puisque cela était admirable. D'ailleurs, Jean la suppliait de le faire :

« Ainsi je pourrai au moins servir à votre bonheur, et tout ce que je vous demande, c'est de me supporter auprès de vous. Je me sens tout seul dans cet hôtel, tout seul dans le monde... »

Il laissa entendre que son père l'avait déçu, et Madeleine pensa que M. Lagier n'était pas un homme que l'on pût chérir. Elle plaignit Jean d'être son fils.

« Pauvre petit ami !... »

Elle avait au cœur cette joie un peu triste des idylles romantiques, et ses nerfs émus souhaitaient une volupté dont elle voulut hâter les prémices : elle embrassa Jean, et, bien qu'il eût préféré parler tendrement, à voix basse, de choses vagues, il se résigna bien vite à être voluptueux pour garder l'affection de Madeleine.

Ce soir-là, Frédéric Lagier et sa sœur Irène se promenaient sur la terrasse. Certes, cette petite femme infirme ne pouvait inspirer de sentiments amoureux, mais l'amitié qui l'unissait à son beau-frère était profonde, et, quand M. Lagier consentait à ne pas pérorer, il leur avait toujours suffi d'être ensemble pour se sentir moins malheureux aux heures les plus mauvaises. Maintenant ils étaient en vacances, et, comme des écoliers, ils comptaient les jours, s'effrayant de les voir fuir.

« Déjà une semaine.

— Oui, une semaine... »

Dans les bras de Madeleine, Jean se laissait bercer, et ils n'entendirent point le bruit que faisaient la robe et le pied un peu lourd de la boiteuse sur les pierres du chemin. C'est pourquoi, lorsque Irène et Frédéric Lagier s'approchèrent du bosquet où jouait la lune, ils virent parmi les branches deux têtes, l'une brune et l'autre blonde, dont les lèvres étaient jointes et les cheveux mêlés. Irène détourna les yeux, elle s'appuya sur l'épaule de son beau-frère, et il sentit toute la tristesse de la vie qui pesait sur lui avec la main de sa compagne.

« Comme il est insouciant, Irène !

— Il est jeune, Frédéric.

— Rentrons, j'ai froid.

— Oui, rentrons... moi aussi, j'ai froid. »

Ils se hâtèrent vers l'hôtel. Sur le seuil, M. Jansen leur demanda s'ils n'avaient pas rencontré Madeleine ; Frédéric allait répondre, mais Irène l'arrêta :

« Non, dit-elle, nous n'avons pas vu Mme Berlier. »

Et, grâce à ce mensonge, les amants furent laissés en repos.

A sa maîtresse, Jean racontait les insomnies des nuits précédentes. Elle disait :

« Moi non plus, je ne pouvais dormir, et c'est pour cela que je suis venue. Qu'est-ce que vous avez pensé en me voyant?

— Rien... Vraiment... j'étais stupéfait... et si heureux !... »

Et puis ils firent des plans... Jean voulait devenir, comme autrefois Paul Brémond l'avait été, un homme robuste et rompu aux exercices qui développent la beauté du corps. Il voyait l'avenir sous de très belles couleurs.

Les petits amants ignorent l'avenir ; ils sont insouciants, égoïstes, et parfois cruels ; ils construisent pour leur maîtresse des autels dans leur cœur, y brûlent des parfums précieux, inventent des philosophies, imaginent de nouvelles morales et d'étincelants sophismes, afin que jamais ne soit ternie la gloire dont ils entourent leur idole, jusqu'au jour où l'idole se lézarde et se casse. Jean oubliait son père et le devoir qui l'attirait hier encore ; il exaltait l'œuvre de Madeleine, lui bâtissait des autels... Et, comme la jeune femme disait qu'elle passerait sans doute l'hiver à Athènes ou en Asie-Mineure, il s'écria :

« Je partirai avec vous ! Je vous suivrai où vous irez, et vous n'avez plus le droit de m'en empêcher, vous devez m'obéir

— Comment cela?

— Mais oui ! Ne suis-je pas M. Brémond ?

— Oh ! il ne faut pas plaisanter ainsi...

— Je ne plaisante pas... »

Ce furent de nouveaux baisers, d'autres encore, plus tard, dans la chambre de Madeleine. Au centre d'une table, des roses frôlaient de leurs pétales indifférents le visage de Paul Brémond. Madeleine s'attardait à le contempler quand Jean s'endormit.

XVII

La balle frôle le filet, heurte obliquement le sol ; cueillie par une raquette habile, elle vole dans le ciel, disparaît sous le soleil brillant, retombe, fait un bond ; Jean lève le bras, et son geste est gracieux quand il frappe.

Au bas du jardin, le tennis offre l'étendue de ses cours. Un grillage le borde du côté où les champs dévalent vers le lac. A l'autre extrémité, le sol taillé à pic est retenu par un mur où des plantes grimpantes s'accrochent. A droite, on voit le temple mixte ; à gauche, une tonnelle qui protège un banc. C'est sur ce banc que Madeleine et Mme Chauvelin se sont assises, et, tandis que leurs amants se mesurent dans un duel pacifique, elles suivent avec de petits rires le trajet de la balle qui va d'une raquette à l'autre. La stature de François Pierre est belle dans la vigueur de mouvements réguliers, et le corps vif et délicat de Jean se redresse, se cambre pour le libre jeu des muscles.

Depuis quelques jours, Mme Chauvelin soupçonne la liaison de Madeleine et du « petit Lagier » : aussi, dans les phrases dont elle ponctue la partie, prend-elle plaisir à prononcer « François » et « Jean », adoucissant sa voix pour applaudir les joueurs. Elle est très amicale avec Mme Berlier, elle parle toilette, s'attarde à décrire ses chemises de fine dentelle, cite une faiseuse qui, à Paris, pour des prix médiocres, coupe d'admirables jupons de soie, puis conclut :

« A quoi bon tout cela? Pour ce que nos maris y font attention !... »

Madeleine a un sourire ; Mme Chauvelin ne doute plus que Jean ne soit un petit garçon très heureux ; elle s'intéresse à sa silhouette, et, quand la partie prend fin, comme il en sort vainqueur, elle le félicite et le regarde, s'apercevant pour la première fois que sa bouche est jolie. Il a très chaud ; il est fier de sa victoire ; ses lèvres se retroussent dans une moue orgueilleuse que Madeleine reconnaît pour l'avoir observée souvent quand Paul Brémond, après un « sport », venait se reposer auprès d'elle.

Tandis que les deux joueurs se félicitent mutuellement, Claudius et Berlier paraissent sur le chemin qui aboutit au tennis. Ils marchent avec lenteur, s'arrêtent de temps à autre, repartent ; enfin, sans s'en apercevoir, ils arrivent devant le banc où Mme Chauvelin les accueille avec un éclat de rire. Ils taisent le sujet de leur querelle, de crainte qu'on ne se moque. Madeleine se lève, s'éloigne ; Jean la suit, Claudius et Berlier continuent leur route, et, dès qu'ils ont disparu, Mme Chauvelin, dont l'ardeur amoureuse est excessive, se suspend au cou de François Pierre.

Cette caresse est interrompue par un petit cri, par un bruit de branches cassées, et Mme Chauvelin, se retournant, voit disparaître, plus courbé qu'à l'ordinaire, le dos de son sexagénaire époux.

« Mon mari, dit-elle.

— Ah ! mon Dieu ! fait François Pierre. Que va-t-il arriver?

— Rien... Cela n'a aucune importance... »

François Pierre s'étonne, puis réfléchit qu'elle doit avoir raison et déclare que, si cela n'a point d'importance, il faut reprendre le baiser. Mme Chauvelin ne le contredit nullement.

Ce matin-là, le chef de bureau avait achevé sa collection d'uniformes russes, et c'était pour en exhiber la dernière planche, un superbe cosaque, qu'il s'était rendu au tennis, ne soupçonnant pas qu'une journée si bien commencée se continuerait par une telle désillusion. A maintes reprises, il avait déjà surpris sa femme en de criminels dialogues avec des hommes jeunes, mais depuis quelques mois, Hélène Chauvelin faisait preuve de discrétion, et le fonctionnaire avait l'espoir tenace ainsi que tous les amoureux. Quand il aperçut son épouse dans les bras de François Pierre, il voulut d'abord assassiner ce couple adultère, puis, l'habitude aidant, il garda le silence et s'enfuit, mais son âme sénile n'en était pas moins navrée et ses yeux pleins de larmes. Comme il cherchait des allées solitaires pour se cacher, il se dirigea vers la dernière terrasse. Il y trouva Jean, que Madeleine avait quitté, et qui s'attardait à regarder le lac.

L'endroit était désert, et le gamin ayant adressé une parole amicale au chef de bureau, celui-ci ne put contenir sa douleur, s'appuya contre un arbre et se mit à sangloter.

« Mais qu'avez-vous, monsieur Chauvelin? » demanda Jean.

Et le chef de bureau murmura :

« Je suis... Ah ! si vous saviez...

— Quoi?

— Je les ai surpris... ne les excusez pas !... ils s'embrassaient, au tennis, les misérables !... »

Chauvelin pleurait bruyamment ; il poussait des jurons et lançait son poing dans le vide.

« Voyons, voyons, monsieur Chauvelin, vous avez mal vu !

— Non, non !... Ah ! les gredins !... Au tennis...

— Les apparences sont parfois trompeuses.

— Les apparences !... Mais puisque je vous dis que je les ai vus !... Ils s'embrassaient, les misérables !... »

Et le bras du chef de bureau se dressait vers le ciel.

Une cloche sonna, puis le gong jeta dans l'air ses vibrations épaisses : c'était l'heure du repas, et ces bruits officiels calmèrent brusquement Chauvelin :

« Votre parole d'honnête homme, que tout cela restera entre nous?

— Mais comment donc !... Essuyez vos yeux, et allons déjeuner... »

Le chef de bureau tamponna ses orbites avec son mouchoir, puis s'écria, pour détruire l'effet de ses larmes :

« Vous savez, moi, je m'en moque ... Seulement, ils auraient mieux fait de ne pas choisir le tennis... »

Comme ils traversaient le vestibule, ils virent le jeune homme timide et la dame du hamac qui se prélassaient en des *rocking-chairs*. M. Chauvelin huma le parfum d'iris que distribuait la robe de cette femme aux mœurs légères, et demanda soudain avec désinvolture :

« C'est une grue, hein?

— On le dit ! » répliqua Jean.

Et le chef de bureau forma le projet de se venger avec cette femme de son épouse adultère.

A la table commune, M. Lagier attendait son fils. Il lui tendit une lettre cachetée de cire rouge. Sur l'enveloppe, Jean reconnut l'écriture de Mme Piot, et, s'excusant, il lut à la hâte.

Josépha s'apitoyait sur la santé de son époux : Riquet avait les jambes enflées ; il gardait le lit et devait suivre un régime lacté. Son humeur était aigrie par la souffrance que lui causaient deux abcès l'un à la nuque, l'autre à la cuisse. Pour comble de malheur, le pasteur Maubel était en villégiature, et, privée de cet appui moral, Mme Piot trouvait la vie mauvaise et l'humanité criminelle.

On mangeait le rôti quand Mme Chauvelin se mit à table. L'épouse frivole était un peu décoiffée, et son mari le lui fit remarquer avec une méchante ironie. Elle ne répondit pas et but tout un verre de vin.

Après le déjeuner, les groupes se tinrent dans

la cour, où la fraîcheur de l'air compensait les odeurs de cuisine. On nota l'absence de Chauvelin qui, à l'ordinaire, restait allongé dans un fauteuil pour lire quinze gazettes.

Le temps était beau. A cinq heures, l'atmosphère devint plus légère, une brise descendit des Rochers en chantant à travers les arbres, et, après avoir pris leur thé quotidien, deux par deux, les habitants de l'hôtel partirent pour des promenades sentimentales.

Jean et Madeleine gagnèrent les sentiers du petit bois.

Jean disait, caressant la main que sa maîtresse lui avait abandonnée :

« Cette Mme Chauvelin !...

— Eh bien?

— Elle trompe son mari.

— Ah !

— Oui, Chauvelin l'a vue avec François Pierre.

— Quand cela ?

— Ce matin, au tennis...

— Comme c'est drôle

— Drôle?

— Mais oui... »

Et Madeleine se prit à rire.

Les dangers des aventures conjugales ne lui déplaisaient pas ; elle souhaita même que Berlier fût jaloux : quel piment ce serait à son amour pour... Jean, mais non! pour Paul Brémond !... Elle ne savait plus... Elle riait des larmes du chef de bureau, la vie lui semblait aimable ; un scandale à l'hôtel, c'était un amusement imprévu !... Sa gaieté étonna Jean. Malgré tout, il plaignait le mari malheureux, mais il craignit de le dire, car lui-même ne trahissait-il pas M. Berlier ? Pour changer le cours de la conversation, il reprit :

« Mon grand-père est encore malade...

— C'est ennuyeux.

— Oui, il a deux abcès !

— Ah !... Venez m'embrasser. »

Et ils oublièrent M. Piot.

Sur la grande route, dont la surface est lisse, auprès de Frédéric Lagier, Irène boitait, hâtant ses pas et redressant son torse.

« Irène, pensez-vous que Jean soit l'amant de cette femme !

— Je ne sais... Il est jeune, elle est très belle, son mari ne l'aime pas...

— Je parlerai à Jean ce soir...

— Oh ! non, je vous en prie !... Laissez-le être heureux.

— Croyez-vous qu'il le soit?

— Oui..., du moins je le suppose.

— Vous vous trompez, ma chère, l'amour est une source de tristesse, de... »

Et M. Lagier pérorait...

Hélène Chauvelin pria ses amuseurs de l'accompagner à la promenade. Ils en furent ravis et crurent triompher bientôt de François Pierre.

On fut très gai au long des sentes, on chanta :

C'est sur ce banc que Madeleine (p. 47).

Un éléphant se balançait
Sur une assiette de faïence...

On rencontra les petites Anglaises qui couraient avec les petits Italiens, le docteur Jansen qui rêvait à la danseuse d'Égypte, et, plus loin, Claudine et Berlier, misogynes éloquents. Puis Mme Chauvelin fit la gageure de sauter pardessus un ruisseau ; elle y tomba. Ces messieurs se divertirent d'un jupon rose, souillé de boue, et nul n'aurait dit, en voyant Hélène Chauvelin, que, le matin même, cette femme avait été surprise en flagrant délit d'adultère.

Le chef de bureau eut, avec la dame du hamac, une conversation très sérieuse, où des chiffres furent discutés, et, au crépuscule, comme on rentrait pour dîner, M. Chauvelin, vêtu d'un complet de voyage et portant une valise, annonça qu'il partait pour Aix.

« Je vais tenter la chance ! » dit-il.

Sa femme rougit un peu.

Dans la soirée, le comte d'Ourlac fit observer au levantin Nunès que la dame du hamac avait disparu, et ils conclurent :

« Chauvelin l'a enlevée pour faire la fête...

— Quel vieux paillard ! » dit François Pierre.

Ils étaient dans le jardin, où les chaises avaient été disposées comme d'habitude sur un, seul rang. Le Dr Jansen s'entretenait de « symboles » avec Frédéric Lagier, qui oubliait ainsi de gronder Jean. Par curiosité, Madeleine s'était placée auprès de Mme Chauvelin et tâchait de la confesser. Elle y réussit, et les deux femmes négligèrent leurs amants.

A dix heures, on se sépara.

Sur le balcon, Madeleine attendit Jean. Quand il la rejoignit, il lui demanda d'une voix un peu boudeuse :

« Pourquoi êtes-vous restée tout le temps avec Mme Chauvelin?

— Parce que ! fit Madeleine. Vous êtes trop curieux...

— De quoi avez-vous parlé?

— De beaucoup de choses.

— Dites !

— Non.

— Méchante !

— Vous allez me faire une scène?

— Oh ! chérie... »

Il se mit à genoux devant elle. Elle avait drapé son corps d'une étoffe qui laissait aux formes des hanches et des épaules leurs contours précis, et ses doigts semblaient, avec leurs bagues, parmi les fleurs, d'autres fleurs où brillait la coque verte d'un scarabée. Ses cheveux relevés dégageaient sa nuque, et la courbe de son dos se creusait vers les reins, se bombait à la croupe, et Jean, lentement, avec d'infinies précautions, comme s'il se fût agi d'une statuette précieuse, prit dans ses mains les hanches et les épaules de sa maîtresse.

« Je veux m'en souvenir toujours », dit-il.

Puis sa bouche se posa sur les yeux de Madeleine, et, quand il eut donné à chaque paupière un baiser, il s'écarta et prononça, avec une voix de fidèle invoquant son Dieu, des phrases folles où les lèvres étaient comparées aux pétales, les cheveux aux nuages qui fuient, aux brumes dans le crépuscule, le front aux marbres de l'Olympe, les bras aux tiges des fleurs, et les hanches à de divines amphores.

Et Madeleine riait... Il y eut dans son rire de l'orgueil : Jean l'avait flattée... de la raillerie : ce discours lui avait semblé un peu sot... du dépit : elle désirait autre chose que des phrases.

« Vous êtes fou, mon petit chéri ! moi si belle?...

— Oh ! oui, et bien plus encore ... »

Il avait joint les mains comme pour une prière ; emporté par son lyrisme, il les écarta comme pour une offrande. Madeleine s'approcha, croyant qu'il lui tendait les bras ; elle posa ses mains sur les cheveux cendrés, la chaleur de son corps envahit Jean, le baigna de volupté, mais de volupté rêveuse : il s'attendrit jusqu'à des larmes. Il ne pensait plus à Paul Brémond, ni à M. Piot, ni à son père, ni à l'avenir ; il murmurait :

« Ma bien-aimée, ma bien-aimée... »

Elle avait reçu les confidences de Mme Chauvelin : confidences d'intrigues qui durent peu et dont la brièveté est charmante... Elle se souvenait aussi de Stalimène, et à cause de ces confidences et de ces souvenirs, elle s'impatientait... Il était trop timide. Elle dit, pour lui déplaire :

« François Pierre est un beau garçon, ne trouvez-vous pas?

— François Pierre ! répéta Jean, François Pierre !... mais il est affreux, ma chérie !

— Naturellement !... Les hommes sont toujours jaloux...

— Moi? jaloux !... mais je déteste Mme Chauvelin !...

— Parce qu'elle vous traite comme un enfant... Elle a raison, d'ailleurs... Bonne nuit ! »

Jean refusa de partir sans savoir pourquoi son amie était fâchée, et, tout à coup, Madeleine l'embrassa de telle sorte que cette scène fut bientôt oubliée.

Ce soir-là, à plusieurs reprises, Madeleine appela Jean :

« Paul, mon chéri !... »

Et Jean n'en fut pas étonné, mais il trouva que ce prénom était affreux et préféra le sien, qu'il se prit à murmurer afin de le comparer à l'autre.

Une heure plus tard, il récitait à Madeleine, *le Lac* et *Lucie* ; la jeune femme ne l'écoutait pas; elle entendait les anecdotes que Mme Chauvelin lui avait racontées.

Par la fenêtre ouverte venaient le parfum champêtre et l'air tiède de la nuit. Jean disait :

> Aimons donc, aimons donc ; de l'heure fugitive,
> Hâtons-nous, jouissons...

Dans le parc, à cette heure, Hélène Chauvelin et François Pierre s'essayaient à des amours de nymphe et de faune, se hâtant de jouir d'une vie que Jean se contentait maintenant de refléter et que Madeleine aurait voulue pleine de passions violentes.

XVIII

Chauvelin passa deux jours à Aix. Il perdit quelque argent, connut la beauté un peu lourde de la dame du hamac, et les caresses qu'elle lui prodigua sans enthousiasme accrurent sa jalousie. Quand il eut vidé son portefeuille, il revint seul à Genève : la femme aux mœurs légères avait retrouvé à Aix des amis qui l'avaient conduite à Évian.

Sur les quais du port, Chauvelin fit de mélancoliques promenades. Il s'accusa de sottise : son âge n'était-il pas une excuse suffisante aux nombreuses défaillances de son épouse?... Il se fatigua d'admirer le paysage. Il lut deux gazettes ; puis, comme il s'ennuyait et l'heure de son repas étant encore lointaine, il monta dans un fiacre et se fit conduire à la maison de campagne qu'habitait M. Piot.

La demeure du notaire était située près d'un village ; c'était une maison grise, ombragée d'arbres centenaires ; on y arrivait par un chemin en pente raide que la voiture eut peine à gravir.

Au seuil d'une porte que des lierres ornaient, Chauvelin agita le cordon d'une sonnette. Un domestique vint ouvrir. Derrière lui, parut un monsieur bien mis, d'aspect ecclésiastique ; il avait une barbe blanche et de petits yeux méchants. Mme Piot l'accompagnait, elle lui parlait avec déférence, et, le quittant, elle dit :

« A ce soir, mon cher pasteur, si Dieu veut ! »

Puis elle se tourna vers Chauvelin, le salua et le pria d'entrer.

Quand ils furent dans un salon étroit qu'ornaient des pancartes pieuses, Mme Piot changea d'expression, devint aimable, et s'enquit de son petit-fils. Satisfaite des nouvelles, elle demanda au chef de bureau combien de temps il comptait demeurer dans « notre vieille cité ». On parla des Berlier, du Dr Jansen, de Claudius, de Mme Chauvelin :

« Comment se porte votre femme?

— Je vous remercie... Et M. Piot est-il toujours souffrant?

— Hélas ! oui, nos prières ne parviennent pas à lui rendre la santé.

— J'en suis désolé ! » fit Chauvelin, qui inspectait d'un œil curieux les murailles.

Le salon communiquait avec une pièce plus vaste, au fond de laquelle on voyait un cadre de bois doré qui entourait un tableau.

« C'est l'œuvre de votre gendre? » interrogea Chauvelin.

Mme Piot répondit par un signe de tête et ils s'approchèrent de la toile. Au premier plan, se dressait une femme dont la beauté parut merveilleuse à Chauvelin. Près d'elle, une vague mourait dans les joncs d'un étang qui reflétait le ciel, des branches, et, vers la gauche, les tiges de deux lis épanouis. Devant le tableau, Joséphа se tut ; une sourde colère l'agitait, et comme Chauvelin s'extasiait sur les nuances de l'eau et la profondeur des perspectives, Mme Piot s'écria :

« Eh ! cela m'est bien égal !...

Elle ajouta, baissant la voix

C'est lui qui a tué mon pauvre mari ! »

Et elle dit à Chauvelin que la maladie du notaire était dangereuse et que le médecin parlait de lésion au cœur. Enfin, se laissant aller à son émotion, elle raconta le mariage de Maud, la folie, la naissance d'Étienne et la rechute.

« Ce tableau, Monsieur, a été peint avant que notre fille fût grosse de Jean... »

Chauvelin fut bouleversé par la confiance qu'on lui témoignait. Il devint amical, sut donner de bons conseils et parla avec déférence de l'attitude à la fois austère et bienveillante du pasteur Maubel, qu'il avait croisé en arrivant, si bien que Joséphа finit par l'inviter à dîner, s'excusant du médiocre repas qu'elle allait lui offrir.

« A la fortune du pot ! dit-elle ; mais vous ferez plus ample connaissance avec notre bon pasteur, qui dîne ce soir à la maison... »

Une servante entra : M. Piot réclamait sa femme, et Joséphа conduisit le chef de bureau dans le jardin, où il s'assit pour regarder les Alpes. Les bois du coteau s'étendaient jusqu'au lac ; plus loin, c'était les montagnes de Savoie, et, dans un ciel rouge, le Mont-Blanc « qui imite, disent les guides, la silhouette de Napoléon Ier ». Chauvelin s'efforça de retrouver dans les neiges le petit chapeau, il n'y parvint pas et, comme il était républicain, il s'imagina que la silhouette ressemblait à Victor Hugo. Au moment où il se réjouissait de cette découverte, Mme Piot l'appela d'une fenêtre : Riquet désirait voir l'ami de Jean. Chauvelin rougit : il n'avait pas oublié la querelle qu'avaient causée la collection de soldats russes et la petite Anglaise. Cependant, il rejoignit Mme Piot dans une chambre où traînaient des odeurs de pharmacie.

La voix de Riquet monta, larmoyante, d'entre les édredons :

« Eh bien, cher Monsieur, je suis heureux de vous voir... Comment va Jean?... Et votre femme? »

Tandis qu'il répondait, Chauvelin contempla avec stupeur, avec effroi (il comparait son âge à celui du notaire), les changements que la souffrance avait apportés aux traits de M. Piot : le visage était rouge, les paupières tombaient en poches noirâtres, le ventre soulevait les draps.

« Je souffre beaucoup, fit Riquet, mais cela s'en ira, si Dieu le veut, ainsi que le répètent Joséphа et notre bon pasteur... Mes jambes seules m'inquiètent : elles ont enflé d'une façon imprévue, et j'ai deux abcès, l'un à la cuisse, l'autre à la nuque... Alors Jean mange bien?... Vous êtes en face de lui à table d'hôte...vous devez savoir cela... Oui... Tant mieux... Et dort-il? A-t-il des migraines ?... Non ! Vous en êtes sûr? J'en suis très heureux... C'est un enfant exquis ! »

En parlant, il s'animait et faisait des gestes. Il se plaignit d'avoir des douleurs dans le ventre. Une grimace tordit sa bouche débonnaire.

« Le médecin dit que j'ai de l'eau dans l'abdomen, fit-il en essayant de sourire, et il paraît que cela m'empêche de respirer... Mais voici Mme Piot qui vous appelle. Ne la faites pas attendre ; elle est un peu irritable, quoique très bonne... Adieu, mon cher ami, et, si j'ose vous le demander, vous seriez bien gentil d'embrasser Jean pour moi !... Allons, au revoir... Ah ! un instant... Oui... Écoutez...

Chauvelin s'approcha du lit, et M. Piot murmura :

« Voilà, mon ami ! voilà... Vous annoncerez à ma fille Irène que je vais mourir... oui, vous avez bien compris... que je vais mourir... et qu'elle doit venir ici, avant... si elle le peut ! Et puis, à mon gendre, dites-lui que je l'aime beaucoup... et puis... Chut ! plus un mot, voici Josépha... Eh bien ! poulette, tu viens me gronder?... mais je suis mieux et tout content ! »

Josépha était sur le seuil. Elle envoya un baiser à son vieil époux et dit gaiement :

« Allons ! allons ! Le potage n'attend pas, et notre cher pasteur vient d'arriver... »

Alors Chauvelin soupira : il n'aurait pas une épouse si dévouée quand il serait malade.

Josépha présenta M. Chauvelin au pasteur Maubel. Durant le dîner, l' « homme du Seigneur » tint des discours autoritaires ; le chef de bureau fit une profession de foi républicaine et déclara que, libre penseur, il préférait au catholicisme le culte huguenot qui entrave moins les actes du gouvernement. Puis on parla de Frédéric Lagier. Mme Piot s'exalta, le pasteur fit chorus, et Chauvelin fut stupéfait quand il comprit qu'on accusait d'inceste Irène et son beau-frère.

En terminant, M. Maubel s'écria :

« Votre gendre est un bien grand coupable, madame Piot !

— A qui le dites-vous, mon cher pasteur ! »

Tous deux avaient oublié la présence d'un étranger ; ils s'arrêtèrent brusquement lorsqu'ils s'en aperçurent.

Le lendemain, M. Chauvelin prit le premier bateau pour Territet, et, toute la journée, il agita de sombres pensées et fit des plans de vengeance conjugale.

A Territet, avant de monter dans le funiculaire, il acheta deux sacs de raisins, et, arrivé à l'hôtel, devant sa femme et cinq autres personnes, il ordonna à un domestique de porter ces fruits dans la chambre de Mme Violès : — c'était le nom de la dame du hamac.

Mme Chauvelin fit semblant de ne pas entendre, et Chauvelin, que cette indifférence rendit furieux, partit à la recherche des Lagier. Au détour de la route, il vit Frédéric et Irène ; il les aborda en exagérant la solennité coutumière de son salut; puis, sans préambule, il annonça que M. Piot allait mourir et désirait auparavant s'entretenir avec sa fille. A ces mots, Irène cacha sa figure dans ses mains ; alors Frédéric interpella durement le chef de bureau :

« Que diable, Monsieur, dit-il, on n'est pas aussi bête que vous !... »

Et, prenant le bras d'Irène, il abandonna sur la route Chauvelin qui, offensé, lui montra le poing en proférant des injures. Il murmura même :

« Inceste !... »

Jean lui fit un autre accueil. C'était dans la soirée, sur la terrasse. Madeleine était remontée ; son petit amant attendait l'heure de la rejoindre. Debout devant lui, Chauvelin dit d'une voix sourde :

« Votre grand-père est très malade, mon enfant...

— Oui... j'irai le voir dans quelques jours... mais je ne suis pas très inquiet... il se plaint souvent, et quelquefois sans raison. Aussi avez-vous eu tort de parler si brutalement à ma tante... Mon père était fâché.

— Mais... croyez bien... »

Puis, comme il ne trouvait pas d'excuses, Chauvelin s'assit auprès de Jean qui lui dit amicalement :

« Je sais, vous n'avez pas réfléchi... »

Et, malicieux, le gamin ajouta :

« Vos chagrins d'amour, monsieur Chauvelin, où en êtes-vous?

— Monsieur !... fit le chef de bureau.

— Quoi donc?

— Vous abusez d'un instant d'égarement qu vous a mis en possession d'un secret : ce n'est pas d'un galant homme !

— Mais je n'ai pas voulu vous offenser, monsieur Chauvelin... Vraiment, je vous plains beaucoup...

— Eh ! je n'ai que faire de votre pitié ! je ne suis pas à plaindre...

— Vous n'êtes guère poli...

— Si je vous disais ce que j'ai appris hier à Genève...

— Dites, monsieur, dites...

— Quand on a un père comme le vôtre, on...

— Ah ça ! je crois que vous perdez la tête, mon brave homme !... »

Et, brusque, vite levé du fauteuil où il était assis, Jean fit dans la nuit le geste de quelqu'un qui va frapper.

« Petit morveux ! » hurla le chef de bureau.

Mais il battit prudemment en retraite.

Par crainte des médisances qui suivraient une querelle, Jean le laissa partir, et, se recouchant dans le fauteuil, se contenta de murmurer :

« Les misérables !... oh ! les misérables ! »

Nulle intrigue n'existait entre son père et Irène ; il le savait... sans y avoir jamais réfléchi.

Quinze jours auparavant, les confidences de M. Piot n'avaient éveillé que la colère, et non pas les soupçons, au cœur de Jean, car, à cette époque, il aimait Madeleine comme une idole ; à présent, l'idole était cassée et, bien que la laideur d'Irène fût contraire à toute hypothèse de liaison coupable, Jean, que sa maîtresse avait déçu, se sentit troublé par les calomnies de Chauvelin. Certes il les repoussait, il détestait Josépha qui les avait répandues, Chauvelin qui s'en faisait l'écho ; mais, s'il ne croyait pas que son père fût coupable, il pensait : « Un homm comme lui a dû résister à cette tentation... » Et c'était accepter l'existence de la tentation.

Ainsi les paroles de Chauvelin n'avaient pas seulement fait naître dans son cœur la colère, mais encore une inquiétude.

Cette inquiétude devint si puissante qu'il ne put la supporter : oubliant Madeleine, il courut vers la chambre de son père afin de lui parler, de voir Irène et de ne plus douter. Il doutait en montant les marches de l'escalier, il hésita avant de frapper à la porte... en frappant, il tremblait...

« Entrez !... Ah ! c'est toi, mon petit ! »

Alors il se jeta au cou de son père : M. Lagier était seul devant une table... tout de suite, il avait répondu... Jean demanda :

« Ma tante est déjà couchée? »

Il fut entièrement rassuré lorsqu'on lui dit avec indifférence :

« Non, elle est sur son balcon... Va l'embrasser. »

Au troisième étage de l'hôtel, Irène occupait la même chambre que son neveu habitait au second ; celle de Frédéric Lagier était voisine. Il y avait aussi devant les fenêtres un balcon que des treilles de capucines séparaient en espaces étroits.

C'est là que Jean rejoignit Irène, en passant par le corridor, et elle parut si laide à son neveu quand elle se retourna pour l'accueillir qu'il eut honte de l'avoir soupçonnée. Il fut gentil comme il ne l'avait pas encore été, et la petite femme boiteuse, qui n'était pas habituée à une telle tendresse, avait envie de pleurer parce qu'il lui baisait les mains, disant :

« Ma tante chérie, je t'aime de tout mon cœur... »

Derrière la treille des capucines, M. Lagier appela :

« Jean, j'ai à te parler.

— Oh ! non, pas ce soir ! » fit Irène qui avait compris de quoi il s'agissait.

S'approchant de la treille, elle ajouta :

« Je vous en prie, Frédéric, laissez-le jouir de ces quelques semaines ; plus tard, il s'en souviendra... »

Frédéric Lagier haussa les épaules, et, comme Jean l'interrogeait, il dit :

« Je voulais te gronder, mais ta tante s'y oppose... Prends garde toutefois que les jardins de l'hôtel ne sont pas déserts et que les bosquets sont de mauvais abris...

— Mais...

— Chut ! fit Irène, chut ! nous n'avons rien vu ! »

La confusion de Jean fut extrême ; il bégaya des excuses, s'embrouilla dans des phrases compliquées, et Frédéric Lagier rit avec plus de gaieté qu'il ne l'avait fait depuis quinze ans. Afin de venir en aide à son neveu, Irène parla de M. Piot :

« Tu crois, vraiment, mon chéri, qu'il n'y a pas lieu de s'inquiéter?

— Oh ! non, grand-père se plaint souvent... Cependant, si tu le permets, papa, j'irai un de ces jours à Genève.

— Non seulement je te le permets, mon enfant, mais encore je désire que tu partes demain matin.

— Demain? fit Jean.

— Oui, demain... Cela t'ennuie, tu ne verras pas les bosquets... Ha ! ha !... »

Et M. Lagier rit encore, d'un bon rire de belle humeur.

Quelques minutes plus tard, Jean annonça à Madeleine qu'il devait la quitter.

« C'est absurde ! fit la jeune femme, votre grand-père n'a rien du tout...

— Mais je reviendrai le soir même...

— Oh ! comme il vous plaira !

— Vous êtes fâchée?

— Non... Ce voyage est absurde : si M. Piot était aussi malade qu'on le prétend, votre grand'mère vous en aurait averti.

— Il faut bien que j'obéisse à mon père, ma chérie. »

Madeleine ne répondit pas. Elle pensait que Mme Chauvelin avait raison : les petits amants lassent à la longue...

XIX

Après le départ de son neveu, Irène témoigna à Mme Berlier une affection discrète dont le docteur Jansen lui sut gré. Il avait suivi les progrès de l'amour qui unissait Jean à Madeleine, et, pour sa psychologie, la vérité avait été facile à découvrir. Très éloigné de toute morale, il ne s'en indigna pas : il se souvint que l'aïeule, de race espagnole, dont le sang avait bruni les cheveux de sa fille, avait mené avant son mariage une existence fort passionnée.

Grâce à l'indifférence de son mari et à la complicité tacite de M. Jansen, Madeleine put recevoir sans crainte les lettres de Jean. Elle lut la première dans sa chambre, un matin ; la pluie et le brouillard cachaient le lac ; des nuages se traînaient dans les ravines, et suspendaient une écharpe blanche aux terrasses de l'hôtel.

PREMIÈRE LETTRE DE JEAN A MADELEINE

Vendredi, 1er septembre,
quatre heures de l'après-midi.

Ma chérie,

Vous avez su sans doute par ma tante ou par mon père, auquel j'ai envoyé une dépêche, que mon grand-père est bien malade et que je dois rester auprès de lui. J'en suis tout triste : d'abord, parce que j'ai envie de vous voir, et aussi parce que le pauvre homme souffre beaucoup. Les médecins sont inquiets. Il a des rhumatismes, une maladie des reins, le diabète... Hier, il m'a dit :

« Vois-tu, mon petit, quand on se moquait de mon ventre autrefois, je n'avais pas envie de rire : je savais bien qu'il me jouerait un mauvais tour! »

Et, disant cela, il était lamentable dans son lit : les couvertures lui font mal, sa peau est devenue très sensible. Son visage est enflé, ses joues tombent et l'on voit de grosses veines bleues qui battent sur son cou. Il paraît que c'est très grave, quand les veines battent comme des artères... Jusqu'à présent, je ne savais pas, je ne comprenais pas que tout le monde doit mourir... Hélas! maintenant, je le comprends trop, et c'est horrible, ma chérie...

Ma grand'mère est désespérée ; elle m'a fait écrire à mon frère Etienne afin qu'il se hâte de venir, mais il ne pourra arriver que dans deux jours : il est à Mulhouse et doit demander un congé. J'ai écrit aussi à ma tante pour l'avertir, mais en cachette, parce que ma grand'mère ne veut pas la voir. Des querelles de famille... je vous en ai parlé...

En relisant le début de cette lettre, je m'aperçois qu'il est lugubre et sans intérêt pour vous. Voici pourtant une anecdote qui vous amusera. Dans le train, j'étais très triste naturellement, et, pour me consoler, j'avais tiré de ma poche la photographie que vous m'avez donnée. Afin de la cacher aux indiscrets, je l'avais posée entre les feuilles d'un journal illustré où il y avait des femmes nues, et, tout à coup, un monsieur long, maigre et qui portait des lunettes, s'approcha de moi et me demanda, poliment d'ailleurs, de rentrer mon journal : « Ces gravures sont obscènes, me dit-il, et peuvent troubler l'imagination de mes enfants que voilà... » Il me montrait quatre jeunes filles aux paupières pudiquement closes. Juste à ce moment, arrivait le contrôleur qui poinçonne les billets. Alors je perdis la tête, je froissai le journal, votre photographie tomba sur le plancher : autour de moi, on riait ; j'étais très rouge et j'avais envie de battre quelqu'un.

Avez-vous remarqué que je deviens très agressif? Chauvelin s'en est aperçu, l'autre jour... Est-ce que M. Brémond était ainsi? Vous savez que je veux lui ressembler... je pense beaucoup à lui : il devait être charmant, et je suis certain que, lui et moi, nous serions inséparables s'il vivait encore... Le pauvre! mourir en plein bonheur... C'est toujours triste de mourir. On dit souvent : « Oh! il est mort à temps, il avait bien l'âge. » On a tort de dire cela : nous mourons toujours trop tôt. Mais mourir enfin, à trente-trois ans... Il avait trente-trois ans, n'est-ce pas, M. Brémond?...

Je vous adore, ma chérie!

Hier, j'ai revu tous les endroits que j'aimais autrefois ; le lac, les champs, l'étang, l'écurie et le petit âne, les arbres aussi où j'avais inventé de préparer mon baccalauréat... Cette promenade n'a pas été gaie : à chaque place, je me rappelais mon grand-père, et cependant, Madeleine, je voudrais vivre ici avec vous, rien que nous deux, et nous passerions nos jours à regarder les Alpes et ce vieux Mont Blanc, si désagréable à cause du profil de l'Empereur. C'est grotesque, une montagne qui fait de la caricature.

On m'appelle... A tout à l'heure! cinq heures de l'après-midi.

Cinq heures de l'après-midi.

Grand-père vient d'avoir une syncope : le médecin dit que l'agonie va commencer ; c'est terrible!... Et moi qui plaisantais!... Je pleure en vous écrivant, ma chérie ; je l'aimais tellement, il était si bon! Et j'ai des remords : je ne lui ai pas assez prouvé mon affection ; trop souvent j'ai été méchant avec lui...

Ah! pourquoi faut-il que l'on meure?...

Il répète mon nom avec une voix lamentable! il délire, et je ne peux rien faire pour le soulager : dès que je m'approche, il me chasse, il ne reconnaît plus personne... Oh! comme j'aimerais m'endormir sur votre épaule, ce soir, Madeleine!... J'ai peur de la mort ; c'est stupide, mais j'en ai peur comme on a le vertige devant un précipice où l'on sait que quelqu'un est tombé. Je ne puis plus écrire... A demain, ma bien-aimée, et Dieu fasse que grand-père vive encore quand vous recevrez cette lettre!... Je vous adore, Madeleine...

J.

Lorsqu'elle eut achevé sa lecture, Madeleine s'occupa du brouillard : il formait une muraille ; elle s'affaissa. Ce fut, sous le soleil brusquement apparu, comme une houle lente, silencieuse et grise. Une voiture passa sur la route : Irène et Frédéric partaient pour Genève.

« Toute cette famille Lagier est vraiment tragique! » songea Madeleine.

Elle plaignit Jean, se plaignit elle-même ; sa pitié lui rappela les rêves qu'elle avait ébauchés devant les brumes de Norvège. Alors elle avait conçu la vie comme une suite de merveilles infiniment changeantes : les heures, toujours joyeuses, ne devaient jamais se ressembler... Puis, quand Madeleine serait morte, ce devait être une ascension vers des astres, dans une nuit d'hiver. Mme Berlier possédait vraiment une intelligence très médiocre, un égoïsme considérable et une curiosité quelque peu nerveuse. C'était par la grâce du mystère que Paul Brémond avait laissé une empreinte dans cette petite âme : la tombe avait idéalisé un amour qui n'aurait peut-être pas vécu sans le nimbe qu'elle procure aux plus ordinaires passions.

Après avoir parcouru en souvenir les étapes de son passé, Madeleine, comme elle n'avait rien à faire pour occuper cette longue journée, décida de scruter sa conscience afin de savoir si des remords l'habitaient.

Elle eut quelque peine à se reconnaître dans son cœur ; elle le visitait rarement ; elle y trouva en effet des remords, mais discrets et légers, un grand désir d'aventures romanesques, un peu d'envie à l'égard de Mme Chauvelin, qui traitait les amants avec tant de désinvolture !... Ah ! celle-là ne s'embarrassait point d'idylles posthumes ! Elle aimait vite et, toujours amoureuse, ne regrettait jamais le précédent amour. Après avoir admiré cette souplesse, Madeleine conclut qu'elle-même s'était donnée pour le seul plaisir d'avoir un amant.

Oh ! ce ne fut pas une pensée définitive... Bien vite, Madeleine se drapa d'orgueil, et désira pleurer devant la médaille ancienne que Brémond lui avait donnée.

Les larmes se refusèrent à poindre : Madeleine était fatiguée de ce roman au cimetière ; elle murmura des phrases paternelles, où les robustes caresses étaient vantées. Peu s'en fallut qu'elle ne jetât la médaille. Elle ne le fit point par crainte du sacrilège ; mais elle descendit dans le vestibule de l'hôtel, et, toute l'après-midi, flirta avec le comte d'Ourlac.

M. Jansen n'en fut pas scandalisé, il jugeait sa fille incapable d'amours prolongées ; ce qui ne l'empêchait pas de la trouver vertueuse puisqu'elle était belle.

... Madeleine, avant de se coucher... (p. 56.)

DEUXIÈME LETTRE DE JEAN A MADELEINE

En hâte, samedi, 2 septembre, neuf heures du matin.

Plaignez-moi, chérie... Mon grand-père est mort, ce matin, à quatre heures.

C'est vers minuit que l'agonie a commencé. Il s'est endormi et ne s'est plus réveillé... J'ai passé toute la nuit au chevet de son lit, avec ma grand'mère et le pasteur Maubel, et nous avons tout essayé, mais inutilement. Il paraît que les reins ne fonctionnaient plus et mon grand-père est mort comme s'il avait bu du poison. Le médecin a fait une injection dans une veine avec de l'eau et du sel, et je dois vous avouer, Madeleine, que cela m'a beaucoup intéressé : oui, j'avais la tête très libre bien que mon cœur fût brisé de chagrin. L'injection n'a produit aucun effet, et nous sommes restés longtemps silencieux. Ma grand'mère pleurait sans faire de bruit ; moi je ne pouvais pas pleurer, il me semblait que j'assistais à une expérience ; je tenais le bras de mon grand-père et je comptais les pulsations de l'artère en pensant : « Voilà... peu à peu, le sang va s'arrêter de couler, il se figera dans les veines, et puis ce sera froid... » Et j'avais honte de moi-même.

Tout à coup, il a ouvert les yeux, il m'a regardé fixement en remuant les lèvres, puis je l'ai entendu soupirer : « Jean... Jean... » J'ai dit : « Je suis là, grand-père... » Il n'a pas compris. Encore deux fois, il a prononcé mon nom, celui de ma tante et celui de ma mère, et puis ses mains ont tiré les draps et ses yeux sont devenus blancs. J'ai pris ses doigts entre les miens, mais il m'a serré si fort que j'ai eu peur, et je me suis rejeté en arrière... Alors il est retombé sur les oreillers, et moi, je me suis précipité à son cou ; le médecin m'a écarté, le pasteur Maubel a crié : « Tenez-vous tranquille, voyons !... » Je n'ai plus bougé, et de nouveau nous sommes restés longtemps sans mot dire... Le médecin bâillait, il avait l'air de trouver que cela durait trop ; ma grand'mère lisait la Bible et ses larmes faisaient des taches sur le papier ; moi, je contemplais mon seul ami, qui bientôt ne pourrait plus me défendre... Et j'ai pensé à vous, Madeleine, oh ! tendrement.

Mon grand-père a râlé pendant une demi-heure ; enfin, il a eu un frisson qui est monté des pieds vers la bouche et un grand soupir dont j'attendais la fin pour savoir si c'était le dernier...

C'était le dernier, hélas !... Oh ! comme j'ai pleuré, Madeleine, comme j'ai pleuré !... Il était si bon, si doux, si bienveillant ! Il m'a tant aimé, ma chérie, que vous aussi, vous lui devez une larme de regret ; il m'a tant aimé, et maintenant, je n'ai plus personne à qui demander des conseils. Mon père a une âme si différente de la mienne ! Je n'ai plus personne à qui me confier et je ne serai plus empêché de faire une mauvaise action par la crainte de chagriner quelqu'un... Il faut que je sache moi-même où est le devoir, puisque je n'ai plus personne pour me l'indiquer... Non, je n'ai pas le droit de dire cela, vous êtes mon amie, et vous me donnerez des conseils.

Maintenant, je comprends que votre fidélité à la mémoire de M. Brémond est admirable : vous l'avez empêché de mourir tout à fait : se souvenir de ceux qui ne sont plus, n'est-ce pas les faire vivre encore?... Madeleine, si vous le voulez bien, nous nous souviendrons ensemble de mon pauvre grand-père, car j'ai bien peur que les autres ne l'oublient bientôt.

Je dois faire une foule de démarches très compliquées pour l'enterrement et le cimetière, et toutes ces formalités sont écœurantes...

Une pensée pour moi, Madeleine, une pensée pour lui qui m'a beaucoup aimé. Je vous adore, ma chérie. *J.*

Devant un grand feu, Madeleine, avant de se coucher, relut cette lettre.

M. Piot était mort, le pauvre homme ...

Comme il devait avoir froid, ce soir, avec ce vent du nord qui soufflait, rude, sur le lac, et faisait battre à la façade de l'hôtel les volets mal fermés !

Les flammes étaient joyeuses dans la cheminée, et Madeleine presque nue chauffait ses petits pieds dont les doigts étaient écartés comme ceux des statues anciennes.

M. Piot était mort... et son dernier mouvement avait été un frisson allant des pieds à la bouche... un frisson horrible, certes, et non point semblable à celui de Madeleine quand elle eut peur de mourir, elle aussi, quand elle serra ses bras au long de ses cuisses pour y chercher plus de chaleur... C'est le froid qui tue, le froid dont le vent criait sur les toits l'arrivée prochaine.

M. Piot était mort... le pauvre homme ...

Les flammes furent de charmantes amies. Elles éclatèrent en gerbes chantantes, et le bois suait, soufflait, crachait son humidité printanière, qui, devenue vapeur, se nuançait de bleu et formait un cadre aux étincelles de pourpre et d'or.

Madeleine leur offrit ses mains, son visage qui rougit, sa poitrine et ses épaules, puis elle fit la toilette de ses ongles avec une pâte rouge, une poudre fine et de gentils instruments d'ivoire. L'instant était propice à la rêverie. Elle rêva.

M. Piot était mort... le pauvre homme !...

Est-ce que Jean allait revenir à l'hôtel, après l'enterrement?... Les tombes sont tristes... Madeleine désirait qu'on brûlât son corps, elle l'avait souvent dit au docteur Jansen, qui approuvait ce genre délicat de funérailles... La vie éternelle... Oui, peut-être ; et cependant très improbable !... Paul Brémond mourut en Italie, à Ravenne... C'est un lieu convenable pour mourir...

Les ongles brillaient et reflétaient les teintes des flammes.

« Si Jean ne revient pas, que vais-je devenir? » Madeleine.

Un instant, elle fut occupée par la chute sur le tapis de la poudre rouge, qu'elle dut ramasser avec une carte de visite... une carte de visite, celle du comte d'Ourlac : un flirt agréable, mais qui demandait trop vite des choses qu'une honnête femme ne saurait si tôt accorder. D'ailleurs, Madeleine aimait Jean, bien qu'elle trouvât ridicule l'idée d'associer à Paul Brémond un notaire, M. Piot, un homme si gros...

Elle pensa :

« Ah ! si j'étais comme Hélène Chauvelin !... »

Puis elle sortit sur le balcon pour y poser les fleurs que M. d'Ourlac lui avait envoyées. La pluie tombait en gouttes menues. Madeleine rentra, se coucha, se blotit dans les couvertures, et fut heureuse de trouver un cruchon tiède qu'une servante avait placé là, souhaitant plaire et le pourboire prochain.

« M. Piot est mort... le pauvre homme. »

Madeleine s'endormit, voluptueusement.

TROISIÈME LETTRE DE JEAN A MADELEINE

Dimanche, 8 septembre.
Minuit.

Enfin je peux vous écrire, ma chérie. Voilà deux jours que les événements tournent, lugubres, autour de moi. Hier, comme je revenais de l'hôtel de ville, où j'avais été faire les déclarations d'usage, j'ai trouvé ma tante dans le salon. Elle était toute en larmes, seule, vêtue de noir et si laide que sa tristesse en était plus triste. Elle m'a dit : « C'est affreux, mon petit, de rentrer avec la mort dans une maison où l'on a passé son enfance. » Puis elle m'a pris dans ses bras en ajoutant : « Mon pauvre chéri !... Il t'aimait beaucoup... » Et comme je lui demandais si elle avait déjà vu grand-père, elle m'a répondu que Mme Piot avait refusé de la recevoir.

On a sonné à la grille, et mon frère Etienne est arrivé. Il n'aime pas notre tante et il est resté froid devant sa douleur. Fatigué par le voyage, il était nerveux et mordait le bout de sa moustache, qui est noire et forte. Il est de taille élevée, large des épaules, toute son apparence est vigoureuse. Il m'a dit, en m'embrassant :

« Toujours malade, toi ! »

Puis nous sommes montés vers grand'mère. Nous l'avons trouvée près du mort, à genoux, au pied du lit... Un détail horrible m'a frappé : vous vous souvenez que mon grand-père était très gras, et je vous ai dit que sa maladie l'avait encore fait grossir, et que son ventre soulevait les couvertures... eh bien ! aujourd'hui le drap s'est affaissé, et les joues elles aussi sont vides. Toute la graisse est fondue, il est méconnaissable...

Etienne l'a regardé quelque temps, puis il a embrassé grand'mère et je l'ai entendu qui disait : « Irène est en bas. Que vas-tu faire? — Ils l'ont tué, les misérables ! » a répondu grand'mère.

Je n'ai pas voulu écouter davantage, je

parti et j'ai rejoint Irène. Nous sommes restés l'un à côté de l'autre sans nous parler ; Etienne est venu, il m'a demandé si j'avais fait toutes les démarches, et se tournant vers notre tante, il lui a annoncé qu'on ne pouvait la loger à la maison, mais qu'avant de partir, elle verrait son père une dernière fois et l'embrasserait « si cela lui faisait plaisir... » Irène n'a rien répondu, elle s'est levée, elle a gravi l'escalier, elle a posé ses lèvres sur le front si jaune de mon grand-père, et puis elle a voulu se jeter dans les bras de Mme Piot, mais une servante a ouvert la porte, nous a avertis que le pasteur Maubel était arrivé. Irène est sortie de la chambre, la tête haute ; je l'ai accompagnée ; nous avons passé devant M. Maubel sans le saluer, et j'ai conduit ma tante à l'Hôtel du Lac où mon père l'attendait.

Ce soir, nous avons dîné en tête-à-tête, Etienne et moi. Mon frère est un homme admirable. Il a beaucoup de chagrin, mais personne ne pourrait s'en douter à le voir si calme et si maître de lui, discutant avec le premier clerc de l'étude sur les difficultés de la succession. Mon grand-père n'a pas fait de testament ; il paraît d'ailleurs, qu'il ne possédait que son étude. On la vendra pour payer des dettes, en particulier une grosse somme qu'il avait empruntée jadis à la dot de sa femme afin d'acheter la clientèle de son prédécesseur. Etienne m'a dit que ce serait presque la misère pour nous autres. Lui, grâce à son métier, gagne déjà sa vie ; mais à Paris, comment ferons-nous? Je croyais que depuis longtemps Etienne soutenait le ménage de mes parents avec l'argent de son travail. Il m'a expliqué que M. Piot lui envoyait chaque mois une somme assez considérable qu'il devait transmettre à notre père, car Mme Piot n'aurait jamais permis qu'on donnât cet argent à son gendre. Elle l'ignorait, et maintenant, sans doute, elle ne nous aidera pas... Il y aurait bien un moyen de la forcer à nous secourir : Etienne m'a affirmé qu'on obtiendrait une forte pension alimentaire si l'on s'adressait aux tribunaux, mais ni mon père ni ma tante ne feront cela, et je les approuve : nous ne devons pas vivre aux crochets d'une femme qui nous a fait tant de mal.

Etienne m'a reproché de ne pas travailler. J'ai baissé la tête : il a raison ; mais les médecins m'ont défendu de réfléchir trop longtemps. Et puis, que faire?... Je n'ai appris aucun métier... Je ne suis ni médecin, ni banquier, ni avocat... alors?... Je vais être à la charge de mon père. Il m'apprendra à dessiner et à peindre comme lui : c'est ce qu'il m'a dit, du moins, et de ne pas m'inquiéter... Mais je suis très inquiet... Je voulais vous suivre, ma chérie, et j'espérais que mon grand-père m'avancerait quelque argent pour les premières années jusqu'à ce que je vende mes tableaux. A présent, je ne pourrai pas voyager. J'ai des bijoux, je les vendrai, mais cela ne fera qu'une somme médiocre, et cependant je ne peux pas renoncer à vous. Il est impossible que des soucis matériels viennent détruire notre amour. Et, d'abord, vous m'avez promis de rester plusieurs semaines, cette année, à Paris, avant d'aller en Orient. D'ici là, nous aviserons... Il suffit d'un hasard heureux pour tout transformer.

Pour compenser ces mauvaises nouvelles, je vous annonce que nous serons auprès de vous dans trois jours. Ma grand'mère l'a décidé ainsi, elle veut rester seule dans son chagrin, avec le pasteur Maubel. Etienne nous accompagnera. Vous verrez comme il est beau garçon : à côté de lui, je semble une fille... Et puis il a une énergie, une force de volonté extraordinaire. Figurez-vous qu'il déteste les femmes du monde et les autres aussi : il dit que ce sont des entraves, et qu'il faut s'en garder comme du feu.

Demain on enterrera mon pauvre grand-père ; deux médecins l'ont embaumé cette après-midi, parce qu'il avait peur de se réveiller dans son cercueil. Je n'ai pas voulu voir cela, mais Etienne y assistait, et il dit que c'est très laid, que cela coûte cher et que c'est de l'argent de perdu... Il a raison ; mais moi, je suis content qu'on ait accompli la volonté du mort. Une chose m'étonne : j'ai moins de chagrin aujourd'hui qu'hier.

Je vous écris de mon ancienne chambre. J'ai devant moi un journal que j'ai fait, il y a quelques années déjà, après ma première amourette : je vous l'apporterai et nous le lirons ensemble.

Comme il ferait bon être avec vous ce soir !... Ah ! je pense à vos caresses, Madeleine, et pourtant je ne devrais pas y penser, quand le seul ami que j'aie jamais eu est mort depuis deux jours à peine. Je vais me coucher, Etienne veillera cette nuit, et moi, si je peux dormir, je rêverai à vous.

Dieu ! comme je vous aime !

XX

Pendant les deux derniers jours qui précédèrent le retour des Lagier à l'hôtel, Madeleine eut avec Mme Chauvelin de fréquentes conversations, et les jeunes femmes devinrent presque des amies, attirées l'une vers l'autre par le charme que la seconde trouvait à instruire, et la première à être instruite.

Mme Chauvelin révéla les nécessités de l'adultère à Madeleine qui d'abord s'ébahit de ces confidences, puis, curieuse de telles intrigues, souhaita les connaître. Elle se demanda pourquoi Berlier n'était pas jaloux, s'irrita de l'indifférence que cet orientaliste lui témoignait : flirtant avec le comte d'Ourlac, elle n'avait d'autre but que d'éveiller au cœur de son époux cette passion dont maigrissait Chauvelin. Mais Berlier ne prit pas garde à ces manœuvres ; il n'aimait pas les femmes, et jugeait stupides ces maris qui dérangent la belle ordonnance de leur vie à seule fin d'apprendre les trahisons dont ils ne sauraient souffrir s'ils consentaient à les ignorer.

M. d'Ourlac soigna davantage ses nœuds de cravate, et porta des chaussettes de couleur assortie aux robes de Madeleine : ainsi fit-il preuve de passion... Mais il se moqua du « petit Lagier », des adolescents et de leurs enfantillages, et, par ce fait, diminua les chances qu'il avait de conquérir Madeleine ; une femme n'admet point que l'on daube son amant, même quand elle commence à ne plus l'aimer.

Mme Berlier défendit Jean avec éloquence ; cette éloquence même fit refleurir un amour que les confessions de Mme Chauvelin avaient diminué, et, bien que la silhouette de Paul Brémond se fût effacée de ses rêves, Madeleine se crut liée pour le reste de sa vie à celui qu'elle avait choisi comme reflet de l'amant-fiancé. Cette croyance était à fleur d'âme ; elle ne devait durer que si les circonstances la soutenaient ; elle naquit le jour où M. Piot fut conduit au cimetière.

La nuit suivante, le temps changea ; au matin, la Dent-du-Midi parut très blanche, couverte de neige fraîche ; dans le parc, les arbres faisaient penser à l'automne, et, comme la température était exquise, les habitants de l'hôtel s'assirent sur les terrasses, après le déjeuner, pour prendre leur café et les liqueurs coutumières.

Claudius et l'orientaliste péroraient ; le docteur Jansen songeait, en les écoutant, à une existence qui serait silencieuse, paisible, avec beaucoup de lumière, et il philosophait aussi sur la répercussion des joies, qui rend le bonheur plus enviable et explique le besoin d'être uni à un compagnon de route pour traverser la vie. Il songeait à Madeleine, à Jean, à M. Piot : le pauvre homme !... puis il se souvint encore de la danseuse qu'il avait aimée en Égypte.

On vit passer le chef de bureau. Chauvelin portait un châle, une ombrelle, un livre ; derrière lui, marchaient, côte à côte, Mme Violès et le jeune homme timide. En affichant une sympathie immodérée pour la dame du hamac, M. Chauvelin espérait reconquérir le cœur de l'inconstante Hélène ; mais celle-ci le regarda avec un sourire de pitié, et, se penchant vers Madeleine :

« Voyez, dit-elle, comme on est galant avec une femme aimée... »

Debout en face de Mme Berlier, le comte d'Ourlac travaillait à rajeunir des compliments. Il n'y réussissait pas, et, comme il estimait qu'une femme, pour lui résister un seul jour, devait être dévote, il entretint Madeleine de sa vieille mère, la comtesse d'Ourlac, dont l'âme était candide, et qui l'avait élevé dans une atmosphère pieuse.

Tout à coup un train siffla. Peu après, l'omnibus de l'hôtel parut. Il y avait sur l'impériale deux caisses et quelques malles.

« Les Lagier vont arriver, dit le docteur Jansen, sortant de son rêve.

— Ils n'étaient pas dans l'omnibus », remarqua Mme Chauvelin.

Et M. d'Ourlac répliqua :

« Ils sont trop avares pour payer le prix des places. »

On ne répondit rien. Il y eut des moues sur les visages : cette famille en deuil gênerait les ébats des couples, et M. d'Ourlac s'étonna de ce que l'on revînt si vite dans un lieu public après une telle douleur :

« C'est inconvenant ! » dit-il.

Alors Madeleine écarta sa chaise pour protester contre les paroles de son flirt.

« Chut ! les voici ! » fit Mme Chauvelin en montrant le sentier.

Ils formaient un groupe sombre, avec leurs habits de tristesse, sur le feuillage des arbres. Étienne marchait le premier : Madeleine reconnut l'ingénieur à sa haute taille, à sa moustache noire ; puis elle vit Jean, et Irène qui boitait, et M. Lagier. On se hâta vers les arrivants avec des compliments de condoléance :

« Nous avons bien pensé à vous !...

— Pauvre monsieur Piot !...

— Quel excellent homme !

— C'est si douloureux pour ceux qui restent !... »

Irène se retira chez elle, afin d'échapper à l'affection de Mme Chauvelin, Frédéric la suivit pour qu'elle ne restât pas seule, Étienne pour retenir une chambre.

Madeleine observait la silhouette de l'ingénieur : il lui parut élégant, très différent de Jean, plus viril surtout. Elle n'écoutait pas M. d'Ourlac, qui lui faisait confidence de son mépris pour « ces sortes de gens dont le chagrin s'étale devant la galerie », et même, obsédée par cette voix chuchotante, elle affirma :

« Je n'aime pas que les indifférents attaquent mes amis !

— Oh ! oh ! » fit le comte d'Ourlac.

Et il partit, vexé.

« Que lui avez-vous fait? » demanda Nunès.

Madeleine haussa les épaules, et, désirant être heureuse du retour de son amant, elle l'appela auprès d'elle.

Quand il fut à ses côtés, elle murmura :

« J'ai reçu vos lettres, je vous remercie... Vous m'aimez beaucoup... moi aussi, je vous aime.

— Chérie ! » répondit Jean.

Il ne trouva pas d'autres paroles.

« Votre frère est très bien, fit Madeleine. Il me plaît. Est-il intelligent?

— Très intelligent !... Il gagne quinze mille francs par an... et sa vie est pleine de dangers et d'aventures. Il descend au fond des mines pour faire sauter des blocs de rocher ; l'an dernier, dans un éboulement, il a failli mourir. Souvent on l'envoie dans des pays étranges pour des inspections, il a traversé deux fois toute la Sibérie... Il vous racontera cela... Il est un peu brusque, un peu rude, mais on ne doit pas y faire attention : il commande à des multitudes d'ouvriers... C'est un homme utile, bien supérieur à moi... Vous verrez, vous verrez, nous serons jaloux de lui !

— Qui ça, nous?

— Mais M. Brémond et moi... Non, je plaisante... Vous n'êtes pas fâchée?

— Fâchée, pourquoi ! Je n'ai pas entendu ce que vous avez dit...

— Oh ! chérie, ne soyez pas méchante ! Il faut être gentille avec moi... J'ai du chagrin, un gros chagrin... oui, j'ai pleuré toute la nuit, et j'ai besoin que vous me plaigniez...

— Je vous plains beaucoup, fit Madeleine. Au revoir...

— Vous rentrez?

— Oui, je rentre... j'ai un peu de migraine.

— A tout à l'heure, sur le balcon?

— Non, à ce soir. Maintenant je vais me reposer... »

Étienne était revenu sur la terrasse. Madeleine passa devant lui sans le regarder : l'admiration de Jean pour l'ingénieur l'avait irritée, et surtout la tristesse de son petit amant. Elle se sentait incapable d'être compatissante, et cette sensation l'humiliait ; elle avait envie d'être seule, de dormir ou de lire quelque livre facile. Comme elle gravissait les marches qui mènent à la galerie, son corps fut en saillie sur le mur blanc de l'hôtel ; alors Étienne, qui la suivait des yeux, demanda à son frère :

« C'est ton amie?

— Oui, répondit Jean.

— C'est ma fille, Mme Berlier, fit le docteur Jansen, n'en dites pas de mal !

— Bien au contraire, Monsieur !... Madame votre fille est fort belle. »

Et Jean fut joyeux que son frère eût exprimé une admiration si vive.

Cependant François Pierre s'était éloigné avec Mme Chauvelin ; Claudius et Berlier avaient déjà regagné leurs chambres ; et, par discrétion, le docteur Jansen se retira, pensant que les deux jeunes gens avaient besoin de solitude.

Quand il eut disparu, Étienne s'étendit dans un fauteuil, alluma un cigare :

« Dieu ! que ces gens-là sont agaçants ! dit-il. Pourquoi diable sommes-nous revenus ici ? »

Puis, comme Jean ne répondait pas et regardait la fenêtre de Madeleine, Étienne continua à parler d'une voix maussade :

« Ah ! nom d'un rat ! je ne souhaite pas à mon pire ennemi d'avoir des artistes dans sa famille,... car enfin notre père s'est conduit comme un enfant !... S'il avait un peu d'autorité sur Irène, il obtiendrait qu'elle aille demeurer chez grand'mère, et tout s'arrangerait ; nous serions à Genève, en ce moment, au lieu d'être ici... C'est vraiment convenable de promener notre deuil dans un hôtel !... Je trouve absurde, d'ailleurs, que tante Irène continue à vivre à Paris après tous les potins que l'on a répandus sur son compte !

— Oh ! Étienne... »

Jean avait posé la main sur le bras de son frère, et celui-ci regretta ses paroles. Étienne n'était pas un méchant homme, mais le sang de Mme Piot et des syndics genevois coulait dans ses veines. Il professait volontiers que les malades et les faibles doivent céder la place aux êtres bien portants et robustes, et jugeait sévèrement la conduite de son père. Il dit qu'on devait

Jean se montra un insuffisant acteur (p. 62).

craindre la pitié : sentiment nuisible, dangereux... Il s'écria :

« Moi, je suis un lutteur, j'ai dirigé ma vie vers un but qui plaisait à ma nature, et, cette direction une fois choisie, je ne l'ai plus abandonnée parce qu'elle seule peut m'assurer l'indépendance. »

Il mit ses pieds sur le dossier d'une chaise pour affirmer son indépendance, puis il continua :

« Quand on veut être libre, il faut être prêt pour la bataille, quand on veut braver l'opinion, il faut pouvoir se passer d'elle... C'est à quoi notre père n'a pas réfléchi, et c'est pour cela qu'il est coupable. Peintre sans fortune et sans réputation, il épouse maman ; elle devient folle ; il la guérit par ma naissance, que suit une rechute ; par la tienne, qui est suivie d'une nouvelle crise ; les médecins déclarent alors le cas incurable, le monde s'indigne des amours de cet homme sain et de cette femme malade : que fait notre père !...

— Tu n'aurais pas voulu qu'il fît enfermer maman ?

— Mais si !... Cela aurait mieux valu pour elle et pour nous que de se brouiller avec des parents riches.

— Étienne ! tu ne penses pas à ce que tu dis... enfermer maman, c'était terrible ! »

Et Jean devint très pâle : les fous heurtent leur tête contre les murs des cabanons. Mais Étienne, se carrant dans son fauteuil, reprit avec mansuétude :

« Je te fais du chagrin, mon petit, et je t'en demande pardon. Parbleu ! tu es un sentimental, toi ! comme Irène, comme ce pauvre grand-père, et, vois-tu, mon vieux Jean, il n'y a rien de pire que la sentimentalité... Je prétends que notre père n'avait pas le droit d'agir comme il l'a fait, et les résultats le prouvent : notre mère aurait été plus heureuse dans une maison de santé, mieux soignée en tous cas... La vie d'Irène a été gâchée pour une utopie ; nous avons deux sœurs idiotes, un frère difforme, et, quant à toi, tu n'es guère solide... Hein ?... Ai-je raison ?...

— Tu as peut-être raison, fit Jean, mais je t'assure que j'admire papa... Il a sacrifié son bonheur au soulagement de la misère d'autrui ; moi, je trouve cela très beau, et surtout parce que je me sens incapable d'en faire autant... Et puis... je n'aime pas juger les actes de papa : c'est notre père...

— Mais, petit imbécile ! si notre père était un voleur, nous ne pourrions pas faire qu'il soit un honnête homme !

— Je tâcherais de le croire...

— Tu tâcherais de le croire !... Eh bien, moi, mon cher, j'ai fait des mathématiques pendant cinq ans : tu m'accorderas que je dois savoir raisonner... et je connais la vie mieux que toi... Avec tes idées, on marche à la défaite, mon ami. Je prétends qu'il faut se garder de la compassion ; elle n'est trop souvent qu'une lâcheté, oui, une lâcheté envers soi-même. Nous avons des devoirs envers nous-mêmes, des devoirs aussi sacrés que ceux de la pitié, et ces devoirs nous ordonnent de choisir un but et de l'atteindre ! Or nous ne pouvons atteindre ce but que s'il est unique et toujours présent à notre pensée ; en outre, il faut que ce but ne soit pas une utopie, sans quoi on ne l'atteindrait jamais. Notre père a eu plusieurs buts : faire le bonheur de sa femme, celui d'Irène, être un artiste, se poser en victime, quoi encore ?... Moi, j'ai un seul but : mon bonheur à moi ! et je l'atteindrai...

— Ah ! » fit Jean.

Et il se demanda si son frère ne disait pas des sottises.

Pourtant il le considérait comme un être supérieur, « qui gagnait de l'argent », et il tint compte de ses paroles. Elles lui apprirent encore une fois qu'il n'existe personne de respectable par définition ; elles lui apprirent aussi qu'il faut avoir un but, et il dut constater que, lui, avait pour seul but d'être aimé par ceux qui l'entouraient.

Étienne conclut brusquement :

« La résultante de tout ce qui précède, c'est qu'il faut travailler. Et voilà où je voulais en venir : que vas-tu faire ?

— Moi ?

— Oui, toi.

— Mais... je ne sais pas... Père va me donner des leçons.

— La peinture... C'est gai !... Mon pauvre enfant, combien crois-tu qu'il faut de temps pour arriver à vivre en faisant des tableaux ?...

— Si on a du talent...

— Même si on a du talent, mon petit, il faut dix ans avant de vendre quoi que ce soit. Ah ! vous allez avoir une jolie existence, à Paris !... Grand'mère ne vous donnera pas un sou tant qu'Irène restera avec notre père, et celui-ci refuse de demander une pension aux tribunaux.

— Je l'espère bien !

— Tu l'espères bien ?... Pourquoi cela ?... Je ne pense pas que l'on commette un crime en utilisant la loi, puisque, au contraire, un crime se définit : une violation de la loi... Oui, oui, c'est de la fierté ! Tu me permettras de te dire qu'elle est mal placée... Avec quoi vivrez-vous ? Je me le demande !... Eh bien, où vas-tu !

— Je suis malade, répondit Jean qui s'éloignait, tête basse.

— Pauvre vieux ! fit Étienne, et il ajouta : Surtout ne t'inquiète pas... cela s'arrangera ! Je suis là, moi, heureusement ! »

Puis il murmura entre ses dents :

« Quelle femmelette ! »

Et, parmi des chiffres qu'il médita pour organiser sa vie et savoir quels subsides il pourrait donner à son père, Étienne pensa à cette dame Berlier qui était bien faite et qu'il ne lui serait pas désagréable d'avoir comme maîtresse, pendant quelques mois ou quelques jours.

Devant la fenêtre ouverte sur le balcon, Jean réfléchissait aux discours nouveaux qu'il venait d'écouter. Ils s'étaient terminés par des mots précis qui, mieux que toutes les théories, avaient troublé son cœur : Jean ne voulait pas être une cause de tristesse pour sa famille. Il vénérait son père, il aimait Madeleine : envers l'un et l'autre, il voulait faire son devoir, mais où était le devoir?... Et il s'aperçut que, depuis trois semaines, il n'avait pas réellement tâché à résoudre cette question que déjà il s'était posée durant sa première nuit d'amour. Il s'était laissé entraîner par les événements, les couvrant de voiles au lieu de les regarder face à face, les subissant au lieu de les dominer.

Il tenta de le faire à cette heure, où la brutalité d'Étienne avait déblayé la voie. Il se demanda s'il devait quitter Madeleine afin de s'occuper uniquement à préparer sa carrière, et quels étaient les liens qui l'attachaient à son amie, et quels étaient ceux qui l'attachaient à son père. Les liens passionnels lui parurent plus importants parce qu'il les avait tressés lui-même ; les liens familiaux lui semblèrent sacrés eux aussi, car toujours il les avait considérés comme tels : il s'avoua incapable de choisir. Cet aveu lui parut un signe de déchéance.

Il admira davantage le caractère d'Étienne : son frère suivait une philosophie ; cette philosophie, Jean ne l'approuvait pas et ne pouvait l'approuver, parce qu'elle heurtait ses instincts qui le poussaient à aimer tous les hommes, mais il décida d'en chercher une autre, et d'y conformer sa vie.

Tout de suite, il se mit en quête d'une loi morale ; la migraine posa des petites mains douloureuses sur son front ; il lutta, fut vaincu : pour se reposer, il voulut lire le journal qu'il avait écrit, jadis, quand la fillette brune n'était plus revenue sur le chemin qui bordait la maison de Mme Piot, et cette lecture le fit pleurer (il y trouva des allusions à son grand-père), et l'étonna aussi, car, en dépit de cinq années vécues, pour Madeleine, pour une dame brune, il ressentait aujourd'hui le même amour, et il l'aurait exprimé dans les mêmes termes s'il avait essayé de le définir.

Ce jour-là, à la table d'hôte, Alex Claudius annonça qu'il avait reçu une lettre d'Allemagne et qu'il partirait dans huit jours ; M. Berlier en parut ému.

Après le dîner, comme il faisait trop froid pour se promener sur les terrasses, on resta dans la galerie vitrée. Le docteur Jansen se mêla aux jeux des petites Anglaises, il les caressa de ses mains trop longues, et sa belle barbe grise frôla leurs cheveux blonds, tandis que Mme Chauvelin interrogeait l'ingénieur sur les aventures de ses voyages. Sans se faire prier, Étienne raconta sa vie. Autour de lui, on s'assit en cercle, et bientôt tous furent silencieux, attentifs à ses paroles.

Dans un langage sobre et sans image, Étienne décrivait une galerie de mine : l'an dernier, pour expérimenter un appareil nouveau, il était resté seul, à cent cinquante mètres sous terre, en face de la manette qu'il suffisait de déplacer pour produire une explosion dont pouvait résulter pour lui soit la mort, soit une augmentation de traitement, et, pour les mineurs, moins de risques dans le travail. Son visage était calme, immobile : plus tragique par cela même, le récit troubla les femmes. Quand il dit : « Je me suis baissé brusquement, et j'ai poussé d'un seul coup le commutateur ! » Mme Chauvelin cria d'effroi, et Madeleine eut un frisson dans le dos. Jean murmura :

« Vous voyez, comme il est intéressant »

Madeleine ne répondit pas, et changea de place, prétextant qu'il y avait un vent coulis.

François Pierre, que le succès d'Étienne avait irrité, parla d'un enfant qu'il avait sauvé de la noyade aux bains d'Ostende ; Nunès affirma qu'aux Indes, il avait chassé le tigre, et le crocodile en Égypte, et le comte d'Ourlac se targua d'avoir servi quinze sangliers dans ses chasses de Lorraine. Les quatre hommes firent assaut de fanfaronnades ; quand l'un se vantait, les trois autres avaient des sourires.

Ils épuisèrent leurs provisions d'anecdotes ; Mme Chauvelin les conduisit au billard, où ils trouvèrent Claudius et l'orientaliste ; Madeleine ne les suivit pas, mais, fatiguée, elle se retira chez elle et, n'osant l'accompagner, Jean resta auprès de son père.

« Quand est-ce que tu commenceras à me donner des leçons, papa? demanda-t-il.

— Des leçons?... A Paris... Ici, je me repose. Sais-tu tenir un crayon?...

— Oui... J'ai un album... Veux-tu le voir?...

— Pas aujourd'hui, nous avons bien le temps...

— Comme il te plaira, mais j'aimerais travailler tout de suite...

— Diable ! quelle ardeur ! Qu'est-ce que tu as !... hein?... des chagrins d'amour?

— Mais non, papa !... seulement, je désire gagner ma vie... Étienne m'a dit...

— Étienne se mêle de ce qui ne le regarde pas !... Quant à gagner ta vie, mon chéri, il faudra attendre quelques années : dans notre art, on doit avoir de la patience ... »

Jean fut flatté par ce « notre », que son père employait pour la première fois.

M. Lagier ajouta :

« Tu es bien certain que tu aimes la peinture?

— Oh ! oui,.. surtout la tienne.

— Ah bah !... Vous entendez, Irène?... le petit m'admire.

— Il a raison.

— J'aime surtout le tableau de l'étang, celui qui est chez grand'mère.

— Peuh ! Il n'est pas mal... Mais j'ai fait mieux, tu verras dans l'atelier... »

Et le peintre se mit à décrire ses toiles. Il le fit avec enthousiasme. Jean fut content de lui avoir donné ce plaisir. Le docteur Jansen vint auprès d'eux. M. Lagier caressait la tête du gamin, et Jean, lorsqu'il se sépara de son père, regrettait presque d'abandonner une conversation si tendre.

Sur le balcon, Madeleine l'attendait :

« Vous avez beaucoup tardé !

— Je n'ai pas osé venir plus tôt : je ne veux pas vous compromettre.

— Oh ! vous ne me compromettez pas ! Personne ne peut s'imaginer que je vous aime, vous, un enfant.

— Mais, chérie...

— Non, vraiment, vous êtes d'une indifférence !... Il y a cinq jours que nous ne nous sommes vus... et vous me faites attendre. Avec qui causiez-vous, en bas?

— Avec mon père. Il doit me donner des leçons de dessin...

— Ah ! vous allez devenir peintre, vous !...

— Oui, je vous l'ai déjà dit.

— Je ne me souviens pas...

— Si... Je vous ai dit que je vous suivrai et que je ferai des tableaux pour gagner ma vie.

— Quelle plaisanterie !... D'abord vous ne me suivrez pas, je ne veux pas me compromettre pour vous faire plaisir !

— Mais vous venez de me répondre que je ne vous compromettais pas !... Oh ! vous êtes méchante, ce soir, Madeleine. »

Il avait détaché la claie des capucines, il prit les mains de son amie et l'enveloppa de ses bras. Elle ne résista pas à cette caresse, et, comme ils avaient froid, ils se réfugièrent dans la chambre. Madeleine s'émut d'un premier baiser, mais Jean se sentait incapable d'amours violentes.

« Vous avez enlevé la photographie de M. Brémond, Madeleine?

— Oui, elle m'agaçait !

— Oh ! comme vous avez changé depuis huit jours !

— Mais non, je n'ai pas changé... »

Elle lui offrit l'argument de ses lèvres entr'ouvertes ; il y goûta, mais avec désespoir : il pensait que Brémond était oublié, que lui-même subirait bientôt un sort pareil, et il se mit à parler de M. Piot. Lasse de cette vieille histoire, Madeleine bâillait, indifférente à la mort de ce notaire trop gras, ennuyée par ce bavardage...

Jean lui reprocha de ne pas partager son chagrin.

« Au contraire, dit-elle, je vous plains beaucoup, mais nous ne changerons rien à ce qui est : alors, à quoi bon s'affliger?... Il faut vivre pour soi-même... les morts ne doivent pas empêcher les vivants d'être heureux... Tenez, parlons d'autre chose : ce soir, c'est vous que j'aime... »

Elle mentait, elle aimait les aventures, les joies sensuelles, les intrigues... elle ne voulait plus se souvenir de Paul Brémond... Elle eut recours de nouveau à l'argument de ses lèvres, et, se laissant aller dans les bras de son petit amant, elle murmurait :

« Je t'aime, Jean, je t'aime... »

Il l'aima ; mais, tandis qu'elle disait : « Mon chéri, mon chéri... », il se rappelait M. Piot et l'amant-fiancé, il avait envie de pleurer parce que son grand-père et M. Brémond étaient morts tous les deux.

XXI

Ce fut alors la très banale aventure ; et, dans ce rôle d'amant pour hôtel suisse que Madeleine voulut lui imposer, Jean se montra vraiment un insuffisant acteur. A d'incessantes promesses de fidélité, il mêlait les affaires de sa famille, ses projets, la mort de M. Piot, l'éloge d'Étienne, les calomnies répandues par Josépha, le passé, l'avenir, l'éternité des âmes, les tombes et les fantômes ; — et que faisaient à Madeleine ces choses étrangères?

Elle voulait connaître l'existence heureuse des femmes sans scrupules, qui épuisent pendant la saison d'été la dose d'imprévu que peut donner un flirt élégant.

Mme Chauvelin lui avait dit :

« Voyez-vous, ma chère, les villes d'eaux, les plages et les Alpes sont d'admirables aimoirs : on se rencontre, on s'adore, on se quitte, et... c'est fini !... »

Mme Chauvelin dirigeait la conscience de Mme Berlier, et se plaisait à cette tâche, car les femmes adultères pratiquent volontiers le prosélytisme.

Madeleine fut une bonne écolière à ces leçons. Quand son petit amant était revenu à l'hôtel, elle avait espéré qu'il lui donnerait les émotions souhaitées ; mais, parce qu'elle ne vit plus en lui l'image de Paul Brémond, elle s'aperçut bien vite qu'il était un enfant, et, de s'en apercevoir, elle fut déçue. Une autre cause encore hâta le crépuscule de son amour : elle n'avait plus l'auréole spéciale que lui valait naguère sa fidélité envers un mort : aussi se gardait-elle de songer à l'île de Stalimène et à son amant-fiancé. Pour la séduire, Jean parlait trop souvent de M. Brémond, et, chaque fois qu'il le faisait, cela rappelait à Madeleine une déchéance dont elle souffrait sans vouloir se l'avouer.

Ce n'était pas seulement pour se concilier Madeleine que Jean parlait de M. Brémond. Le gamin était de plus en plus enfermé dans ce dilemme : suivre son père ou sa maîtresse. Il fallait choisir... Choisir?... Aucun doute n'était possible : si Madeleine était une maîtresse ordinaire, pareille à celles dont les romans lui avaient appris l'inconstance, Jean devait la sacrifier à son père ; — elle se consolerait bientôt... Mais il ne désirait pas, il ne voulait pas l'abandonner, il décidait en lui-même qu'elle n'était pas une maîtresse ordinaire ; et il n'avait qu'à se souvenir de l'entreprise étrange qu'elle lui avait inspirée : prolonger la vie d'un mort !... Si même cette œuvre était illusoire, le fait de l'avoir imaginée n'indiquait-il pas une nature d'élite, une de ces femmes qui valent que l'on se sacrifie pour elles?...

C'est ainsi que la perversion de Madeleine servit d'excuse à cet adolescent qui ne pouvait prendre un parti, ni surtout se passer de tendresse. Or, M. Lagier continuait à discourir chaque jour, et cela parce qu'Étienne lui avait conseillé de faire un procès à Mme Piot pour obtenir une pension alimentaire. Le peintre s'indignait de ce qu'on le crût capable d'un tel procédé, il s'indignait avec de grands gestes et fit de longues tirades qui effarouchèrent l'affection naissante de Jean.

Une lettre de Josépha rendit plus douloureuse l'angoisse où se débattait la conscience du gamin. En phrases sèches, Mme Piot offrait de garder son petit-fils auprès d'elle ; à cette condition, elle promettait d'aider son gendre. Pas un instant, M. Lagier n'hésita :

« Pour mon compte, je refuse, dit-il, mais l'enfant est libre d'agir comme bon lui semble. S'il le désire, il peut retourner à Genève ; je n'aurai plus de fils, voilà tout...

— Je ne veux pas te quitter, papa ! » répondit Jean.

Alors, M. Lagier lui ordonna d'écrire à Mme Piot une lettre où il demanderait quelques jours de réflexion.

« Et réfléchis bien, mon garçon... Je n'ai pas envie de te voir malheureux, et je connais la nature humaine : ce que tu proposes de bon cœur aujourd'hui, tu le regretteras demain ! »

Jean fut ballotté par des vagues diverses. Retourner près de sa grand'mère, c'était pour lui la possibilité de suivre Madeleine en Orient : Mme Piot ne refuserait pas l'argent nécessaire à un voyage, les médecins l'ordonneraient, il serait facile de leur en suggérer l'idée. Mais il valait mieux peut-être se sacrifier au bonheur moral de M. Lagier? Au bonheur moral : car, en restant avec Mme Piot, Jean assurait la prospérité matérielle de son père.

« Où est le devoir? »

A cette question il convenait de fournir une réponse immédiate, et, de nouveau, Jean se mit à chercher une loi morale, afin de s'y conformer, comme le faisait Étienne. « Mais ce n'est pas facile à trouver, une loi morale, oh ! non... », songeait-il. Madeleine n'en connaissait aucune. Un jour, cependant, il en rencontra plusieurs sur sa route :

C'est un soir de danse à l'hôtel. Jean ne peut se livrer à ce plaisir : la mort de M. Piot est encore trop proche... Le gamin reste debout sur la terrasse, devant la porte de la galerie vitrée et regarde Madeleine qui valse une valse langoureuse dans les bras du levantin Nunès.

Joyeuse sous ses cheveux blancs, Mme Chauvelin enseigne à François Pierre les pas difficiles d'une danse nouvelle ; mais François Pierre ne peut être gracieux, et sa maîtresse se met à rire si fort qu'elle doit quitter la pièce et boire un verre d'eau pour calmer ses nerfs. François Pierre, se sentant grotesque, veut au moins être amusant : il conte des historiettes méchantes, Mme Chauvelin est charmée de ce divertissement, et bientôt ils parlent de Madeleine sans s'apercevoir que Jean peut les entendre.

« Mme Berlier et Nunès? Eh ! eh !... fait François Pierre.

— Mais non, l'élu, ce n'est pas Nunès !... c'est...

— Le petit Lagier?

— Il le fut ; maintenant, c'est l'autre...

— Le frère?

— Bien entendu

— Au fait ! oui, elle l'écoute bouche bée, et Dieu sait s'il est ennuyeux !

— C'est un beau garçon...

— Oh ! si on peut dire !... Vous admirez tous les hommes, vous...

— Jaloux?... Grosse bête ! murmure Mme Chauvelin, qui est un peu vulgaire ; elle ajoute : Sortons, veux-tu?... »

Ils sortent, et, pour que son amant n'ait point de soupçons, la jeune femme le conduit vers une ombre propice.

Jean est resté stupéfait de ce qu'il vient d'entendre. Il a envie de rire, car ces gens sont vraiment trop absurdes : Madeleine amoureuse d'Étienne ! elle qui ne peut le supporter !... Mais il est inquiet aussi : pourquoi ont-ils dit qu'elle l'écoute bouche bée?... Jean ne s'en est jamais aperçu... Et, maintenant, il observe mieux la manière de danser que Madeleine affecte ce soir. Elle est comme pâmée sous l'étreinte de Nunès. Pourquoi M. Berlier laisse-t-il sa femme valser d'une façon aussi inconvenante? Jean se le demande en voyant l'orientaliste et Claudius ; mais il n'a pas le temps d'y réfléchir : voici que son père et Irène traversent la galerie et descendent sur les terrasses.

« C'est toi, Jean? dit Irène. Viens donc te promener avec nous, mon petit... »

Il faut les accompagner, et, d'ailleurs, que faire?... La jalousie est une chose affreuse ! Jean ne veut pas être jaloux ; Madeleine aime M. Brémond et nul autre : de celui-là Jean n'est pas le rival, par conséquent...

Frédéric Lagier est de méchante humeur : la musique l'agace, il le dit, et que ces étrangers sont tous stupides ; puis, comme la jambe d'Irène traîne sur le gravier, il s'assied, et, tout à coup, soit par pitié, soit pour se prouver à lui-même, qu'il est le plus malheureux des hommes, il demande :

« Pourquoi ne resteriez-vous pas à Genève, Irène?

— Mais pourquoi y resterais-je?

— Eh ! vous avez assez souffert, que diable ! A votre âge, on a bien le droit de se reposer !

— Non, Frédéric, je n'ai pas le droit de vous abandonner. Nous avons entrepris une tâche ensemble, nous devons l'achever ensemble. »

La voix d'Irène est calme, douce, lente, et Jean l'écoute, vaguement, tout en regardant la porte de la galerie où Madeleine vient de paraître entre Étienne et le Levantin. Après un silence, Frédéric Lagier, oubliant que son fils est là, murmure :

« Croyez-moi, faites ce que je vous dis... Nous nous sommes trompés, ma chère ; il aurait mieux valu, pour tout le monde, que Maud fût enfermée... Nous nous sommes trompés, voilà ! c'est très simple... et notre vie est gâchée... Est-ce qu'on sait jamais où est le devoir?... »

Dans le cadre de la porte, au seuil de la galerie vitrée, la robe de Madeleine a disparu, et Jean attend la réponse d'Irène, la réponse à cette question si difficile... Irène dit :

« Vous avez raison, on ne sait jamais où est le devoir ; mais, quand on a décidé de suivre une ligne de conduite, il faut la suivre jusqu'au bout. Notre vie ne sera pas perdue, Frédéric, si nous persistons dans notre volonté de nous sacrifier à Maud. Celui qui a le courage de ne jamais se renier peut dire, quand vient l'heure de la mort, qu'il a vraiment vécu ; mais celui qui laisse son œuvre à moitié faite, qui meurt chaque jour dans la mort de ses croyances, celui-là n'a pas vécu, il a subi la vie. »

Et Jean trouve que cette phrase est très belle, et il se dit qu'il l'a pensée lui-même, puisqu'il cherchait, hier encore, une loi morale afin d'y conformer ses actes. Il écoute, et il note dans sa mémoire que son père et Irène regrettent de s'être sacrifiés. M. Lagier enfourche son Pégase, pique des deux, et entame aussitôt un discours violent :

« Quelles sottises vous venez de dire, ma chère amie ! Subir la vie?... Mais nous la subissons tous ! Faut-il que je vous le répète pour la centième fois : notre volonté n'existe pas ; elle n'existe pas, vous entendez ! Nous sommes soumis au destin ; parfaitement, au destin... donnez à cette doctrine un nom philosophique si cela vous fait plaisir !... au destin qui nous mène depuis le ventre de nos mères jusque dans le cercueil, où la décomposition est plus lente si la glaise abonde au sol du cimetière ! »

La voix de M. Lagier s'appesantit sur cette finale, et son geste se prolonge.

« Frédéric, de grâce !... »

Irène veut épargner à Jean des théories que trop souvent elle a entendues. Mais Frédéric Lagier est un de ces orateurs qu'enchantent les sonorités de leur voix : il ne s'arrête pas avant que le souffle lui manque.

« Oh ! la morale ! déclame-t-il. Et qu'est-ce, je vous prie, que la morale?... Une convention nécessaire à la vie de la société... Et que m'importe la vie de la société?... Est-ce que mon malheur est diminué parce que cette grosse dame est florissante?... Ceux qui le prétendent sont des fourbes, oui, tous, les prêtres, les pasteurs, les moralistes, tous les marchands de Paradis !... Ah ! je les connais bien ! ce sont eux qui m'ont élevé, qui ont bourré ma conscience de scrupules ineptes et dont je ne puis me débarrasser ! Si je souffre, c'est leur faute, et, si vous souffrez, Irène, c'est leur faute, et si Jean va souffrir, ce sera leur faute !... Pourquoi est-ce que j'ai eu pitié de ma femme? Pourquoi est-ce que je ne veux pas vivre aux crochets de Mme Piot? Pourquoi est-ce que vous croyez à l'abnégation quand cette vertu n'existe pas? Pourquoi est-ce que Jean va nous suivre à Paris quand il pourrait être heureux loin de nous?... Est-ce parce que nous avons réfléchi avant d'agir? Non, c'est parce que nos instincts héréditaires nous engagent à ne pas nous occuper de notre bonheur, mais de celui d'autrui ; — et voilà ! nous sommes et nous serons des loques misérables, nous expions et nous expierons la faute de nos ancêtres, la faute de ces Piot, qui, par orgueil, et cet orgueil n'est-il pas un produit de l'organisation de la société? se sont mariés entre eux pendant deux siècles !... Et vous parlez, vous, de ne pas subir la vie !... Quelle misère !... »

Pendant cinq minutes, M. Lagier se plaît à être grandiloquent, tandis que le bruit d'une valse meurt sous le ciel noir, semé d'étoiles...

Irène songe aux amours qu'elle aurait pu connaître si le destin ne lui avait donné un visage trop gras, une jambe trop courte, et Jean cherche à suivre les pensées de son père... Il n'y parvient pas, mais de nouveau une question se pose : comment faire pour être heureux sans être méchant?... Et une autre : qu'est-ce que la vertu, puisque ce n'est pas le sacrifice de soi-même?...

M. Lagier s'interrompt brusquement : il est arrivé à des conclusions absurdes, il s'en rend compte et se tait, furieux. Alors Irène dit :

« Tu devrais rentrer, Jean... va mettre un manteau... J'ai peur que tu ne prennes froid. »

Il lui obéit volontiers, et se dirige vers la galerie où il désire surveiller Madeleine.

Elle danse encore avec Nunès. Jean passe auprès d'Étienne, qui, devant une table, regarde des journaux illustrés de dessins grivois ; puis le gamin va chercher un manteau, et, quand il revient vers son frère, il le trouve debout devant Madeleine

« Venez, monsieur Étienne, dit-elle. Allons nous promener. Vous n'avez pas honte de rester ici, pour regarder cela, quand la nuit est si belle? »

Et, comme ils s'éloignent, Jean les accompagne sans y être invité. Sur les terrasses, ils croisent Irène et M. Lagier, puis ils cherchent des chaises, les trouvent, s'y asseyent, et, la nuit ayant fait son œuvre, Madeleine soupire :

« Qu'est-ce que le bonheur? »

Mathématiquement, Étienne lui démontre que la joie est à la tristesse ce que l'effort est à la résistance. Il fait l'apologie de la volonté avec les gestes dont son père s'est déjà servi pour la dénigrer. Il ne parle pas, lui, de larmes et de mort. La mort? il n'y pense guère, et Madeleine l'approuve. Eh ! oui ! pourquoi s'occuper d'une chose si lointaine, si peu faite pour une femme qui conçoit l'existence comme une suite de plaisirs renouvelés sans cesse et sans cesse différents?...

Tout d'abord, Jean écoute. Peut-être lui enseignera-t-on le moyen de n'être plus rejeté par les actes d'autrui vers d'autres décisions que celles prises l'instant d'avant... Mais Étienne ne fait que répéter ses anciens discours ; il dit la nécessité d'avoir un but et de l'atteindre, et prône, comme plus belle que toutes les autres, l'émotion que donnent le combat et la joie de vaincre.

Jean songe :

« Que faire? Mon père dit qu'il est inutile de combattre, que le destin nous mène ; Irène affirme qu'il est nécessaire de lutter contre soi-même et de se sacrifier toujours ; et mon frère, qui gagne de l'argent, qui est un homme, vante les plaisirs de la lutte et ceux de la victoire... Que faire?... »

Cette incertitude se prolonge, puis les vagues de la valse rappellent au gamin la première caresse que Madeleine lui a permise.

Vers la chaise de sa maîtresse, il étend la main, et, quand il trouve dans les plis du manteau le bras nu de Madeleine, il ferme ses doigts sur le poignet de la jeune femme. Mais elle a un haut-le-corps de peur et de colère, un pli de lèvre dédaigneux ; elle se lève, interrompt Étienne, et dit :

« Rentrons, je veux danser... »

Elle danse ; elle est coquette, elle donne sa taille souple, se livre au comte d'Ourlac, au jeune homme timide, à Nunès, à d'autres... et elle n'a pas un regard pour Jean qui, navré, se tient au seuil de la galerie, et ne parvient pas à découvrir en quoi il a pu déplaire.

Le docteur Jansen, qui se promène avec Chauvelin sur les terrasses, voit cette attitude désolée et s'approche :

« Monsieur Lagier, dit-il, voulez-vous marcher un peu avec nous? »

Jean le suit pour ne pas rester seul, et M. Jansen se remet à causer du sujet que les hommes traitent quand la nuit est noire et chaude :

« Nous faisions de la philosophie, M. Chauvelin et moi, dit-il, de la philosophie aimable, et je me suis permis de lui décrire quelques-unes des habitudes qui me sont chères et qui m'ont conduit à beaucoup de bienveillance envers tous les êtres et même les plantes. »

M. Jansen s'interrompt pour allumer un cigare ; la petite flamme éclaire sa barbe grise, ses yeux rieurs, son nez très fin. Jean se demande s'il va connaître une nouvelle morale, et il pense aussi que Mme Chauvelin et François Pierre avaient raison, que ce n'est plus lui que Madeleine préfère : il se mord les lèvres et craint de pleurer. M. Jansen le considère, puis reprend :

« Oui, pour ceux qui ont mal, j'ai de la pitié ; mon expérience, bien que peu étendue, m'a enseigné que toute la nature est souffrante, et qu'il faut l'aimer parce qu'elle nous comprend... Cela fait sourire M. Chauvelin que l'on puisse être l'ami des plantes ; d'ailleurs, je ne prétends pas imposer mes façons de voir, bien qu'un écrivain français, M. Barrès, je crois, ait écrit à ce sujet des pages fort belles et fort persuasives... Oui, vraiment, il m'est doux de chérir toutes choses, et j'ai coutume de traiter les cerisiers, les femmes, les petits ânes, les chèvres, les hommes ignorants et ceux qui savent avec une égale indulgence.

On voyait plus haut Madeleine (p. 69).

— Tout cela, Monsieur, ce sont des mots faciles à dire quand on est heureux ! » fait Chauvelin, en reniflant.

Alors le docteur Jansen a un sourire dans sa belle barbe qu'indique, par instants, la braise du cigare :

« Mon cher ami, dit-il, vous vous trompez. Maintenant, en effet, je suis heureux ; mais, jadis, j'avais, moi aussi, des chagrins ; je connais les soucis, et j'ai mis mes théories à l'épreuve. Laissez-moi donc achever... Je vous enseignai qu'il faut être indulgent ; ce n'est pas là toute ma doctrine. Les seuls mouvements de pitié ne donnent pas le bonheur ; voici ce que j'ai fait pour l'obtenir ; je me suis créé un jardin dans le cœur, avec quelques joies très pures, que j'ai, autrefois, pendant un moment, ressenties. C'est un parterre étroit ; il me suffit cependant de le respirer aux heures troublées pour m'apaiser, car, en promenant les yeux autour de moi, je vois de la souffrance, et ma mémoire fleure comme un parfum qui tranquillise mon âme et l'endort doucement d'un sommeil où je rêve... Ce parterre précieux, je le cultive avec soin. Chaque soir, j'enlève les fleurs mortes, et je sarcle la terre. J'introduis aussi de nouvelles plantes...

— Vous m'excuserez, Monsieur ! » interrompt Chauvelin, qui vient d'apercevoir la dame du hamac ; et il se hâte de la rejoindre.

Jean regarde la galerie, où passe le profil de Madeleine. D'une voix ténue ainsi que les notes d'une flûte, M. Jansen murmure :

« Je pense que le jardin de ce fonctionnaire est composé d'herbes et de broussailles. Voilà le danger ! Que nous le souhaitions ou non, nous avons tous un parterre de souvenirs dans le cœur, mais il importe que les fleurs en soient belles. Vous êtes jeune, monsieur Jean, et c'est maintenant qu'il faut prendre garde aux souvenirs que vous vous préparez... N'introduisez jamais de pauvres espèces dans votre collection, veillez-y bien et sarclez la terre pour y faire de bonnes semailles... Mais je parle par métaphores, langage inutile entre nous ; je veux dire que nous devons appeler joies un très petit nombre de sensations, et ne pas nous galvauder à de médiocres plaisirs... »

Au bras d'Étienne, Madeleine fait quelques pas dans la galerie vitrée ; un peigne tombe de ses cheveux et l'ingénieur s'attarde à le remettre en place. Alors Jean ne sait plus que devenir, il tremble et baisse la tête. Le docteur Jansen voit l'émotion qui l'agite, et, posant sa main longue sur l'épaule du gamin, il dit :

« Mon enfant, les minutes où nous cueillons des fleurs pour nos mémoires sont extrêmement rares, et la femme qui, par son amour, nous a donné le privilège merveilleux de mettre un beau souvenir dans notre cœur, il faut la respecter et l'adorer toujours... toujours, même après l'oubli, même quand elle nous trompe ou qu'elle nous fait souffrir. Vous comprenez ce que je veux dire?... »

Jean fait signe qu'il le comprend, et se détourne, et s'essuie les yeux.

« ... Oui, je sais, vous avez une âme tendre... il ne faut pas le regretter, mon enfant... »

Jean ne répond pas ; une seule parole prononcée le ferait éclater en sanglots ; il pense que Madeleine ne l'aime plus, qu'elle l'a oublié et qu'elle le fait souffrir.

Les vagues de la valse meurent dans un accord final.

« Voici que la danse est terminée, dit M. Jansen. Allons nous coucher ; et, pourtant, c'est triste de rentrer quand le ciel est si beau !... »

Ils s'acheminent vers la galerie.

Ainsi quatre morales divergentes, interprétées par de médiocres éloquences, sont offertes au gamin, mais il n'y songe pas. Jaloux de son frère, il est malheureux simplement et, regrettant le calme des nuits où, sur l'épaule de sa maîtresse, il a posé sa tête avec une confiance enfantine, il pense à M. Piot, qui, seul, aurait pu le consoler du gros chagrin de son cœur.

Ce soir, le balcon est désert, et la porte de Madeleine reste close.

XXII

Dans le petit bois que le brouillard du matin ensevelit, une goutte d'eau suspendue tremble à chaque feuille, et, parfois, quand un rayon de soleil filtre au travers de la brume, c'est une multitude de prismes qui scintillent parmi les branches, les fougères et les mousses.

« Écoutez-moi, Madeleine ! » supplie Jean.

Madeleine hoche la tête avec une moue gentille, mais ne cesse pas de fredonner la chanson inepte que François Pierre lui enseigna :

> Un éléphant se balançait
> Sur une assiette de faïence,
> Et, comme ce jeu lui plaisait,
> Avec un autre il recommence...

Si Madeleine a suivi Jean dans le petit bois, ce matin, c'est qu'il ne faut pas interrompre une aventure avec brusquerie : Mme Chauvelin lui a recommandé :

« Surtout, pas de scandale !... »

Cependant Madeleine craint une scène de jalousie, une scène sans élégance, peut-être même brutale, et c'est pour l'éviter qu'elle chante :

> Deux éléphants se balançaient...

La veille, en repoussant les caresses de Jean, elle a obéi à un mouvement instinctif, qu'elle ne regrette pas : ce jeune homme est vraiment trop jeune. — « Un détournement de mineur ! » a dit Mme Chauvelin en se moquant.

« Écoutez-moi, Madeleine ! supplie Jean. Je sais que vous ne m'aimez pas, moi, mais il est impossible que vous ayez déjà oublié l'autre...

— Comme vous êtes ennuyeux !... »

Elle reprend sa chanson. Jean se tait, et, dans les chemins étroits où le pied glisse, ils marchent à l'aventure jusqu'au tronc du platane qui leur offrit, jadis, un siège commode.

« Vous souvenez-vous, Madeleine?... » murmure Jean.

Elle fait signe qu'elle se souvient, et chante :

Trois éléphants se balançaient...

« Asseyons-nous, voulez-vous? comme autrefois.

— Vous êtes fou ! il fait trop humide. »

Cette réponse est faite d'un air impatient.

« Vous ne m'aimez plus !

— Là, j'en étais sûre !... »

Elle se met à rire d'un petit rire nerveux et s'appuie contre un sapin dont les aiguilles laissent choir sur elles les nombreux joyaux de leur rosée.

« Ce n'est pas bien de vous moquer, ma chérie ! dit Jean, que cette gaîté navre, ce n'est pas bien ! Il n'y a pas si longtemps que vous aimiez M. Brémond !

— Encore !

— Vous ne l'aimez plus?

— Oh ! quel enfant terrible !... Vous ne comprenez rien aux femmes, mon cher... Non, je ne l'aime plus ; je me souviens de lui comme d'un être charmant, mais on ne peut pas aimer un mort, voyons, réfléchissez !... Et puis, je vous assure que ce n'est pas convenable ce que nous faisions... Vraiment, c'est contraire aux lois de la nature !... De quoi vous plaignez-vous?... c'est vous que j'aime... »

Elle a dit ces mots d'une seule haleine : discours préparé à l'avance ou habileté de femme qui doit se défendre, elle parvient à reprocher à son amant la faute qu'elle seule a commise. Mais Jean se souvient des paroles de François Pierre et de Mme Chauvelin, et il murmure tristement :

— Moi?... Non, ce n'est pas moi que vous aimez...

— Mais si !

— Alors pourquoi hier soir?...

— Je vous dis que vous ne comprenez rien aux femmes ! »

Sur le tronc du platane, Jean s'est assis ; il reprend quelque espoir et s'écrie :

« Madeleine, jurez-moi que vous m'aimez ! »

Elle hésite ; pour ne pas répondre, elle tend ses lèvres. Jean l'embrasse, et ce baiser lui semble un serment. Mais des voix sonnent sur le chemin. La dame du hamac passe avec le chef de bureau ; elle regarde effrontément le couple qui s'est séparé. Quand elle a disparu, Madeleine s'écrie :

« Pouah ! quel parfum ! »

Puis, elle recommence à chanter :

Quatre éléphants se balançaient
Sur une assiette de faïence...

« Vous partez bientôt, demande Jean pour interrompre cette complainte.

— Dans huit jours, je crois, mais je n'en sais rien : c'est mon père et mon mari qui fixeront la date. »

Il pense qu'il ira la rejoindre. Il sent qu'il ne peut l'abandonner, et il décide en lui-même d'accepter la proposition de Mme Piot, mais il n'ose en parler à son amie. Il dit.

« C'est pendant mon absence que vous avez commencé à ne plus aimer M. Brémond, n'est-ce pas?

— Oh ! vraiment, vous êtes trop ennuyeux !...

— Mais...

— Je vous défends de revenir là-dessus ! je vous le défends !... Vous savez que rien ne m'agace davantage, et vous le faites continuellement... Je finirai par ne plus m'approcher de vous.

— Chérie, pardonnez-moi !

— Oui, c'est cela, il faut toujours que je vous pardonne... Heureusement que dans huit jours...

— Madeleine ! ne dites pas...

— Dans huit jours, je partirai et vous regretterez le temps perdu... Au revoir, je rentre... Ah ! vous n'êtes pas un agréable compagnon de promenade ! »

Elle s'en va en chantant plus fort :

Cinq éléphants se balançaient..

Et Jean ne la suit pas. Cette gaîté lui paraît sacrilège, l'irrite et l'afflige : il ne sait plus s'il doit accepter la proposition de Mme Piot, et, seul, dans le petit bois, il songe maintenant aux morales qui s'offrirent à lui :

Irène a exalté l'abnégation et affirmé que l'on ne doit pas renier ses croyances ; M. Lagier a déclaré que l'homme est soumis au destin ; Étienne a vanté l'énergie victorieuse, et le docteur Jansen le jardin des souvenirs... Le gamin admire les doctrines d'Étienne, d'Irène et de M. Jansen, mais il trouve plus vraies celles de son père.

Un instant, il se console et pense que le destin est l'unique coupable : « C'est la fatalité, songe-t-il, qui créa mon amour pour Madeleine, mon indifférence envers les drames de ma famille. » Puis il poursuit ce raisonnement : « C'est elle aussi qui est responsable de l'inconstance de Madeleine, et je n'en souffre pas moins pour l'avoir constaté. » Il conclut : « Alors, à quoi bon?... A quoi bon savoir, si l'on doit souffrir plus? » — Et, parce qu'elle ne le soulage pas, Jean rejette la vérité qu'il a cru découvrir dans les discours de son père.

Ceux d'Irène lui offrent une manière de vivre mais ne précisent point. « Se sacrifier?... » Se sacrifier à quel bonheur?... A celui de Madeleine? Elle n'acceptera pas le sacrifice... A celui de M. Lagier? Oui, mais Jean est incapable de dévouement envers ceux qui n'accueillent point ses caresses, et l'amour d'une femme lui est nécessaire à présent qu'il a goûté à cet amour.

Il songe :

« Je donnerais ma vie pour Madeleine que j'aime, mais je ne pourrais me sacrifier joyeusement pour nul autre que pour elle. »

L'énergie d'Étienne est admirable, mais ne la possède point qui la veut.

« Il faut avoir dans le cœur un jardin de souvenirs », conseille le docteur Jansen.

Il ajoute :

« Ma mémoire fleure comme un parfum qui tranquillise mon âme et l'endort doucement d'un sommeil où je rêve... »

Et, puisque Madeleine ne l'aime plus, Jean veut déposer ce premier amour dans sa mémoire comme la première fleur au jardin de ses souvenirs.

« Un souvenir... »

Jean répète ce mot :

« Un souvenir, l'amour de Madeleine... »

Jean n'est pas consolé.

Quelques heures plus tard, comme on allait se mettre à table, M. d'Ourlac fit remarquer à Mme Chauvelin et à Madeleine qu'il ne serait pas convenable de quitter l'hôtel sans être monté au sommet des Rochers par le funiculaire.

« Le guide Joanne recommande d'y passer la nuit afin d'assister au lever du soleil, dit-il.

— Jamais je ne coucherai là-haut ! protesta Mme Chauvelin, l'hôtel doit être sale. »

Et Madeleine s'écria :

« Il y a sûrement des punaises ! »

Cependant on consulta l'horaire, et, quand on vit qu'il était aisé, sans partir de grand matin, de revenir le même soir, M. d'Ourlac obtint que l'on ne tardât point davantage à faire cette excursion :

« Le temps est superbe, il faut y aller aujourd'hui même... »

On ne voulut pas le contredire, et, après le déjeuner, tous se hâtèrent vers la gare.

Comme on y arrivait, M. Chauvelin prit le bras du comte d'Ourlac et murmura :

« Je ne sais que faire... Elle veut venir...

— Qui ça, elle ?

— Mme Violès ! Vous seriez fort aimable de vous en occuper ; moi, je ne le puis guère à cause de ma femme... »

M. d'Ourlac n'eut pas le temps de répondre : à gauche d'un rocher, le train émergeait. Le chef de gare s'avança, des hommes d'équipe accoururent : on aurait dit qu'il s'agissait d'un grand express. Avec peine, la locomotive hissait les wagons. Quand elle atteignit le quai, il fallut donner de l'eau à la chaudière : ce fut toute une manœuvre. Le mécanicien criait des ordres. Étienne l'interrogea, déclina ses titres, lui fournit des explications sur un nouveau frein, et Madeleine admirait l'éloquence de l'ingénieur.

Alors Jean toucha l'épaule de son père et, tirant de sa poche une enveloppe qui portait l'adresse de Mme Piot, il dit :

« J'ai écrit à grand'mère, papa...

— Eh bien ? fit M. Lagier.

— Je refuse, je ne veux pas te quitter...

— Tu as tort, mon enfant, tu as tort ! »

Et Frédéric Lagier s'éloigna pour cacher une émotion qu'il ne voulait pas montrer.

Jean jeta l'enveloppe dans la boîte aux lettres, et, s'il le fit, c'est qu'il s'était rappelé, en revenant du petit bois, que Madeleine lui avait promis de passer quelque temps à Paris avant d'aller en Orient.

Sur le quai de la gare, une querelle avait éclaté entre une vieille dame allemande et un moine italien dont les pieds étaient nus dans des sandales. Cette querelle était due aux aboiements du chien que la dame avait emporté. Hargneux, il voulait mordre la robe de bure. Le contrôleur intervint. Alex Claudius servit d'interprète tudesque, et Berlier parla latin au moine, qui ne comprit pas.

Enfin l'on monta dans le funiculaire. Claudius et l'orientaliste se placèrent à côté de leurs clients ; Jean essaya de s'asseoir auprès de Madeleine, mais il ne put y parvenir et dut se contenter d'être dans le même wagon, entre Nunès et le docteur Jansen. Sur l'autre banquette, Mme Chauvelin frôlait François Pierre, Madeleine était la voisine d'Étienne ; plus loin, on voyait M. Lagier, Irène, le comte d'Ourlac et le chef de bureau.

Comme la locomotive sifflait, il y eut des cris sur la route : c'était le jeune homme timide, que suivait la dame du hamac. Mme Violès courait si vite que ses jupes et son jupon se relevaient, montrant ses jambes et même un ruban rose qui devait orner un pantalon. M. Chauvelin prit un air détaché des choses de ce monde.

Cependant la place manquait. Le chef de gare leva les bras au ciel, Mme Violès fit une scène, on découvrit que Madeleine pouvait se serrer un peu contre Étienne : entre elle et Mme Chauvelin, la dame du hamac s'assit, et le train se mit en marche.

Jean était en face de Mme Violès : il observa qu'elle était assez jolie, avec des veines très visibles sous la peau des tempes et de belles dents, peut-être un peu grandes. Puis il regarda Madeleine : elle causait avec Étienne ; par dédain de femme honnête, elle évitait de toucher sa voisine, et se rapprochait de l'ingénieur plus qu'il n'était nécessaire.

Le chien jappait ; un nuage de fumée entra dans le wagon ; le prêtre italien tenait ostensiblement son nez enfoui dans un grand mouchoir à carreaux, et Mme Violès respirait les sels d'un flacon artistiquement travaillé, où s'enchâssaient des pierres précieuses.

La voie surplombait le chemin que Madeleine et son petit amant avaient pris pour faire leur première promenade. Jean se rappela cette journée et tout ce que lui avait dit sa maîtresse

Cependant il sentait contre son pied un frôlement, il retira sa jambe, et il s'aperçut que la dame du hamac le dévisageait.

Il détourna la tête. Madeleine, très animée, parlait avec abondance, ses joues étaient roses et ses yeux pleins de lumière ; Étienne, galant, avait de doux sourires.

A la cheville de Jean, la caresse persistait. C'était, sans doute, un soulier très fin : il paraissait vivre et son effleurement était agréable. Mme Violès tenait maintenant ses paupières closes ; elle avait enlevé ses gants, on voyait ses mains chargées de bagues, turquoises, émeraudes et rubis. Jean s'étonna de ne pas éprouver de la répulsion pour cette femme.

« Il ne faut pas nous galvauder à de petits plaisirs », songeait-il.

Mais la jalousie que lui inspirait la conduite de sa maîtresse lui fournit des excuses suffisantes : sans les favoriser, il ne s'opposa pas aux caresses qui continuèrent à fleur de plancher.

Le voisinage de la dame du hamac amusait beaucoup Hélène Chauvelin. Elle chuchotait avec François Pierre :

Vraiment, mon mari n'a pas trop mauvais goût.

— Vous non plus !... »

Et ils rirent.

Irène jouissait de l'air devenu plus léger. Elle montrait les bois de sapin, le lac qui diminuait, les précipices, les chaumes de fermes ; et Frédéric esquissait des gestes de pouce et regrettait que les paysages des Alpes fussent devenus triviaux.

M. Chauvelin, sans tourner la tête, disait à mi-voix au comte d'Ourlac :

« Que va-t-elle faire? que va-t-elle faire?... Sapristi ! que c'est ennuyeux ! »

A un tournant, on vit la voie qui s'engouffrait dans un tunnel. Sur le pied de Jean, un petit pied s'était posé.

Brusquement la locomotive hennit, puis cria, mugit, ronfla, se tut ; ce fut la nuit. Un vacarme énorme ébranla les parois. Au long de la cheville du gamin, deux pieds montaient et redescendaient très doucement. A cela, il n'opposait aucune résistance, et il en éprouvait même un certain plaisir. Une pensée cependant le gênait :

« Que faisait Madeleine? »

Il soupçonnait son frère et sa maîtresse de caresses semblables à celles qu'il recevait. L'atmosphère était très lourde, l'odeur insupportable, ce tunnel n'en finissait plus.

« On étouffe ! dit quelqu'un.

— Je vais me trouver mal ! murmura Madeleine.

— Courage ! » fit Étienne.

Et sa voix parut trop douce à Jean, qui repoussa brusquement le pied de Mme Violès.

Un peu de lumière éclaira la voûte, puis ce fut le grand jour. Afin de surprendre un geste, Jean observait Madeleine ; mais elle se tenait très droite, très pâle, les mains jointes et les narines dilatées : il eut des remords. Il replia tout à fait ses jambes sous la banquette, ce qui parut surprendre la dame du hamac. A ce moment, Robert Berlier disait à Claudius :

— Nous n'irons pas à Paris cette année, mais nous passerons huit jours à Venise avant de nous embarquer pour l'Orient. »

Et Jean pensa que c'était une punition de Dieu.

Il crut que jamais le train ne s'arrêterait. Le train s'arrêta cependant.

On descendit très vite des wagons ; les corps étaient courbaturés, ils s'étirèrent. Jean courut vers Madeleine.

« Est-ce vrai?

— Quoi?

— Vous ne viendriez pas à Paris, cet automne?

— Si, peut-être... Au fait, non, je ne crois pas... Monsieur Étienne, prêtez-moi votre canne : la côte est très rude. »

Mme Violès passait ; elle eut un mouvement des lèvres, retroussa son jupon plus haut que la courbe du mollet, et sembla attendre des paroles galantes ; mais Jean se sauva.

Frédéric Lagier et le docteur Jansen gravissaient lentement le chemin qui, en décrivant deux angles aigus, conduit à un belvédère. Auprès d'eux, le chef du bureau peinait, le crâne nu et l'habit sur le bras. On voyait plus haut Madeleine remorquée par Étienne, Irène qui boitait et Mme Chauvelin suspendue au bras de François Pierre. La dame du hamac atteignit la cime : le vent s'engouffra dans ses jupes, découvrit ses formes très opulentes, et, quand les autres femmes arrivèrent au sommet, elles subirent le même sort. Au bas de la côte, Jean les regardait.

« Que faites-vous là, monsieur Lagier? Vous avez l'air d'un affamé devant la boutique d'un rôtisseur ! » dit le comte d'Ourlac.

Et il se mit à rire, frappant d'une claque joviale l'épaule de Jean. Celui-ci ne répondit pas. Claudius et Berlier les rejoignirent. Ensemble ils gagnèrent le belvédère. L'orientaliste décrivait son prochain voyage : il devait parcourir l'Asie-Mineure, après un séjour d'un mois dans la ville d'Athènes.

« A propos, monsieur Lagier, dit-il, votre frère vient de m'apprendre qu'il doit visiter les mines du Laurium, cet automne. J'espère que nous ferons route avec lui ; oui, vraiment j'en serais fort heureux... Ma femme est insupportable à bord quand elle n'a pas de flirt... »

Après avoir intercalé cette phrase, Berlier parla des fouilles qu'il voulait entreprendre. Le comte d'Ourlac trouvait ce mari admirable et se promit de retenir un si bel exemple de philosophie béate Claudius comprit qu'il s'agissait d'une vengeance conjugale : l'inventeur de la « dégénérescence latine » avait l'habitude de ces petites cruautés, pour les avoir pratiquées, autrefois, quand sa femme vivait.

Jean avait rougi violemment. Son âme devint haineuse ; mais elle s'apaisa, car il réfléchit que Dieu continuait à le punir, et la certitude qu'un juge existe dans le ciel le rendit très humble.

Il avait envie de pleurer.

Brusque, le vent le heurta. La bourrasque sifflait, froide, venue de la Dent-du-Midi ; des nuages galopèrent sur les rocs, bondirent en charge. Aux confins de la plaine, sur le couchant, les crêtes étaient frangées de lumière, et l'auréole que leur dessinait le soleil les rendait voluptueuses comme pâmées... Le lac, paisible sur les rives vaudoises, se ridait d'écume près de l'estuaire du Rhône, et les montagnes de Savoie, que coiffèrent des brouillards, furent soudain couvertes d'ombre, après avoir, elles aussi, brillé sous la lumière rouge.

Jean se dit que les luttes de la nature ont au moins belle apparence ; les siennes étaient médiocres et sans vigueur.

Les phrases de M. Jansen : les fleurs qui consolent ?... Elles l'attristaient, au contraire, les fleurs du jardin des souvenirs. Les phrases d'Irène étaient détruites par les phrases d'Étienne prêchant une énergie que Jean ne pouvait posséder. Et puis, tout cela, c'était des phrases, et rien d'autre !... Il y a un Dieu dans le ciel ?... Était-ce le Dieu du pasteur Maubel et de Mme Piot ?... Non, il n'y a pas de Dieu dans le ciel !

« Il fait froid ici, ne trouvez-vous pas, Monsieur ? »

Jean se retourna, un peu effrayé, et vit, auprès de lui, la dame du hamac, et, sur les pentes grises, les autres voyageurs qui s'éloignaient en caravane.

Mme Violès paraissait nue sous la rafale : sa robe blanche était plaquée contre elle, et chaque coup de vent dessinait mieux ses formes. Sur les doigts de Jean, crispés à la barrière qui bordait le précipice, Mme Violès posa sa main dégantée.

« Mais vous êtes glacé, mon petit !... Sentez : mes mains sont plus chaudes que les vôtres... »

Elle se serrait contre Jean et le vent les unissait ; elle avait une bouche très large qu'elle gardait entr'ouverte, et son souffle troublait le gamin et le forçait à rester là, malgré sa volonté de fuir.

« Dites ! ce serait gentil de s'aimer, nous deux ?... »

Et voilà que, les coudes levés, elle tenait son chapeau à deux mains : ce geste faisait bomber sa poitrine, l'offrait davantage, et Jean eût voulu que la terre s'éboulât. Comme cela aurait été beau une chute dans le précipice, et la mort, et les deux cadavres, et Madeleine pleurant sur le corps de son petit ami !...

« Vous ne voulez pas ?... Pourquoi ? Nous nous retrouverons à Paris, puisque vous devez y aller... »

Sans autres pensées que celles d'un accident impossible, mais désirable, Jean dit :

« Comment le savez-vous ?

— Chauvelin m'a raconté... Dites, ce serait gentil de nous aimer, s'pas ?... »

La voix de la dame du hamac était défaillante, dans la bourrasque plus forte.

« Ce serait gentil, s'pas ?...

— Jean, voyons, que fais-tu ? »

Étienne appelait. Étienne !... Le flirt sur le navire, les nuits athéniennes... Madeleine disait que l'on trouvait l'amour jusque dans les pierres, au pays d'Orient.

« On vous appelle... Dites... ce soir, dans le parc, le petit bois, vous savez ? venez... C'est promis, s'pas ?... »

Et, roulée dans le tourbillon, Mme Violès s'enfuit.

« Jean, voyons, que fais-tu ? »

Il descendit la pente pierreuse, regrettant le précipice, et le vent répétait :

« Ce soir, dans le petit bois, vous viendrez s'pas ?...

Étienne gronda son frère de s'être éloigné, puis, narquois, il ajouta :

« Alors, mon petit, cette grue et toi ?... ça marche, hein ?... Elle doit coûter cher, je te préviens.

— Tu vas en Grèce avec les Berlier ?

— Oui, pourquoi ?

— Rien ! »

Au buffet de la gare, les voyageurs buvaient des boissons chaudes. Ils regardèrent Jean et sourirent : on savait déjà son entrevue avec la dame du hamac. Madeleine ne lui répondit pas quand il parla : Irène semblait plus affligée qu'à l'ordinaire, et seul M. Lagier, qui n'avait rien vu, lui fit bon accueil.

La locomotive siffla ; on monta dans les wagons ; le train se mit en marche. La vieille dame allemande causait avec son chien, le moine italien ronflait déjà ; Claudius avouait à Berlier qu'il n'avait jamais compris les pièces de Maeterlinck, et Madeleine se taisait, heureuse de l'admiration que lui témoignait Étienne, jalouse parce que son petit amant s'était trop vite consolé.

Dans le tunnel, Mme Violès, qui avait réussi à se placer auprès de Jean, fut très étonnée en constatant que son nouvel ami avait les joues humides.

« A neuf heures, dans le petit bois, vous viendrez, s'pas ?... »

Non, il n'irait pas !... Cette fille après Madeleine !...

Il y alla cependant.

Au sortir de table, Étienne et Mme Berlier se mirent à causer dans un coin.

A l'heure du rendez-vous, la pluie commença à tomber, bruyante, sur le toit de la galerie : la politesse exige que l'on ne fasse pas attendre une femme sous la pluie, surtout quand il fait noir ; — et Jean sortit pour rejoindre Mme Violès.

Il ne savait pas ce qu'il lui dirait ; il ne voulait pas être son amant ; il avait honte de sa faiblesse dans le tunnel, et il songeait au départ de Madeleine... Le chemin était obscur, des racines arrêtaient le pied, et ces hasards de la route empêchaient de souffrir.

A la lisière du bois, Jean appela doucement. Aucune voix ne répondit. Il chercha aux places familières.

Seules, les feuilles des arbres jasaient sous l'averse.

Il revint à l'hôtel. Parce qu'il n'avait pas eu à soutenir de lutte contre lui-même, il était plus triste qu'au départ ; personne ne l'aimait, il voulait mourir.

Le vestibule était vide. Dans la galerie, à gauche, François Pierre et Mme Chauvelin jouaient au besigue ; à droite, Claudius et Berlier se querellaient une dernière fois. Jean s'approcha d'eux : ils ne le virent pas ; des autres : ils le reçurent mal. Il pensa qu'il était voué à la solitude ; elle lui devint insupportable ; il désira la présence des petites filles roses, mais elles étaient parties quelques jours auparavant.

Dans un couloir une porte s'ouvrit ; Madeleine passa, Étienne la suivait : ils venaient du billard.

Au bas de l'escalier, ils se souhaitèrent une bonne nuit, et leurs mains restèrent jointes plus longtemps que de coutume. La jeune femme monta dans sa chambre, sans regarder Jean.

« Eh bien, as-tu gagné? dit-il à son frère, quand celui-ci vint s'asseoir auprès de lui.

— Nous n'avons pas joué... Elle est charmante !

— Quand pars-tu?

— Au commencement de la semaine.

— Avec les Berlier?

— Non, je les retrouverai à Venise... Tout de même... je me demande si elle aime son mari...

— Je n'en sais rien. Bonsoir ! »

Et le gamin s'enfuit.

Il monta chez son père : la chambre était déserte. Il sortit sur le balcon : la fenêtre d'Irène y jetait une clarté, et les accusations du pasteur Maubel revinrent à la mémoire de Jean. Il frappa à la porte : elle s'ouvrit. Irène était seule ; il demanda :

« Où est papa?

— M. Jansen lui montre de vieux livres », répondit Irène.

Elle avait les paupières rouges, le visage bouffi et deux larges traînées brillantes augmentaient encore le cerne des yeux.

« Mon chéri...

— Quoi? »

La voix de Jean tremblait, et l'émotion le rendait brusque.

« Tu m'as fait un gros chagrin...

— Moi?

— Oui, je t'ai vu sur les Rochers, quand tu parlais à cette femme... »

Il voulut se défendre, mais ne sut pas trouver ses mots. Il dit seulement :

« Ah ! tu m'as vu... »

Et il s'assit dans un fauteuil, se prit le front dans les mains ; une mèche de cheveux cendrés tomba sur ses doigts

« Tu es très jeune, continua Irène ; mais, dans quelques jours, tu vas te trouver en face de la vie... et c'est mal t'y préparer, mon enfant, que d'entretenir des relations coupables avec une fille de mœurs perdues. »

Pour être chaste, elle employait à dessein des expressions évangéliques. Elle soupçonnait la vérité, et; sachant qu'un aveu soulage, voulait entraîner Jean à des confidences; mais elle n'y réussit pas. Il ne voyait aucun moyen de se disculper ; il songeait : « Dans quelques jours, je vais me trouver en face de la vie ; ce sera terrible !... » Et il tordait machinalement les cheveux qui chatouillaient ses doigts. Irène dit encore :

Madeleine rêvait de chênes et de... (p. 76).

« Au début de notre séjour, Mme Berlier semblait te plaire. C'est une femme très aimable...

— Oui...

— Elle a beaucoup d'affection pour toi. »

Irène se souvenait du bosquet où elle avait surpris Madeleine, et s'étonnait de ces amours éphémères qui la troublaient plus qu'elle n'osait se l'avouer. Jean avait les yeux pleins de larmes, et, comme il ne pouvait plus se contenir, il murmura :

« Bonsoir, tante. »

Et il se sauva.

Dans sa chambre, il colla son oreille à la cloison qui le séparait de Madeleine. La respiration de la jeune femme montait, égale et régulière. Elle dormait sans doute. Elle pouvait dormir, elle, sans remords et sans craintes pour l'avenir.

Comme il se couchait, il vit sur la table de nuit une lettre fermée d'un cachet de cire verte, qu'il brisa. Une odeur d'iris se répandit : Mme Violès s'excusait de n'avoir pu se rendre dans le petit bois ; la pluie l'en avait empêchée ; demain, s'il voulait... ou chez elle, tous les soirs... Puis, par précaution, elle donnait son adresse à Paris, et jurait qu'elle avait un « béguin pour le joli bébé blond ». Il haussa les épaules et déchira les feuilles en très petits morceaux ; mais l'adresse était restée intacte : 140 *bis, rue de Courcelles...* Il ne la détruisit pas, par inattention, peut-être.

Et, cette nuit-là, ce fut l'insomnie, les regrets de ce passé trop court, M. Piot si bon, M. Piot et son ventre en poire, embaumé dans le cercueil ; Paul Brémond, l'amant oublié ; et les philosophies : ne pas subir la vie, le destin nous mène, l'apologie de la volonté, le jardin des souvenirs... Et ces phrases, et ces mots légers ou graves, sonores et chantants, tous ces mots inutiles, Jean les ornait des gestes de ceux qui les avaient prononcés.

C'était Irène boiteuse, laide et résignée ; le docteur Jansen et sa belle barbe grise ; M. Lagier et ses bras levés au ciel ; Étienne robuste, large et musclé, Étienne que préférait Madeleine ; et Madeleine enfin, Madeleine, sa maîtresse.

Pauvre M. Piot ! pauvre M. Brémond !... Où était le devoir?... Hélas ! il était trop facile à connaître, maintenant ! Mais où était le bonheur ?

« Se sacrifier?... — Vaincre?... — Se souvenir?... — Le devoir?... Il n'existe pas ! »

Et Jean songeait que ces réponses-là étaient inutiles, qu'il ne désirait ni se sacrifier, ni vaincre, ni se souvenir, et qu'il était très malheureux, lui, le petit amant dédaigné par la plus belle d'entre les femmes.

Cependant il avait peur de la mort, une peur intense, une peur d'enfant, car il voyait M. Piot, et les chairs affaissées, et cette odeur, dans la chambre, le second jour...

Pauvre M. Piot !...

Ce fut l'insomnie, les pensées inscrites en images qui se succédaient, s'entassaient, faisaient contre le mur des lignes rouges... Et de grands éclairs, dans l'obscurité, jaillissaient aux yeux de Jean. Il craignit la folie : il se rappela sa mère, le tableau, les petites sœurs idiotes, Irène boiteuse, son père trop loquace, Étienne, le docteur Jansen, Madeleine, sa maîtresse... et la dame du hamac, et son parfum, et son adresse. 140 *bis, rue de Courcelles...* 140 *bis, rue de Courcelles...* 140 *bis, rue de Courcelles...* Au plafond, sur le papier des murailles, sur le plancher, sur les meubles, ces lettres dansèrent : 140 *bis, rue de Courcelles...*

Est-ce qu'il allait aimer cette femme?... Il sentit sur sa bouche le baiser qu'elle lui avait donné dans le tunnel... Cette fille après Madeleine !... Elle disait qu'elle avait un béguin pour le joli bébé blond. Elle l'aimait, elle, et nul autre ne l'aimait, lui...

Se sacrifier !... Ah ! non, ne pas être dédaigné, ne pas être à plaindre... Se souvenir !... Pauvre M. Brémond ! Il était mort de nouveau, et aussi M. Piot, dont personne ne se souvenait à l'exception de Josépha, cette épouse si grasse...

Ce fut l'insomnie idiote, déprimante, la torture de toute une existence ramassée dans une seule nuit, toutes les douleurs, tristesses, désirs et regrets... Quand les nerfs furent tendus jusqu'à se rompre, Jean cria :

« Oh ! mon Dieu, qu'ai-je fait pour être si malheureux? »

Et les larmes vinrent enfin, apaisantes et bonnes, les larmes qui adoucissent les remords, les angoisses et le chagrin si violent de l'heure présente.

XXIII

Quand Alex Claudius fit ses malles, Robert Berlier lui tint compagnie, et, dans l'espoir de discuter une dernière fois, l'orientaliste critiqua une serrure, la forme d'une clef, parla de la Renaissance et des soucis de beauté qui occupaient les hommes de cette époque.

« Monsieur, disait-il, nous autres savants nous bornons nos plaisirs à contempler de riches collections, et, quand nous nous asseyons, c'est dans des fauteuils anglais, sans ornements ni sculptures. »

Et Claudius, qui pliait une chemise, ne répondit pas.

« Notre indifférence au luxe moderne est une vertu. Nous méprisons les sots qui se plaisent à des toilettes et apprécient les bons faiseurs. De nos jours, les ignares seuls paraissent capables de raffinement. »

Et Claudius, qui appareillait des gants dissemblables, ne répondit pas.

« Je puis facilement vous offrir un exemple de ce que je viens d'avancer, reprit Berlier. J'ai connu autrefois un homme qui possédait le cerveau le moins développé qui fût au monde : aucune déduction n'était possible à mon ami Brémond ; mais son corps était celui d'un athlète et il dressait les plus ombrageuses montures. Dans sa maison, toutes choses avaient été placées pour réjouir le regard. Il habillait de reliures superbes des livres qu'il n'avait jamais lus ; ses ustensiles de toilette, de fumerie et de table étaient gracieux et ciselés. C'était un sot cependant, un sot de la pire espèce : il vivait pour les femmes et savait leur plaire.

Et Claudius ne répondit pas, car il s'efforçait de fourrer des embauchoirs dans la tige de bottines jaunes et suait à grosses gouttes.

Alors l'orientaliste sut que nulle discussion n'était possible : il quitta son ami et passa le reste de la journée en face de la photographie de l'idole phénicienne, Bees, son dieu préféré. A peine fut-il troublé par le bruit de l'omnibus qui emmenait vers la gare l'inventeur de la « dégénérescence latine ».

Pendant les heures qui suivirent, le docteur Jansen se plut à observer les habitants de l'hôtel. La séparation prochaine exaspérait les passions.

Pour reconquérir par la jalousie son adultère épouse, M. Chauvelin fut prodigue envers la dame du hamac : il descendit à la ville, acheta des melons, des fruits, une montre, une chaîne, un rubis, et cela lui coûta tant d'argent qu'il recula la date de son départ et écrivit à son banquier. François Pierre et Mme Chauvelin s'en réjouirent, c'était leur accorder une prolongation de joies. Ils avaient choisi pour domicile à leurs amours une ferme où se trouvaient de merveilleuses bottes de paille, une paille assez propre, et qui sentait la campagne... Ils y furent très heureux.

Dans les sentiers, sur les terrasses, au long des corridors, Jean cherchait Madeleine. Elle le fuyait. Mais, un soir, il la surprit sur le balcon.

« Pourquoi êtes-vous fâchée, Madeleine? »

Elle voulut rentrer chez elle : il jeta bas la claie des capucines, si fanées maintenant, et prit les mains de son amie.

« Pourquoi êtes-vous fâchée?... Voyons ! Répondez !...

— Lâchez-moi ! » dit-elle.

Puis, comme il n'en faisait rien :

« Allez retrouver votre maîtresse, Mme Violès! »

Dénégations, serments... A genoux, Jean jurait qu'il n'avait jamais aimé d'autre femme que Madeleine. Elle répondit, en s'échappant :

« C'est inutile !... votre frère m'a tout raconté... »

Elle le poussa dehors, et ferma la porte de sa chambre. Jean courut chez Étienne. L'ingénieur était déjà couché ; cependant il reçut son frère et lui avoua qu'il avait fait part à Mme Berlier d'une simple hypothèse :

« Et que t'importe l'opinion d'une femme que tu ne reverras jamais? »

Jean baissa la tête. « Une femme qu'il ne reverrait jamais !... » Sa colère s'adoucit en tristesse. Étienne continua, en caressant sa moustache :

« D'ailleurs, cette demi-mondaine n'est pas à dédaigner, si elle te donne son amour gratis !

— Oh ! Étienne...

— Quoi !... tu ne l'entretiens pas, j'imagine... Toutefois, mon cher petit, prends garde : ces filles vous font perdre le sentiment du but à atteindre et souvent ruinent la santé.

— Mais, alors, tu crois qu'elle est ma maîtresse?

— Je ne crois rien. Le comte d'Ourlac m'a raconté qu'elle avait un béguin pour toi... Et puis, bonsoir, j'ai sommeil. »

Ainsi, l'opinion d'Étienne parut indéracinable, et, ce jour-là, Jean s'endormit tristement... Personne ne l'aimait, tous le méprisaient, parce que, sur les Rochers, il avait parlé à une femme de mœurs perdues.

Le lendemain, il prit à part le comte d'Ourlac et lui dit d'une voix agressive :

« De quel droit, monsieur, me calomniez-vous?

— Moi, je vous ai calomnié? » fit le comte.

Et il ne put s'empêcher de rire, quand il sut ce que Jean lui reprochait.

« Ce n'est pas une calomnie, cela ! dit-il, c'est très flatteur. »

Il ne se fit pas scrupule de raconter cette scène à tout l'hôtel. Chacun y vit une preuve de l'hypocrisie de Jean : on admit que lui et Mme Violès s'aimaient en cachette, et la dame du hamac n'y contredit point. Les domestiques eux-mêmes l'affirmèrent ; bientôt M. Lagier en fut informé.

Or, Jean fuyait Mme Violès, dont les assiduités devenaient pressantes. Un soir, son père l'appela et lui dit :

« Eh bien, je te félicite, mon enfant ! Ah ! tu as une jolie conduite, et tes grands-parents peuvent se vanter de t'avoir donné une bonne éducation... »

Jean n'osa pas répondre, croyant que M. Lagier voulait parler de Madeleine. Le peintre était fort irrité : il respectait les conventions mondaines, bien qu'il les dénigrât à l'ordinaire ; son fils avait créé un scandale, il ne pouvait le lui pardonner. Ce fut un long discours. Il se termina par ces mots :

« Je te défends de causer avec cette fille ! Tu n'as pas honte d'être le remplaçant de Chauvelin ! »

Et Jean sut qu'il s'agissait de la dame du hamac.

« Je te jure, papa...

— Ne mens pas ! C'est la rumeur publique qui m'a mis au courant. Je me moque de l'opinion des gens, mais tu devrais comprendre, il me semble, que ce n'est pas ton rôle de jouer les verts-galants auprès d'une cocotte, quand ta mère, à Paris, souffre, et quand ton père a besoin d'affection !

— Mais, papa !...

— En voilà assez ! Ah ! je me doutais bien que de nouveaux malheurs devaient m'atteindre ! Tu es un débauché !... Ne m'interromps pas !... Je t'ai vu avec Mme Berlier... »

Il n'y avait rien à répondre. Jean supporta une tirade sur les mœurs de l'époque, puis il s'en alla, désespéré, ne sachant où donner de la tête, car tous les habitants de l'hôtel étaient persuadés qu'il était l'amant de Mme Violès, et il n'avait pas assez d'énergie pour combattre ce décret unanime. La dame du hamac l'assassinait de sourires ; elle avait congédié le jeune homme timide et brusquait Chauvelin, qui ne s'en fâchait pas : le chef de bureau aimait infiniment son épouse et ne trouvait aucun charme aux caresses illégitimes.

Se sacrifier... vaincre... se souvenir... Jean ne pouvait vaincre, il ne savait pas se sacrifier, il cherchait le calme dans le jardin des fleurs intimes, mais ne l'y trouvait pas, et commençait à détester la conduite de tous les hommes, et surtout celle de son père, qui, calomnié lui-même, aurait dû se défier des insinuations méchantes. Le docteur Jansen avait prêché l'indulgence et la bonté : Jean espéra qu'il lui accorderait créance, et le pria de le tolérer, une après-midi, comme compagnon de sa promenade.

Malheureusement, M. Jansen était de mauvaise humeur, ce jour-là : sa digestion se faisait mal, et, de plus, on ne lui avait pas envoyé un renseignement qu'il désirait sur un roi de la quatorzième dynastie. Ces petits inconvénients suffisent à déranger l'ordonnance des pensées, et, comme Jean lui rappelait le jardin des souvenirs, le savant traita sa métaphore avec ironie :

« Toutes les doctrines sont sujettes à caution, Monsieur Lagier, dit-il ; la mienne est bonne pour moi qui, grâce à mes parents, suis à même de satisfaire mes goûts essentiellement aristocratiques et, partant, peu lucratifs. Que vous dirai-je?... Une loi à suivre pour être heureux, cela n'existe guère. Voyez plutôt nos moralistes ; ils ne s'entendent point et divaguent, je ne saurais mieux faire. Vivez, mon ami, et, quand vous serez vieux, adoptez la philosophie que vous aurez suivie sans vous en rendre compte. Elle vous donnera peu de remords. »

Ils étaient arrivés près de la ferme où Mme Chauvelin jouait à la nymphe agricole. On entendit des rires ; et M. Jansen reprit :

« En vérité, l'amour est une chose admirable. Quand nous sommes las de toutes les autres jouissances, nos cœurs renaissent à ses plaisirs. Ainsi, bien que j'aie soixante-huit ans, du moins les aurais-je dans quelques jours, j'ai passé en Égypte il y a quinze mois, un merveilleux hiver. Une danseuse... »

Et il conta les délices que lui avait values cette Africaine. Avant que le récit fût achevé, et comme ils traversaient le petit bois, ils virent, sur la branche du platane que l'on avait jadis coupée à la hache, à l'endroit où Madeleine avait donné le premier baiser, M. Chauvelin et la dame du hamac qui discutaient avec violence. Au bruit d'un feuillage froissé, Mme Violès se retourna.

« Voici votre amie », dit M. Jansen.

Et il ajouta :

« Ah ! monsieur, vous avez beaucoup de chance ! Vous êtes jeune et pouvez trouver du plaisir auprès d'une telle maîtresse...

— Vous aussi ! vous croyez que...

— Bravo ! vous êtes discret ; c'est une rare vertu... Je vous disais donc que cette danseuse... »

Et M. Jansen reprit son conte d'Égypte, heureux d'avoir fait comprendre à l'ancien amant de Madeleine que d'autres bras lui étaient ouverts.

Des jours passèrent, des soirées veules : Jean se débattait entre les désirs et les remords suggérés par autrui. Mme Violès, Étienne et M. Lagier lui paraissaient des ennemis de son bonheur ; Madeleine n'était plus Madeleine : elle semblait une Mme Chauvelin plus distinguée peut-être, mais aussi frivole... Et, de nouveau, il se tourna vers ceux qui n'étaient plus, vers M. Piot si bon, vers Paul Brémond si chevaleresque... Se sentant malheureux, il les aimait davantage ; il les plaignait en se plaignant lui-même ; il leur disait ses pensées, et, la nuit, il les voyait près de son lit, car il avait des cauchemars, et, au réveil, des migraines bourdonnantes. Pendant les après-midi, il restait assis dans un fauteuil auprès d'Irène qui soupirait continuellement, et, le soir, il écoutait, durant des heures entières, le docteur Jansen et Berlier. Les deux orientalistes parlaient des civilisations disparues, et, devant le gamin, se levait la splendeur des cités détruites ; et là seulement la vie aurait été bonne à vivre.

« Se sacrifier... vaincre... », doctrines impossibles à suivre de nos jours ; mais, aux jeunes années du monde, comme il aurait combattu, comme il se serait sacrifié, comme il aurait vaincu !... Oh ! les statues de marbre et d'ivoire, les dieux parcourant la terre, les héros, les courtisanes et le puissant essor des cœurs vers la beauté !

Ces visions l'enchantaient un instant ; mais ensuite l'avenir paraissait d'autant plus lugubre : une folle qui allaite un nouveau-né difforme, un atelier pauvre où s'agitent de pauvres modèles... et la misère, et les discours du peintre, et les soupirs d'Irène, — toute cette tragédie qui lui aurait semblé admirable, si les siècles l'avaient embellie, lui était maintenant insupportable à traverser. Toutefois il ne souhaitait plus suivre Madeleine dans des voyages vers l'Orient ; il aimait une Madeleine morte, elle aussi, une Madeleine qu'il avait créée et qu'il ne pouvait plus créer parce que sa foi en la beauté des gestes humains était épuisée. Et Chauvelin et François Pierre, et Nunès, et tous les habitants de l'hôtel étaient méprisables, et Mme Berlier était aussi méprisable que Mme Violès. Et Jean se méprisait encore plus qu'il ne méprisait les autres, car il comprenait que jamais il ne serait un homme, mais toujours un gamin tendre, et, quand l'âge est passé, les gamins tendres sont vraiment méprisables...

Un télégramme qui vint de Paris troubla la quiétude où reposait Mme Violès. La dame du hamac était entretenue par un grand industriel ; pendant l'été, elle jouissait d'une indépendance absolue, mais, dès l'automne, elle se devait à cet ami magnifique : il faisait de ses toilettes une réclame analogue à celle que lui procurait l'excellence de ses chevaux de course.

Avant de quitter l'hôtel, Mme Violès écrivit à Jean une longue lettre. Il ne lui répondit pas. Alors elle le guetta toute la journée dans les corridors, et, un soir, il trouva devant sa porte la dame du hamac qui l'attendait. Elle prit la tête blonde dans le coffret de ses mains, et mit sur les lèvres gercées un baiser trop savant. Il bégaya :

« Laissez-moi, madame... »

Elle le regarda d'un long regard et murmura :

« Tu viendras me voir à Paris, 140 *bis*, rue de Courcelles ; tu viendras, s'pas ?... »

Il ouvrit la porte et se glissa dans sa chambre. Mme Violès répétait :

« Tu viendras. Oh ! je suis sûre que tu viendras !... »

Mais le verrou cria dans sa gaine, et, furieuse de son vain désir, la dame du hamac partit.

Le lendemain, avec une avalanche de malles, elle descendit à la gare, et l'hôtel sembla plus respectable quand elle l'eut quitté.

Cependant Chauvelin reçut l'argent qu'il avait demandé à son banquier, et, le jour même, le couple se fit conduire en voiture jusqu'à Territet, où il devait prendre le train. François Pierre les accompagna. Hélène avait donné son adresse à tout l'hôtel, et le comte d'Ourlac se promit d'en user. Il disparut, un matin, avec Nunès, et personne ne le regretta, si ce n'est Jean... Car plus le drame où il s'imaginait vivre perdait de personnages, plus ses pensées prenaient d'importance ; et ses pensées étaient toujours les mêmes : des regrets, des remords, — et surtout une jalousie terrible, presque de la haine, pour Étienne qui plaisait trop à Madeleine.

C'est à peine si la jeune femme se souvenait d'avoir été la maîtresse de Jean : il avait été dans son existence comme une conséquence de l'amour qu'elle avait eu pour Paul Brémond, et, dans ce début d'automne qui rougissait les forêts, Mme Berlier inaugura, par son flirt avec Étienne, une nouvelle vie, sensuelle, mondaine, décente, stupide et joyeuse.

Rappelé par la Société des Explosifs français, l'ingénieur fit à son père de très corrects adieux, et lui dit en le quittant :

« Je maintiens mes conseils, tu devrais t'adresser aux tribunaux. Ils condamneraient certainement Mme Piot à te servir une pension alimentaire.

— Jamais ! »

Étienne haussa les épaules, et Jean, qui assistait à cette scène, n'osant refuser la main que son frère lui tendait, la serra du moins sans vigueur.

Le voyage de l'ingénieur fut charmant. A une question indiscrète, Madeleine avait répondu :

« Plus tard, nous verrons, en Grèce... »

Et des rêves un peu lubriques visitèrent Étienne. Il gagnait quinze mille francs par an : cette somme suffisait à ses plaisirs, et même, au besoin, il pourrait aider son père, cet homme grotesque qui, par fierté, se refusait à réclamer de l'argent pour vivre.

M. Lagier avait encore quelques billets de banque, mais la note de l'hôtel devait épuiser cette somme : aussi, bien qu'il se fût juré de ne pas travailler durant son séjour dans les Alpes, il reprit ses pinceaux, afin de fournir, à son retour, une « toile » qui lui avait été commandée. Pour la centième fois, il commença le portrait d'Irène ; c'était son genre : une femme triste, laide, avec des rides. Il voulut y joindre, par contraste, le visage de son fils. L'immobilité fatigua Jean, ses traits se tendirent ; un pli se creusait à l'aile du nez, au coin des lèvres.

« Voyons, ris un peu ! Il faut que tu sois gai, je n'ai pas besoin d'un saule pleureur ! » disait M. Lagier, agacé par un si mauvais modèle.

Et le gamin s'efforçait de sourire. Mais, tout en faisant l'esquisse, le peintre tenait des discours effrayants, et ils irritèrent Jean à tel point, par leur monotonie et le rapport même qu'il y trouvait avec ses propres pensées, qu'il ne put continuer la pose, ce jour-là ni les jours suivants. M. Lagier dut effacer le second personnage de son tableau.

« A quoi es-tu bon ? » dit-il en se croisant les bras.

Irène soupira. Une nouvelle tirade fila en longs méandres. Oh ! les soupirs d'Irène... Oh ! les tirades... Oh ! les malheureux qui sont à

Et Jean se rappela sa belle maîtresse (p. 78).

plaindre... Oh ! la vie, comme elle pesait aux épaules de Jean !

Mme Berlier dirigeait les travaux de sa femme de chambre, qui faisait avec art des malles innombrables. A jamais, l'écho des romances était mort aux oreilles de Madeleine : les épîtres de Jean furent brûlées sans être relues, et la photographie de Brémond échoua entre deux piles de chemises qui allaient connaître, sans doute, de très somptueux adultères. Madeleine rêvait d'Athènes et de nouvelles amours..., avec Étienne ?... peut-être ; avec d'autres ?... pourquoi pas ?... Elle songeait à des toilettes qu'elle avait commandées à Paris, à de petits soucis : chaussures, lingeries, parfums, chapeaux...

Le docteur Jansen décida que l'on partirait le samedi. La veille de ce jour, profitant d'un moment de solitude, Jean demanda à Madeleine :

« Madame, je vous en prie, répondez-moi franchement... Est-ce que vous aimiez M. Brémond, quand vous m'avez parlé du livre ?

— Je ne sais pas.

— Vous ne savez pas ?...

— Non... Est-ce que nous savons jamais, nous autres femmes ?... C'est à vous de savoir. Si vous aviez su, mon cher, c'est vous que, dès le début, j'aurais aimé... »

Et elle le quitta parce qu'elle avait été trop franche, et regrettait sa franchise, et parce qu'il avait les yeux pleins de larmes.

Pendant la dernière nuit, Jean ne put dormir ; il relut tout le journal qu'il avait fait autrefois quand il pleurait la fillette qui avait un chien aux poils trop longs. A la page blanche, il écrivit : « Aujourd'hui, je suis très malheureux. » Il ne trouva rien d'autre et laissa tomber la plume. Elle fit une tache : avec l'encre répandue, il dessina un profil de femme, mais ne put lui donner la ressemblance de Madeleine.

Dans sa robe de voyage, Mme Berlier fut très belle. L'orientaliste avait un sourire narquois sur les lèvres. M. Jansen consulta des horaires. Il y eut quelques poignées de mains échangées, des fleurs que Jean offrit en tremblant, un peu d'émotion aux yeux de Madeleine ; une portière fermée ; un omnibus jaune qui disparut au détour d'une allée ; — le bruit d'un train... un coup de sifflet... une fumée qui monta, droite, vers le ciel, puis se traîna, s'effondra, longue, parmi les arbustes...

XXIV

Dans le petit bois, au creux des vallons, à la lisière des forêts, Jean promena les fantômes de M. Piot, de Brémond et de Madeleine. Il allait à grandes enjambées, le dos voûté, les bras ballants.

Pendant ce temps, M. Lagier peignait avec rage. Après avoir voulu tracer sur un fond de feuilles mortes le profil de la *Mélancolie*, il avait imaginé de faire une *Mélancolie boiteuse*. Pour ce projet, il se prit d'enthousiasme : ce serait son chef-d'œuvre, quelque chose d'étonnant ! Et, chaque jour, forçant Irène à marcher devant lui, il observait le déhanchement, faisait des croquis, mesurait les saillies des muscles. Irène s'y prêtait avec une patience infinie, et même elle exagérait le ridicule de son infirmité afin que le peintre en pût mieux noter la silhouette.

Et c'était pour fuir ce spectacle que Jean promenait les fantômes de M. Piot, de Brémond et de Madeleine, au creux des vallons, à la lisière des forêts. Il allait à grandes enjambées, le dos voûté, les bras ballants... Se sacrifier... vaincre... se souvenir... 140 *bis*, rue de Courcelles... Parfois des images se dessinaient sur la route : M. Piot et son ventre en poire, Madeleine qui dansait, Paul Brémond... Et les médiocres discours, et l'apparence de M. Piot sur son lit, et les cheveux plats de Paul Brémond, et le visage si pur de Madeleine, — ces phrases et ces visions lui étaient de fidèles compagnes. Tant que durait le jour, il allait par les sentes et les ravines, le dos voûté, les bras ballants...

Un son de cloches agonisait, très lent et doux comme une plainte de pleureuses lasses ; les dernières notes mouraient sur les frondaisons des bois... Alors Jean revenait aux terrasses, et, passant devant l'hôtel, dont la façade était grise et les fenêtres noires, il apercevait au milieu de la galerie où brillait une seule lampe, Irène et M. Lagier qui, debout, l'un à côté de l'autre contemplaient une ébauche. En boitant, Irène s'éloignait ; M. Lagier la suivait en faisant des gestes, et, quand ils avaient disparu, Jean allait à l'extrémité des jardins, à l'endroit où lui était apparue, en robe blanche, « Lucie », l'héroïne de Musset...

Chaque soir, devant la vallée où les criques du rivage déroulaient leurs anneaux, Jean refaisait sa vie, et c'était d'inutiles rêves : tout ce qu'il aurait dû faire, s'il en avait été capable, tout ce qu'il n'avait pas fait, tout ce qu'il devait faire encore, et tout ce qu'il ne ferait pas...

Il se voyait renonçant, dès le début, à son amour pour Madeleine et s'occupant uniquement de réconcilier son père et Mme Piot : les calomnies étaient détruites, M. Piot sauvé des émotions qui l'avaient tué, M. Lagier rentrait à Genève, la folle était mieux soignée, et le bonheur adoucissait les âmes... Ou bien Jean se donnait tout entier à sa maîtresse, la forçait à l'aimer, se moquait de ce Brémond qu'il ne connaissait pas ; Madeleine lui appartenait comme une esclave ; vers l'Orient, ils partaient ensemble, amants égoïstes, pour qui rien ne vaut fors leur bonheur.

Souvent, pour la refaire, il s'occupait aussi de son enfance, et, chassant les rêveries et les tristesses, actif et joyeux, il était reçu au baccalauréat, il apprenait un métier, étudiait la médecine, l'agriculture, le droit, les mathématiques, puis parlait haut et ferme à Mme Piot et au pasteur Maubel, car il pouvait soutenir par son travail son père et sa famille.

Mais, à ces rêves, combien de réponses !... S'il avait aimé Madeleine, c'est qu'il avait besoin de confier à quelqu'un son chagrin ; il l'avait aimée d'amour sans prendre garde, et, quand elle lui avait avoué qu'elle s'était livrée à lui pour se souvenir d'un autre, n'avait-il pas fui d'abord, honteux, pour mourir?... Mourir, était-ce une solution?... La chambre de Madeleine était voisine de celle que Jean habitait ; il y avait un merveilleux balcon... En se vouant au bonheur de son père, il avait espéré oublier... M. Lagier avait péroré longuement, et pas une parole tendre ne lui était venue aux lèvres, et cet homme vertueux rendait sa vertu odieuse... Apprendre un métier?... Comment l'apprendre quand les migraines battent au tambour des tempes?... Se faire aimer de Madeleine?... Il fallait savoir, et Jean ne savait pas... Ainsi, chaque soir, il refaisait sa vie : autant de songeries inutiles car, même en rêvant, il ne pouvait trouver le chemin qui l'aurait conduit au bonheur.

A la surface d'un étang, des pierres que l'on jette forment sur l'eau des séries de cercles dont les centres sont distincts, mais dont les ondes, à la périphérie, se heurtent, se mêlent ; et bientôt, dans le clapotis indistinct, parmi les remous, on ne sait plus à quel cercle appartiennent les petites vagues aux facettes innombrables. Les cœurs des gamins tendres vibrent aux émotions comme les étangs aux pierres que l'on jette. Au cœur de Jean, Madeleine jeta la première pierre, puis Mme Piot, M. Lagier, Étienne, la dame du hamac ; et maintenant, Jean lui-même ne sait plus à quel centre appartiennent les petites vagues aux innombrables facettes. Ses pensées sont en désordre, sa vie le fut, et elle continuera à l'être, à moins que l'étang ne se change, sous l'effort d'une vague plus puissante, en un fleuve qui, se hâtant vers son but, ne sera pas troublé par les pierres que l'on jette.

Du désordre de ses pensées Jean avait conscience, et parfois, le soir, au bout de la vallée, il cherchait à simplifier l'avenir pour le mieux vivre. Cela lui paraissait facile : dans quelques jours, il partirait pour Paris ; là, il travaillerait afin de gagner de l'argent et de devenir célèbre ; le travail lui ferait oublier Madeleine !... Mais on ne gagne pas tout de suite de l'argent lorsqu'on est peintre, mais il n'avait pas d'ambition, mais il ne désirait pas devenir célèbre, mais il ne pourrait oublier Madeleine : une première maîtresse ne s'oublie pas si vite... Et la maison de son père serait horriblement triste, et Jean avait besoin d'affection, et le baiser de Mme Violès revenait à sa mémoire en même temps que l'adresse : 140 *bis*, rue de Courcelles.

Alors il avait honte, il se méprisait. Quand on se méprise, on cherche des excuses ; et la tirade de M. Lagier éclatait dans la nuit : « Le destin nous mène... » et les phrases d'Étienne : « Cette demi-mondaine n'est pas à dédaigner... » et le dernier discours du docteur Jansen : « L'amour est une chose admirable... ». Et, seule, Irène répondait : « Il ne faut pas subir la vie... » Puis, très loin, la voix revêche de Mme Piot : « Il y a un Dieu dans le ciel... » Mais, surtout, c'était la robe blanche de Madeleine qui lui donnait des remords, quand se faisait trop net le souvenir de la dame du hamac.

A cette robe s'opposait celle de la folle au bord de l'étang, et le visage de Maud n'était plus semblable à celui d'Ophélie : il était tourmenté, tordu, la bouche s'ouvrait pour des cris, et, près du lis dressant sa hampe éclose, il y avait deux petites filles idiotes. M. Lagier répétait : « Le destin nous mène » ; le docteur Jansen : « L'amour est une chose admirable » ; Étienne : « Cette demi-mondaine n'est pas à dédaigner » ; et, comme Madeleine passait de nouveau sur les terrasses, Jean fuyait devant ce fantôme, rentrait dans sa chambre, y trouvait des gants de femme, le journal qu'il avait commencé jadis, quand la fillette brune n'était plus revenue sur le chemin, et il relisait ce qu'il avait écrit, et il caressait les gants de Madeleine...

Huit jours passèrent.

M. Lagier n'avait presque plus d'argent. Une lettre de Paris vint lui redire que bientôt l'enfant difforme serait sevré ; une autre arriva de Genève : Mme Piot annonçait à son petit-fils qu'elle lui envoyait du linge et des livres qu'il avait oubliés. Quand il lut ce billet, Jean se rappela davantage la bonté de son grand-père.

La *Mélancolie boiteuse* commençait à prendre forme. Le peintre en était ravi, mais Irène semblait plus triste : apparemment, son image était-elle trop ressemblante et trop lamentable sur la toile.

Les terrasses étaient désertes. On nettoyait les salons abandonnés, il en sortait une poussière qui se répandait dans les couloirs. La pluie devint quotidienne, et, comme M. Lagier ne pouvait continuer les séances, il décida de regagner Paris.

La veille du jour fixé pour le départ, un couple de jeunes mariés allemands parut à la table d'hôte. La femme était laide, vulgaire, avec un teint couperosé et des cheveux jaunes ; son époux était un homme barbu.

A dix heures, ce soir-là, Jean rentra chez lui pour faire ses malles. Tandis qu'il regardait la photographie de Mme Berlier, il entendit des bruits de voix dans la chambre que Madeleine avait habitée : on y avait installé les jeunes époux. Ils riaient aux éclats ; ils couraient, faisaient tomber les meubles, criaient, soupiraient et s'embrassaient fréquemment.

Et Jean se rappela sa belle maîtresse, sa merveilleuse amie ; elle avait des yeux immenses ; une rosée les voilait parfois qui faisait plus profondes les pupilles noires ; alors elle renversait un peu la tête en arrière ; ses lèvres se relevaient comme un pétale qui s'enroule, elles découvraient les dents, les gencives très rouges, et son rire était si joyeux !...

À genoux devant les tiroirs, oubliant de faire ses malles, Jean regardait le vide, et les boucles cendrées tombaient sur son front.

Une fenêtre s'ouvrit, la femme allemande chanta une romance que son mari reprit d'une voix de basse. Sans doute étaient-ils en chemise, devant le balcon, où se mouraient les pauvres capucines...

Parce qu'il ne pouvait endurer cette gaieté, Jean remit les habits qu'il avait enlevés pour être plus à l'aise, et il descendit dans le vestibule, sortit dans le jardin, gagna le petit bois.

La pluie tombait ; les arbres étaient maussades, noirs, dépouillés ; sur le tronc coupé du platane des feuilles s'entassaient, alourdies de pourriture. Jean s'appuya contre une branche et il ne songeait plus à Paul Brémond, ni à M. Piot, ni aux philosophies ni au devoir ; mais il pleurait simplement parce qu'il avait perdu sa belle maîtresse, sa merveilleuse amie, son premier amour.

XXV

Ils étaient originaires d'Appenzell et se nommaient Oberstäglich. Elle était large et pesante ; elle contemplait avec orgueil son mari barbu, de taille haute et très rouge. Quand ils se promenaient sur les terrasses, ils se chatouillaient mutuellement. Dans un tiroir de leur chambre, ils trouvèrent une médaille ; c'était la médaille de Paul Brémond, que Madeleine avait oubliée ; Mme Oberstäglich la pendit à son cou et, depuis ce jour, elle ballotta sous sa chemise.

Ce couple assista au départ des Lagier. Le peintre portait son tableau dans ses bras ; Jean jeta un regard circulaire dans la cour, Irène paya les pourboires ; Mme Oberstäglich remarqua que « le jeune homme avait l'air bien triste » ; M. Oberstäglich plaignit la petite femme qui boitait. Ils discutèrent, parce que l'épouse croyait Jean atteint de la tuberculose et que l'époux ne voulait pas l'admettre. Mme Oberstäglich pensait que tout le monde était tuberculeux dans les hôtels, et M. Oberstäglich eut beaucoup de peine à lui persuader qu'il y avait à cette règle, des exceptions.

Alors ils interrogèrent les domestiques et apprirent ainsi quelques détails sur la famille Lagier. Ils dirent :

« *Ach !* les pauvres !... »

Puis ils n'y songèrent plus, firent quelques promenades et bientôt s'en allèrent, chassés par la pluie.

Elle tomba durant quinze jours. Au mois d'octobre, le temps devint meilleur, grâce au vent du nord qui balaya les nuages. À cette époque, on ferma l'hôtel, puis on le nettoya de fond en comble. On lava tous les parquets, les balcons et l'on rattacha solidement la claie des capucines. Le concierge surveillait ces travaux avec bienveillance. Il y avait dans les corridors une multitude de filles dont les jupes se relevaient sur des jambes torses chaussées de sabots, et d'innombrables valets en manche de chemise. Les persiennes restèrent ouvertes pendant trois nuits ; néanmoins la chambre de la dame du hamac garda son parfum d'iris ; alors on la désinfecta avec de l'acide phénique.

Quand le propriétaire vint inspecter son immeuble, il trouva des murs nets de toutes souillures. Cependant il fit enlever une des vitres de la chambre de Jean : on y avait tracé quelques lettres avec un diamant, et cela n'était pas convenable. Le soir, il y eut une fête pour les domestiques et, dans le petit bois, d'ancillaires amours.

Pendant l'hiver, des neiges arrondirent le flanc des montagnes, et l'hôtel fut mélancolique parmi les sapins. Dans les vallons d'alentour, de petits ruisseaux, qui résistèrent un temps à la gelée, firent des chemins très brillants.

Le printemps fut précoce, le bois s'emplit de fleurs, et les bourgeons se déroulèrent vers un jeune soleil. Puis, quand l'été pesa sur la terre, le docteur Jansen et son gendre choisirent de nouveau pour villégiature l'hôtel où ils s'étaient plu à vivre une vie calme et dépourvue de gestes.

Sur les terrasses, ils reprirent leurs chaises coutumières, et le petit bois vit passer Madeleine escortée d'un flirt syrien, qu'elle avait glané en Égypte, après avoir épuisé le charme d'Étienne en quelques semaines très chaleureuses, au long des rives helléniques.

Or, un soir, M. Jansen fut surpris de trouver dans la galerie vitrée la dame du hamac qui se balançait avec nonchalance ; et, malgré le scandale qui pouvait en résulter, il s'approcha de cette femme aux mœurs légères et lui dit :

« Permettez-moi de me présenter moi-même, madame, je suis le docteur Jansen.

— Je vous connais, monsieur ; donnez-vous la peine de vous asseoir », répondit la dame du hamac, en souriant d'un air aimable.

Elle ne méprisait pas les vieillards : elle leur savait gré de leurs façons polies et de la douceur de leur langage. Sans doute prévoyait-elle des offres pécuniaires, mais M. Jansen ne lui laissa pas cette illusion.

« Je ne veux point abuser de votre temps, dit-il avec déférence ; mais, l'an dernier déjà, j'eus le plaisir de vous rencontrer ici...

— En effet !... dit Mme Violès.

— Et il m'a semblé, reprit M. Jansen, que,

vers la fin de notre séjour, vous regardiez d'un œil favorable un jeune homme pour lequel je ressens une très vive sympathie : M. Jean Lagier... Je présume que cet adolescent n'a pu résister à votre beauté et que vous avez dû le connaître, cet hiver, à Paris...

— Hélas ! vous ne vous trompez pas, fit la dame du hamac, avec un petit soupir.

— Ah !... Eh bien, je vous prierai de me donner de ses nouvelles, à moins que vous ne désiriez garder à ce sujet un silence dont je ne saurais m'offenser. »

Mme Violès baissa les yeux, elle agita ses mains : c'était un préambule oratoire.

« Il n'y a, monsieur, répondit-elle, aucune raison pour que je me taise sur des relations qui m'ont laissé de très précieux souvenirs... Mon pauvre petit Jean est mort, au mois de février, après une maladie assez longue qui résulta d'un accident... »

De cette triste nouvelle, le docteur Jansen ne fut pas aussi étonné qu'il aurait dû l'être : il s'attendait à quelque catastrophe de ce genre, sans qu'il eût toutefois aucune raison pour cela. Il fut affligé, mais il dédaigna de montrer devant la dame du hamac la compassion que renfermait son cœur et demanda posément, comme s'il se fût agi d'un renseignement historique :

« Seriez-vous assez bonne pour me donner quelques détails ?

— Volontiers... Il avait pris le Panthéon-Courcelles...

— L'omnibus ?

— Oui... pour rentrer chez son père en revenant de chez moi... Il se tenait debout sur l'impériale, quand, au coin de la rue du Bac, une roue a heurté le trottoir, et mon pauvre petit Jean est tombé sur le pavé si malheureusement qu'il s'est cassé la jambe en deux endroits... La gangrène s'est mise à la plaie, et il est mort d'une pourriture du sang... Il souffrait beaucoup, et vous comprenez que chez eux ce n'était pas commode de le soigner : ils n'avaient pas d'argent... Ah ! monsieur, un garçon comme celui-là, on n'en verra plus ; il avait un cœur !... il était gentil !... Pauvre mioche !... »

Surpris de ce que Mme Violès fût vraiment émue, M. Jansen lui rendit toute son estime et prononça, avec aménité et confiance :

« Vous l'aimiez beaucoup, chère madame, et je vous en félicite... Je vais être très indiscret, mais vous m'excuserez : j'ai l'âme paternelle et il me plaisait infiniment. Racontez-moi, je vous prie, comment vous avez fait sa connaissance ?

— Je ne demande pas mieux, fit Mme Violès, j'ai plaisir à parler de lui et je vais vous conter les choses depuis le début... L'an dernier, n'est-ce pas, je m'ennuyais ici ; j'avais bien un petit ami ; mais il était trop bête... Alors j'ai remarqué ce joli garçon qui avait une figure si mignonne et qui, soit dit sans vous offenser, courtisait Mme votre fille...

— En effet, Madeleine... »

Elle ne méprisait pas les vieillards (p. 78).

M. Jansen s'interrompit brusquement, stupéfait d'avoir prononcé le nom de sa fille.

« Quand je lui ai parlé pour la première fois, reprit Mme Violès, c'était aux Rochers... Vous vous souvenez un jour qu'il faisait du vent ?... Il ne m'a pas même répondu, il devait avoir quelque passionnette qui l'occupait : votre fille ?... une autre ?... Enfin, je n'ai fait sa connaissance qu'au mois de décembre. C'était un samedi, je crois... non, un vendredi ; c'est cela, un vendredi... j'aurais dû m'en souvenir, car je suis très superstitieuse... J'étais restée au lit, un peu souffrante, et j'avais défendu ma porte. Vers trois heures, on m'apporta une carte de visite : « Jean Lagier... » Alors j'envoyai ma femme de chambre jusque dans la rue pour le rattraper, mais il ne voulait pas revenir, et, quand il est entré, il tremblait... Oh ! c'était un amant bien gentil... Tout de suite j'ai eu le gros béguin... Et pourtant, lui ne m'aimait pas. Quand il arrivait chez moi, on aurait dit qu'il avait honte de venir, et aussi quand je l'embrassais... Peut-être avait-il des scrupules, parce qu'il ne me donnait pas d'argent ; les hommes sont si bêtes ! »

M. Jansen hocha la tête. Par la porte de la galerie, les parfums du crépuscule venaient jusqu'à lui et il songeait, en regardant la dame du hamac, à cette soirée où il avait parlé si élégamment du jardin des souvenirs. Jean avait dû se la rappeler, lui aussi, dans les bras accueillants de cette femme, où il cherchait peut-être à se souvenir des caresses de Madeleine... Et le docteur Jansen, en songeant ainsi, alluma une cigarette pour se faire une contenance. Mme Violès disait :

« Souvent je l'ai surpris qui pleurait sur l'oreiller, mais doucement, pour ne pas m'empêcher de dormir... Il avait beaucoup de chagrin. Vous savez que sa mère est folle, et que ses deux sœurs sont idiotes... Son père a eu des ennuis et, tout d'un coup, il a été pris par la manie du suicide... tout d'un coup, au mois de janvier, parce qu'il avait raté un tableau. Jean lui a volé son revolver, et me l'a donné pour que je le garde... il est encore chez moi, à Paris...

— Ah ! fit M. Jansen ; vraiment le peintre Lagier voulait se tuer ?

— Oui, il le disait, du moins... Et vous comprenez que mon pauvre gamin n'avait pas une vie gaie !... Il devait apprendre la peinture, et cela ne marchait pas. Voyez-vous, monsieur, il était fait pour être aimé par les femmes comme moi, qui sont sentimentales, mais, pour le reste, il ne valait pas grand'chose. Il est mort... c'est triste ! Mais s'il avait pu vivre, je ne sais pas ce qu'il serait devenu ; ces enfants-là, ça ne doit pas vieillir... »

Elle se tut, se moucha, puis sourit, et M. Jansen toussa deux fois, d'une petite toux grêle et plaintive. Mme Violès se balançait sur le fauteuil ; elle agita ses mains et reprit :

« Quand j'ai su l'accident j'ai cru tomber malade, oui, monsieur, je vous le jure ; et, chaque fois que je recevais une lettre de lui, je pleurais comme une bête... Je m'imaginais que c'était ma faute si la fracture ne guérissait pas, parce que, dans ces derniers temps, il avait beaucoup maigri... et j'en avais des remords... Le jour de l'enterrement, j'ai été à l'église... pas au temple... je suis catholique... et puis... les protestants, ça ne sait pas prier pour les morts... J'ai été me confesser... Cela vous étonne peut-être ?

— Non, fit M. Jansen, non, cela ne m'étonne pas... mais je ne saisis pas bien comment vous avez été tenue au courant de sa maladie ?...

— Ah ! oui, j'ai oublié de vous dire... Voilà : je lui ai envoyé mon médecin, un très bon médecin, en lui disant de se faire payer moins cher, et vous comprenez que M. Lagier, qui ne savait pas que c'était le mien, l'a accepté volontiers. C'est grâce à lui que j'ai su tous les détails... Ainsi il m'a raconté que, le dernier jour, la folle est entrée dans la chambre de Jean, et s'est mise à crier. Cela ne m'a pas surprise, d'ailleurs : j'ai toujours pensé que les fous connaissent l'avenir... et, tenez ! à Carpentras, quand j'étais mioche, il y avait une vieille femme qui n'avait plus son bon sens et qui m'a prédit que je serais riche, mais que je ne serais pas heureuse... et c'est arrivé comme elle l'a dit : je suis riche maintenant, mais, vous savez, l'argent, ça ne fait pas le bonheur... »

Et Mme Violès s'essuya les yeux avec un petit mouchoir très parfumé. Alors, comme il craignait le fâcheux récit des débuts, le docteur Jansen se leva :

« Je vous remercie, chère madame, de votre obligeance ! » dit-il en baisant la main de la dame du hamac.

A ce moment, Madeleine passait dans le vestibule avec le jeune homme syrien ; elle vit le geste de son père, et, quand M. Jansen la rejoignit, elle dit en riant :

« Je te félicite, papa, tu as de charmantes relations ! »

Mais il l'interrompit :

« Ne plaisante pas, je viens d'apprendre une triste chose : Jean Lagier est mort...

— Ah ! » fit Madeleine.

Et elle demanda des détails.

Puis, comme le gong sonnait, tous les habitants de l'hôtel allèrent se vêtir, et, sur le seuil de sa chambre, Mme Berlier, afin de porter le deuil de son petit amant, annonça au jeune homme syrien qu'elle lui défendait de l'embrasser pendant deux jours.

Ce soir, en peignant sa barbe devant la glace où vacille le reflet des bougies, M. Jansen songe à la responsabilité de Madeleine, et regrette de s'être prêté à cette aventure, car les flirts de sa fille sont devenus trop nombreux et le gênent... Et il songe aussi à ce que Mme Violès lui a dit ; certes, elle a raison : ces enfants-là ne doivent pas vieillir... A leur tendresse, la lutte est trop rude, et nul ne sait comment se serait achevée la vie de Jean Lagier, si elle n'avait pas été brisée par cet accident banal et qui ne prouve rien.

FIN

IMPRIMERIE CRÉTÉ
CORBEIL (S.-ET-O.)

www.ingramcontent.com/pod-product-compliance
Ingram Content Group UK Ltd.
Pitfield, Milton Keynes, MK11 3LW, UK
UKHW021615260726
13994UKWH00003B/1017

9 782329 064505